年年有魚

4

文創風 137

玖藍 著

風 文創 137

目錄

第八十七章

妳真想知道我為什麼回來？

杜小魚的心咚地一跳，不由得想起那日臨別時他在馬車上的那一眼。

當時她也是這般感覺吧？

一種說不清的異樣感覺，遙遠又模糊，她本能地退縮了，竟然不能堅持的問下去，偏過頭道：「你不想說，我也不勉強。」

他嘴角揚起一絲笑意，她本該勇往直前的，那麼，也許退縮的是他。

因為，即便是站在她面前，即便是如此清楚對她的感情，可是真要現在就說出來，他未必就能辦得到。

「我來之前曾去過南嶽山，妳還記得當初跟我說了什麼話嗎？」他很自然的又說起別的事。

南嶽山？杜小魚覺得這個詞有些耳熟，可卻怎麼也想不起來。

「百畝庭中半是苔，桃花淨盡菜花開，種桃道士歸何處，前度劉郎今又來。」他悠悠然唸了一首詩。

杜小魚卻差點跳起來，驚喜道：「芸薹，是芸薹！」

算起來，那是五年前的事了。

她在《日用本草》一書上看到芸薹的介紹，當時就猜到那是後世的油菜花，可是北董村附近都沒有，她後來問過李源清，說可有提到菜花的詩歌。

他那時就是唸了這首詩，唐朝王禹寫於南嶽山的玄都觀，讓她知道芸薹是在衡州府。

可是到底太遠了，要種植芸薹，她有心無力。

「你在那兒看到芸薹菜了嗎？」她熱切地問道，眼睛裡閃爍著期盼。

他從袖中拿出一個錦囊。「妳打開看看。」

她迫不及待接過來，拉開袋口，往裡一看，那些細小的黑黑的圓粒可不是油菜籽嘛！她急忙倒出一些在手心裡，看了會兒，驚訝道：「你居然曉得要曬乾？」

冬油菜的話正好是四月收割，這種子如果沒有當即保存好，即便是沒幾天工夫那也是斷然不能用的。

他又挑起眉。「妳當我多年的書是白看的嗎？」

她笑起來，把種子倒回錦囊。「是，是，我又小看你了，果然是學識淵博，就算做個莊稼漢都能合格呢。」

他頗為受用，笑了笑道：「這種子是我親手取下又特意送過來，妳可不要辜負我，拿去好好種，將來果真能有好的收益，我亦會推廣，日後也是一處美景。」他能想像出那大片金燦燦的花海是何等壯觀，假如還能讓百姓的生活更加富裕，那更是錦上添花的好事，於他的仕途也是大有幫助。

原來是早有想法，杜小魚揚了下錦囊。「我會盡力的。」

託。

正當二人在說著芸薹的事，那邊趙氏卻在煩惱前任縣主夫人溫氏，也就是馮夫人的囑託。

「現在既然來家裡了，我倒不好裝作忘了，可貿然跟他說這些卻又不好，他才坐上這個位置，我就幫人來說好話……」趙氏嘆口氣。「早知道當初就不該答應。」

「馮夫人那麼大排場請妳們去看戲，哪兒能不給她面子？」杜顯安慰她。「文淵他不會怪妳的，妳提一下也就罷了，現在晚了等明兒早上再說。快些睡吧，我早些起來好做些可口的給他嚐嚐。」

兩人熄滅燈便睡了。

到了第二日早上李源清起來的時候，只見桌上滿滿擺了幾十盤吃食，有包子、有煎餃、有花卷兒、有白切雞、有滷兔肉……

杜顯在旁邊搓著手，又拉開椅子。「文淵，快坐，看看合不合胃口。」

果真是不一般，杜小魚咂舌，饒是經歷過趙氏跟杜黃花生育孩子的事情，她也沒有見過如此豐盛的早餐。

在杜顯的心裡，只怕真沒有人比得上他的地位呢。

李源清吃了好些，滿口稱讚。

杜顯笑得眼睛都快看不見了，恨不得看他把所有的東西都吃掉。

趙氏尋了個機會，果然說起馮夫人的事，說請她們幾個去府上看了堂會戲，很好的招待她們，最後隱晦的表達了一下馮夫人的意思。

李源清點點頭。「我知道了。」

反正她已經還了這人情，也不管李源清是何想法，趙氏並不願干涉，只想著以後馮夫人若是再請她們，她是絕對不會去的。

馬車早就在門外等著，他今日還有公事要辦，便向眾人告辭一聲，離開了家。

到了五月份，白與時寫來的信終於送到崔氏的手裡。

他雖然沒有被選為庶起士，可是被賜了進士出身，得座主看重提攜，即將出任京城的工部主事。

那是個六品官，還是個京官，舉家歡喜。

白與時定下來了，那麼，接下來便是杜黃花的去留。

他在信裡也提到一些，說若是不放心女兒，怕她年幼挨不住路途勞頓，可以過段時間再去，可是思念之情卻是濃郁得任誰都能聞得出來。

看到他們感情好，趙氏自是極為欣慰，跟親家母一商量，也是怕白念蓮還小，等過幾個月到秋天的時候，氣候不冷不熱，這樣去才比較放心。

決定好，杜黃花教兩個徒弟就更加盡心了，一個月都不回來幾次。

最近杜小魚又重新看起那些農書，既然要好好種芸薹，自然要補充知識。

芸薹這種經濟作物，農書裡卻只把它當成普通蔬菜，還定義為發物，告誡別人少吃忌用，完全是暴殄天物。她翻了好些書，才找到一些微量的種植資訊，說冬油菜是在九月初發芽的，等到開出黃花來正好是夏初的季節。

至於別的，什麼都沒有提，也只能等她自己摸索。

不過發種子這種事，在經歷過培育寒瓜苗後，她已經很有心得，這要油菜花的種子長出苗來想必也不是件難事。

這日，趙氏出去串門崴了腳，是由旁人扶著進來的。

「哎喲，怎麼回事？」杜顯著急得很，忙去接過來。

「不小心被樹根撞到了，幸好遇到這位阮姑娘。」趙氏笑著介紹。「還把我一路送回家了呢，真是心好。」

杜小魚此時也過來了，見到那阮姑娘，不由吃了一驚。

那姑娘竟然如此美貌，比她見過的任何女子都要美上幾分！

她也同那阮姑娘道謝。

「舉手之勞罷了。」那姑娘笑了笑就轉身走了，都沒有留下來喝口茶。

趙氏到底覺得欠了人情，還去找吳大娘打聽，才知道這阮姑娘叫阮玉，是新近搬來村子的。

「真是頭一次見到這樣漂亮的姑娘！」吳大娘讚不絕口。「這姑娘居然跟小魚一樣會掙錢呢，聽說在縣裡開了家胭脂鋪，如今交給她大伯跟大伯母管理，縣裡也是有院子的，只不過習慣住在村裡，說這兒安靜，有山有水，前幾日剛買了幾十畝田。」

「妳倒是打聽得清楚。」趙氏笑道。

「這不是妳想知道嗎。」吳大娘又搖搖頭。「說來也可憐，那阮家姊弟倆無父無母，從小在他們大伯家裡長大的。」

聽起來，那阮玉真是個人物，杜小魚也不由得對她好奇起來。

卻說李源清來了飛仙縣，林家也是知道的，這日林家老太太就在發脾氣，她派出去的人打探消息回來了，說李源清已經去過杜家好幾回。

可她這個外祖母自他來縣裡之後，卻是一次也沒有見到！

她把桌上的碗碟摔了個粉碎，拍著桌子道：「這個沒良心的小子，他在京城的時候，我常常去看他，這倒好，如今什麼都忘了，就記著把他帶大的人！」

林氏唯恐天下不亂。「那杜顯夫婦我看著就不是好人，要是好人的話當年豈會把源清搶了去？如今見他做了縣主，自然要抓得緊緊的，他們仗著養大他就不知道天高地厚了，娘，您可不能讓他們這麼下去，不然這個外孫可就要沒有了。」

林嵩在旁邊瞪了他小妹一眼。「那家人我是瞭解的，絕沒有像妳說的那般不堪，源清是念舊情才去看他們。」

「原來親情都不及舊情了！」林家老太太更加惱怒，往兩個孩子看過去，這老大因為自小定親的姑娘死了就一直沒有要娶，老三又沒有生出個兒子，最疼愛的二女兒偏偏要去當人姨娘，她現在能指望的也就是這個外孫。將來林家這麼大家業，若是大兒子一直無後的話，總是要他來繼承的，也再沒有更合適的人選！

「你去打點打點，明兒咱們就去飛仙縣。」她瞇起眼睛。「那杜家住在那兒了不得了？咱們去縣裡買個七、八處院子，源清要住哪裡都行，就是不准住到他們家去！」

林嵩皺起眉。「娘，您這是何必？源清在京城的時候對您也是很孝順的，只不過他剛剛上任難免沒有時間，這兒又離得比較遠，過些時候他肯定會來看您的。」

林氏不滿道：「大哥，你怎麼老幫著他們說話？要不是他們，咱們也不會跟源清分別這麼多年！現在都已經認祖歸宗了，該怎麼樣就得怎麼樣，還牽牽扯扯的幹什麼呢？你看看，源清現在都沒有定好人家，難道不是他們拖累的？要我說，指不定來這兒當知縣就是他們背地裡攛掇的呢！」

「妳是越說越不像話了！」林嵩皺起眉，李源清曾寫過信給他，看得出來，這完全是他自己的主意，跟杜家是絲毫沒有關係的。

「你們都不要說了，我主意已定，明兒一定要去那邊看看我的乖孫兒！」林家老太太一錘定音，又跟小女兒道：「妳大哥不肯也罷，妳去安排，我那些個喜歡的東西，還有丫鬟們也一併帶去，咱們好好熱鬧熱鬧。」

林氏笑起來。「好，娘放心，我一定好好安排。」

一聽就是大陣勢，估計得幾大車子，光那些丫鬟就好幾十個，林嵩頓時覺得頭疼，但顯然已經動搖不了老太太，只得嘆口氣告退了。

飛仙縣來了一個大富豪，幾日之內買下八個院子、六間店鋪，這消息立時傳得沸沸揚揚，很快整個北董村都知道了。

李源清再一次成為別人茶餘飯後討論的重點！

因為這個大富豪就是他的外祖母，林家老太太。

此刻，祖孫二人正面對面坐著，李源清頭疼不已，同時又在懊悔，當初怎麼也應該抽時間出來去南洞村看一看老太太的，這樣就不會刺激得她大費周章，如此高調的出現在飛仙縣。

「祖母，是孫兒不對，以後一定不會這樣了。」首要的就是誠摯的道歉，他娘親已經不在人世，父親忙於政務，這個外祖母其實是他最親的長輩。

老太太哼了聲。「你就會誆我，真要有這份心思，也不會等到現在！」

「孫兒可不敢欺騙祖母，之前的事錯了就是錯了，我也不找藉口，但憑祖母懲罰，孫兒一定不會有任何怨言的。」

老太太也就是要他說個好話哄哄，哪兒真想跟他過不去，當下就笑起來，手往身後六個丫鬟指了指。「那好，這幾個都是跟了我幾年的，脾氣品行沒得說，你如今也大了，身邊沒個伺候的人可不行，且挑兩個去。」

這提議已經不是第一次，眼瞅著孫子已經二十歲了還沒定親，老太太生怕他跟大兒子一樣，到最後孑然一身，連個傳宗接代的都沒有，是以就想給他配兩個人，說是說伺候的丫鬟，其實也就是通房。

李源清身子頓時一僵，那些丫鬟們則紛紛紅了臉，低著頭，有幾個膽大的，忍不住眼波橫飛起來。

「這……」他輕咳一聲。「祖母，我可是此地的知縣……」

老太太話都不聽他說完，打斷道：「知縣就不要娶妻生子了？你別以為我年紀大好糊弄，知縣不過是七品官，你父親還二品呢，不照樣有姨娘有通房！再說，皇上可是最大了的吧，那是有三宮六院七十二妃的！」

確實不好裝傻下去了，李源清想一想道：「總要等正室過門……」

「哦？」老太太瞪大了眼睛。「你肯娶親了嗎？」

他點點頭。「總要娶的，也就這一、兩年工夫，所以您也別往我這兒塞人了，要讓別人知曉了也不好看。」

聽到他這麼說，老太太心裡一塊石頭落了地，連連點頭。「你有這樣的心思就好，我一定給你挑個最好的姑娘！其實京城裡的那些我倒反而看不上，都是大小姐脾氣，個個眼睛長在頭頂上，要我說，濟南那邊的就好……」

她滔滔不絕，李源清又不好打斷她，只得耐著性子聽，最後聽到說濟南府工部郎中有個女兒，他終於忍不住了。

「濟南府工部多有貪墨，已被人彈劾數次，那工部郎中也不知能不能撇個乾淨。」

老太太嚇一跳。「還有這事？那可不行，你才上任倒是不能被這些人污了名聲。」但臉上到底還是露出惋惜之色，那家的小姐她見過幾回，無論是樣貌德行都是挑不出刺的，跟自家孫兒匹配得很，真是可惜！

李源清嘴角微微一動，旋即還是用很認真的態度聽老太太說話。

但老太太已經沒了興致，擺擺手道：「以後再說吧，天底下的好姑娘多得是，待祖母給你好好選。」

聽聞這話，李源清又是一陣頭疼。

林氏見他走了，笑咪咪的走進來。「娘，可是挑了兩個丫鬟去？」

「沒有，他說想成親了呢。」老太太笑中帶著愁。「就是可惜了那鍾家的小姐……倒是不能跟他們結親。」

林氏眼睛一轉。「娘要給源清作主，倒是不去問問姊夫？」

提到李瑜，老太太火氣就很大。「就是因為他才弄到源清現在這樣！要是當初不來招惹妳姊姊，她豈會做個姨娘？他倒是好，什麼都處理不來，最後把婉玉逼到咱們這裡來養胎……」她想起去世的二女兒，眼淚就要流下來，幸好老天可憐她，找到了失蹤的外孫，也算彌補了一些。

林氏忙勸兩句，她比姊姊林婉玉小了十歲，林婉玉十四歲就嫁出去了，她們姊妹倆的情誼其實遠不比林嵩跟林婉玉的感情深。

「娘您看妙容好不好？」安撫一陣後，她小心問道。

妙容全名陳妙容，是林氏的侄女，她相公在陳家排在第三，那陳妙容是陳家老二的大女兒。

老太太瞅她一眼，那女婿的想法她哪兒不知道，他們林家的產業在整個濟南府都是排得上前幾名的，如今沒有個子嗣繼承，李源清便是最有可能的人選，自然想把陳家的人塞過來，她哼了兩聲。「又是妳相公的主意？」

林氏忙搖頭。「相公才不跟我說這些，女兒只是覺得妙容不錯。」

「那又如何？也不看看哪兒出來的！」

林氏聽著這話臉色一白——可不是跟她相公從一個家裡出來的？她心裡很是不高興，當年娘也是不滿意這個女婿，可是因為父親喜歡這才沒法子阻攔。

可她卻一直沒有後悔嫁這個相公，只是這麼多年來，陳家的生意一直沒有做大起來，還老是來問林家借錢周轉，娘越來越看不上也是正常的，想著她又暗嘆一口氣。「那娘想給源清找個什麼樣人家的小姐呢？」

「慢慢看吧。」林老太太不置可否。

林氏看她不想說這個話題了，又道：「那杜家那邊怎麼辦？源清老是往那邊跑也不是辦法，人家只當那戶人家真是咱們的親戚了呢！到時候什麼人都上門來，可不是丟咱們家的臉？」

「這話倒不能跟源清說，好歹也是養了他十幾年的。」老太太斟酌一下，慢慢道：「妳去跟他們家說說清楚，那些個稀奇東西我都放那兒擺著呢，都送過去，也好教他們明白，不是什麼人都能攀親戚的。」

林氏自然聽懂了，笑著應一聲。

「也別叫源清知道，弄得整個村都曉得。」她叮囑一句。「妳大哥說了，他們既然是懂臉面的，妳也客客氣氣，但凡有點腦子的，總會識相的。」

林氏又答應了，叫上幾個婆子便去準備了。

第八十八章

杜家那是什麼都不曉得，只知道林家老太太來了飛仙縣，許是想念孫子，買了院子打算在那裡常住。

他們一別十幾年，對這事，杜顯夫婦也只是存著愧疚之心，哪兒還有別的想法。

杜小魚對那個老太太的印象不怎麼好，當年跟她女兒來杜家，臉上寫滿了怒氣，當然，也怪不得她們，只不過，她總有些不好的預感。

這住就住了，手筆那麼大，一下子買下這些東西，是意在傳遞什麼消息？他們林家富可敵國還是怎麼的，要不要這樣暴露財富啊！

她在想著這件事，那邊趙氏卻在捉摸著請阮玉姊弟倆來吃頓飯，也算是謝謝她，杜顯自然答應，去請了他們，又回來準備宴席。

隔了一日，阮玉果然帶著弟弟阮信來了。

杜顯在廚房忙活，趙氏、杜小魚，還有幾個人坐在一處說話。

「大嬸太客氣了，不過扶了下您，就請咱們吃飯。」阮玉有些不好意思。

「這是應當的，妳也是新搬來咱村，都不熟悉了，有啥要幫忙的，可儘管說。」趙氏很熱心，這姑娘長得美，心也好，看著就順眼。

阮玉忙感謝一聲。

趙氏又看看她弟弟，也是個漂亮的孩子。「喲，比我們家文濤大不了幾歲呢，可唸書了？」

「在方夫子那裡學呢。」

一聽跟自家兒子在一個夫子那裡唸書，趙氏更覺得親近了幾分。「以後常來玩，我們文濤也沒啥一起玩的夥伴兒。」

阮玉笑著應了。

杜小魚問起她做胭脂的事，她對這種專業還是挺好奇的。

「也是跟我師父學的，其實不難。」阮玉笑著道。

原來是拜師父學了的，她又問道：「那妳買了幾十畝田都是打算種花的？那花是胭脂的原料，是不是？」

「是，就是種子難尋些，託人從別處帶來的。」阮玉虛心道：「其實我自個兒沒種過這種花，聽說妳是能種草藥的，將來要是有什麼疑難，我還想向妳請教呢。」

這該是客套話，要真不會種，哪兒敢直接買下這麼大片良田，若是出個什麼病，豈不是全壞掉了？但杜小魚也還是回道：「請教不敢當，每種花草都是不一樣的，我學藝不精，只怕到時候幫不上忙呢。」

趙氏又問起阮玉是哪兒的人。

阮玉說他們本是古定縣的人，七年前遇到水災，逃難到京城附近的梨園縣，恰巧遇到她師父，救了他們姊弟倆，後來就隨她師父去了京城，幾年後，又跟失散的伯父、伯母重聚，至於為什麼會來北董村定居，她倒是沒有說。

想來那也許關係到別人的秘密，他們也不好問下去。

杜顯準備了好多菜，一一端了上來。

眾人都圍坐一起，當然，也少不了杜清秋跟杜文濤，後者一向乖巧，不用人操心，杜清秋就不一樣了，五歲的孩子還是行事粗魯，拿著筷子當玩具，到處亂挾菜，飯也是吃得米粒撒了一片。趙氏真後悔讓她也上桌，又不好斥責，不然哇哇一哭，折騰得不像話，弄得別人都沒了吃飯的興致也不好。

阮玉這時表現出了極好的忍耐性子，主動給杜清秋挾菜，又問她喜歡吃什麼，絲毫不厭煩，這樣的姑娘，讓人不喜歡都不行。

到了下午，姊弟倆就告辭走了，趙氏點著頭道：「這姑娘真真是好，我看著真喜歡。」

「比我還好？」杜小魚哼了一聲。

趙氏笑起來。「妳這孩子還吃味了，誰也比不上妳！」

杜小魚這才罷了。

過了兩日，他們家來了不速之客。

林氏是坐著輛很不起眼的馬車過來的，儘量不去驚動村裡人，也是挑了個人少的時候才來他們家。

看著一桌子琳琅滿目的稀奇玩意兒，杜家的人心裡都湧起不好的預感。

珊瑚手釧紅豔奪目，碩大的南珠光彩照人，琺瑯鏡子小巧精緻……全是平日裡看不到的貴重東西，就是縣裡也是極少有賣的，這價格，杜小魚粗粗算算，加起來起碼也得值個上千兩銀子。

他們臉上全是震驚的表情，林氏看在眼裡，不由冷笑，果然是一群沒見過世面的，這些玩意兒林家多得數不清，全拿出來，只怕要把他們嚇死也說不定呢！

「這是……」杜顯呆呆地道：「給、給我們的？」

林氏一來就叫人把東西堆在桌上，不是送他們的意思又是什麼？

「沒錯，都是給你們的。」林氏揚起下頷笑了笑，像是給了什麼天大的恩惠。「你們也算在源清身上花了心血，雖然也是你們該做的。」言下之意算是補償，但言語裡還是避免不了透露出怨恨，怪他們把李源清搶占了去。

不過看得出來她是在極力忍耐，杜小魚記得那日她跟林家老太太來，林氏表現得很是激憤，那現在隱忍是為什麼？為了給李源清面子？

可是今日送來這麼一批貴重東西肯定是有別的企圖，到底是什麼呢？

趙氏臉色發白，忙道：「這些東西我們不能要，既然是應該做的，那更不能收了。」

「是啊，那件事……我們實在過意不去，怎麼還能收你們東西呢！」杜顯也表態。「而且文淵還經常來看看我們……」

「文淵？」林氏挑起眉，喝道：「他叫李源清！什麼文淵、文淵的，你可不要搞錯了，他現在不姓杜！」

杜顯的臉一下子失去了血色，是啊，他不叫杜文淵了，怎麼又忘記了呢，居然還在林家的人面前這樣稱呼他。

他懊惱起來，又尷尬又羞愧，像個木頭似的張著嘴，卻什麼也說不出來。

這事雖然是他們做得不對，可杜小魚卻看不得林氏這般舉動，開口道：「是二哥叫我們喊他文淵的，跟我爹沒有關係。」

林氏皺起眉，這一家子都是不要臉的東西！還叫二哥，當真是把自己當她外甥的親戚了！她沈下臉。「源清已經不是你們家的人，你們要懂點分寸。」

杜顯生怕惹林家的人生氣，忙道：「這我們知道。」

「知道就不要再跟他見面了！」林氏平緩了一下臉色。「他現在是縣主，再跟你們來往也不方便。」

這才是她來這兒的主要原因吧，杜小魚明白了，難怪送這些東西來，是來做個了結的，叫他們跟李源清斷了關係。

可是，一個巴掌拍不響，這種事從來都不是一方可以決定的。

趙氏跟杜顯也聽懂了，兩個人都露出複雜的表情來。

「源清心軟，我知道他不放心你們，可是你們是明事理的，什麼話應該講，就要講給他聽。他可不會一輩子當個縣主，將來青雲直上，是要去京城的，俗話說長痛不如短痛，你們又是何必呢？舒舒服服過日子不好嗎？」她手輕輕壓在桌面一個錦盒上。「我們林家什麼都給得起，只不過答應過別人的事都要做到才好。」

居然還逼迫他們勸服李源清脫了干係，杜小魚冷冷一笑。「什麼答應別人？我們沒有答應過妳，這些東西也不會收的，請妳拿回去！」

林氏見她一個小姑娘插嘴，頓時大怒，斥責道：「你們家現在是這個丫頭作主了嗎？」

趙氏心裡不是滋味，又很矛盾，這事其實都是她一個人的錯，並不關杜顯的事，他那樣疼愛那個孩子，這麼做得有多傷心？

「我做錯這件事也不奢望得到你們原諒，只我相公對此並不知情，這孩子，他跟兩個姊妹也是感情好的，要叫他們不來往……」

林氏擰起眉。「怎麼？你們還不肯？真把他當成自己兒子呢？當初你們搶了他去，藏了十幾年，去衙門是要打板子的！要不是看在源清的分上，當我們真不計較此事？如今叫你們為他考慮，倒還為難了不成?!」

趙氏臉一陣紅、一陣白，什麼話都說不出來了。

杜顯嘆口氣，知道娘子是擔心自己難過才會勉強爭辯，不過到底不是他們家的孩子，又如何能占了呢？林家看來已經無法容忍，這樣的話對李源清也是不好的，他在李家是個庶子，將來依靠林家可能還比較多，當下便說道：「我們知道該怎麼做，以後、以後……」

「以後什麼？」杜小魚挑起眉，這林氏欺人太甚，又不是他們纏著李源清要見他，也不是他們要求李源清回飛仙縣的！她目光灼灼落在林氏臉上。「你們是他血脈相連的親人，我們不是，怎的卻還要來說這些話？只要發一聲話，叫他以後不要上我們家，我們也絕不會去見他的！」

這是在說他們林家跟李源清的關係不好了，林氏氣得嘴唇都抖了，指著杜小魚道：「你們是不見棺材不掉淚！」

見二人對峙，杜顯忙伸手拉一下杜小魚，示意她不要這樣強硬。

杜小魚當沒發現，依舊道：「妳這回就當白來了吧，東西我們不會要的，有什麼話都去跟李源清說，我們家跟他沒關係，他不來也罷！」

她說得好像是李源清死皮賴臉的要上他們家似的，林氏被嗆得一個字都回不出來，叫幾個婆子把東西收拾了，狠狠道：「你們不要後悔！」說罷就帶人走了。

杜顯急得在堂屋踱來踱去，看看杜小魚，伸手點了她兩下，最後還是不曉得該說她什麼，只低頭嘆著氣。

趙氏搖頭道：「妳啊，這次太衝動了，好歹是他的外祖母家，總要給點面子的。」

「給什麼面子？他們家給我們面子沒有？誰管她臉面！」杜小魚氣憤道。

卻說林氏帶著東西回去稟報林家老太太，又是添油加醋，說杜家不識相，貪心，看不上這些東西，林家老太太自然是又恨在心裡了。

這件事就像一根刺卡在喉嚨，李源清再次來他們家的時候，氣氛就有些不對頭，杜顯沒事就讓他多去看看林家老太太，又說衙門裡忙，就不要經常來他們家了。

放在以前這是不可能的，恨不得多留他幾日呢。

李源清自然要去問杜小魚。

杜小魚氣正沒處發，正好找到靶子了。「還不是因為你，你外祖母跟你小姨生怕我們抓著你不肯放，跑來用些貴重東西想打發我們！當我們叫花子呢！」

李源清一怔。「有這回事？」

「我會騙你？多大的手筆，上千兩銀子！想把我們砸暈呢！」杜小魚冷哼一聲。「你說是不是你害的？」

沒想到外祖母竟做出這種事，李源清皺著眉。「還說了什麼？」

「能說什麼，無非就是叫我們不要見你，要爹跟娘勸你不要來我們家。你倒是想個法子，不然以後還要上門來鬧，你倒是毫髮無傷，被羞辱的只是我們！」

見她越說越是怒氣衝衝，李源清忙安撫道：「妳放心好了，我自會解決的，這事確實是我沒處理好，當時沒有抽空去看下祖母，惹惱她了，把氣都撒在你們頭上。」

「你知道就好。」杜小魚才算心裡舒服點。「不過你要是回去這麼一說，指不定又以為是爹跟娘找你訴苦，慫恿著你去林家理論。」

這事也是棘手，李源清想了下。「我不會貿然去說的，但最近可能會來得少一些。」他厚此薄彼，也難怪外祖母不高興，林家到底是跟他一條血脈的。

杜小魚點點頭，兩家之間的矛盾她也知道很難解開，是該給他時間。

前幾個月剛生下來的藍兔子已經長大，這批兔皮還是按以前說的，賣到白管事那裡，杜小魚跟趙氏說留了兩張皮，到時候冬天給弟弟妹妹做個皮毛衣。

兩人正說著，就聽到外面隱隱傳來說話聲，不一會兒，杜顯拿著個帖子進來，臉上滿是愁色。「娘子妳看看，馮夫人又送帖子來了。」

趙氏皺著眉，把帖子打開來叫杜小魚看。

上頭寫了，馮夫人說上回頗為投緣，這次又請她們一同去品酒。

趙氏嘆一聲，她早就打定主意拒絕了，可事到臨頭還是多有猶豫，什麼百花佳釀，無非是借酒說情。

杜小魚曉得趙氏在煩什麼，說道：「去一次也無妨，只說下我們的難處就行。這馮夫人也是聰明人，肯定能懂。」

「難處？」趙氏不解。

杜小魚笑了笑。「等會兒再說，咱們這就打扮打扮，馬車估計一會兒就來了。」

二人打扮妥帖，果然馬車很快就到了院門口。

因為馮大人已經不是飛仙縣的縣主，原先配的府邸自是給李源清住了，他們另住在早就先買下的大院子裡面。

雖然比不上之前的精緻，但也風景優美，草木錯落有致。

眼下是最熱的時節，馮夫人給每個人都找了一個丫鬟伺候，拿著紈扇在身邊搧著風，也還算涼快。

「酒是專門從麒麟山運來的。」馮夫人笑笑。「那師傅跟我家老爺有點交情，所以才送了兩罈來，這百花酒真有一百種花在裡面呢，花費了不少功夫，要不是好東西，我也不好意思請妳們過來。」

趙氏只笑笑，杜小魚也只低頭喝酒。

馮夫人又道：「這酒還是有些酒勁的，咱們去外邊走走，我請了幾個樂人來奏曲，就在前面的涼亭。」

幾個人就站起來，馮夫人自然而然攙著趙氏往前去了，她正有話跟趙氏說，馮叢蓉在身後跟著。

「上回多虧妹子說了話，我家老爺也算放心了。」馮夫人笑意滿滿。「我們這位縣主稱得上是人中龍鳳，大家都在猜呢，說將來會娶個什麼樣的姑娘，趙妹子心裡可是有好的人選了？」

竟然提到他的婚事！趙氏心裡咯噔一聲，頭不由自主往後看去，馮叢蓉跟她目光對上，甜甜的笑起來。

那一笑真是漂亮得好像盛放的花兒，任誰看見都喜歡，舉止又是端莊嫻雅，沒有哪個不想討了當兒媳。

可惜她不是他的親娘，怎麼能替他作主呢？

想起杜小魚在馬車上說的，趙氏鎮定了下情緒，嘆口氣道：「我也一直在擔心這事，只是他嫡母都沒有開口，怎麼輪得到我？」

馮夫人笑了，直言道：「生恩不及養恩大，說到功勞，哪兒有人比得上妹子？再說，他嫡母遠在京城，也不見過來，難道要縣主在這兒待上三年之後才娶親不成？」

趙氏很是為難，支支吾吾道：「可是他還有外祖母在，就算嫡母不管，外祖母肯定要管的！不瞞夫人，他林家對我們有不滿在裡面，最近……」她頓一頓。「最近源清已經很少上我們家來了，我只怕這樣下去，他跟我們家就此脫離關係也不一定。」

馮夫人聽了大吃一驚，她倒是沒有想到林家跟杜家的關係，只想著李源清是杜顯夫婦養大的，那麼，他們的話在李源清那邊也有分量，誰料林家竟然對此有這麼大意見，還迫使李源清不跟杜家來往……

說起來，李源清在李家不過是個庶子，又是後來才尋回來的，跟他父親的感情肯定不太深厚，在家裡地位必定也不高，而林家那麼大產業，林家的大兒子是武狀元出身，以前是位大將軍，辭官時聽說皇上都多有挽留。

由此看來，將來李源清必定更借助林家，那麼，他真要選擇林家，放棄杜家的養父母也不是沒有可能。

這麼一番計較，馮夫人心裡就有點猶豫，甚至有點後悔了。

林家老太太為了經常能看到李源清，不惜搬家，在縣裡連買了數個住所，還有好幾家店鋪，如今想起來，舉動確實有些誇張，那麼，根據趙氏說的，大概是做給杜家看的，那豈不是兩家勢不兩立？

其實，她是不知道裡面那層關係，只以為李源清是杜家在路上撿的，不曉得還有隱瞞林家的情由，當下又覺得奇怪，好歹也是辛辛苦苦幫他們養了十幾年的，怎的林家卻是這樣的態度？

可究竟為什麼她也不明白，只發現自己把力氣花錯了地方，有些氣惱。

一開始就應該想到林家的！

以前是因為遠在南洞村，可都來縣裡了，怎的就沒有往那邊去探探呢？林家老太太才是跟李源清有血脈關係的人，趙氏這一點倒是沒有說錯。

李家那邊的嫡母不在乎他的婚事，可林家肯定是要管的。

趙氏看她靜默下來，心知剛才的話起了作用。

「林家老太太也是一時想不開，總會明白你們的辛勞的。」可就此放棄杜家，又是白費了之前的力氣，馮夫人安慰兩句，想了下道：「咱們整個縣都曉得你們夫婦倆的品行，林家老太太將來也定然會瞭解。」

她也不好把話說得太滿，如今尚不清楚李源清的意思，若是他真的放棄了杜家，那麼這邊自然是再沒有可用之處，可若不是的話，他還是念著杜家的好，那她要是在中間做個和事老，可不是討了兩家的歡心？

得到兩家的信任，李源清自然也會感激，那以後還有什麼事是辦不成的？

聽她這麼說，趙氏心裡鬆了口氣。

自然，剛才的話題便沒有再繼續下去了。

從馮家回來，趙氏就把杜小魚叫來臥房單獨說話。

「那馮夫人竟然是想把她的小女兒嫁給文淵呢，幸好我聽妳的話這樣說了，她後來便沒有再提這件事。」

原來還有這個企圖，杜小魚笑道：「這就行了，她肯定不會再來煩咱們了。」有林家老太太在，李源清的婚事哪由得了他們作主？要糾纏自是去糾纏林家。

「不過挑明咱們兩家的關係會不會不太好？」趙氏有些擔憂。「這話不知道會不會傳到外面去。」

「馮夫人是個懂分寸的人，豈會胡亂說話，娘放心好了。」杜小魚挨著她坐下來。「娘也瞧見爹這兩天的苦悶，咱們兩家真要這麼水火不容，二哥也不好做。我知道娘也是捨不得他的，雖然林氏很討厭，不過林家老太太為人到底如何，咱們也不曉得，若是馮夫人能在中間起點作用，二哥也做了些事的話……」她頓一頓。「我只希望林家不干涉二哥來咱們家就好了，別的咱們也不求。」

趙氏輕嘆口氣。「難為妳想這麼多，都是我當年犯下的錯，不然也不至於……」

見她又要自責，杜小魚道：「怎麼會是錯呢？看二哥多喜歡咱們家，就算是錯，也早就還清了，您把二哥培養得那麼好，放在他們李家，未必能如此呢。」

雖然知道是安慰之說，趙氏心裡還是輕鬆了些，這孩子確實一點也沒有怨恨他們，即便是知道真相後，也仍然把他們當作親生父母一般的孝順。

這已經足夠慰懷。

第八十九章

自從他們家認識阮玉後，阮信跟杜文濤倒也成了要好的朋友，從私塾回來也常來杜家玩。

天氣炎熱，杜小魚取了冰好的寒瓜給他們解渴，阮信連聲感謝。

寒瓜吃得七七八八時，阮玉拿著個小錦袋來了，見到阮信臉上都是紅紅的汁水，失笑道：「真是丟臉，好似我們家吃不起寒瓜一樣，還給別人添麻煩來了。」又朝杜小魚笑。

「杜姑娘，謝謝妳照顧我弟弟，他最近都不願早回家，果然還是你們家舒服呢。」

「兩個孩子一起熱鬧唄。」杜小魚也笑了笑。「妳坐，我給妳倒碗涼茶來。」

阮玉的家離這裡還是要走一會兒的，她雖然撐著油傘擋住了陽光，可臉上還是有汗水顯現，可見熱得很。

她也不客氣，挪步過去坐了下來。

靜靜等待的樣子像朵玉蘭花。

杜小魚出來的時候，阮信正在背詩，阮玉則像是在考他。

杜小魚見她考完了，才說道：「阮姑娘，我上回路過妳那些花田，都已經長出枝葉來了呢。」

「是啊，還算長得不錯，比我想像的好多了，不過養肥什麼的我真不懂，今兒也是想來問問妳。」阮玉虛心請教。

杜小魚哪兒敢隨便說，只道：「我也只能告訴妳草藥怎麼放肥的，至少這些花我可不懂，得要拿捏分量，妳可以取一些地先試試，有效果的話再大範圍的使用。」

阮玉忙點頭。

杜小魚就把一些自個兒琢磨出來的經驗講了。

「聽妳一席話真是受教良多。」阮玉把手中的錦袋拿上來，從裡面取出幾盒胭脂。「我弟弟也常來麻煩妳，這胭脂是我親手調的，這兩盒合適妳跟黃花姊，這是趙大嬸的。」

居然一下子送了這麼多人，杜小魚忙推辭道：「這哪兒好意思。」

「沒什麼不好意思的，我看我弟弟很喜歡你們家，以後打攪的時候肯定也多呢。」阮玉很誠懇。

杜小魚只好拿了。

「妳瞧瞧喜不喜歡？」阮玉說著往裡面看了下。「大嬸跟大叔都不在嗎？」

「嗯，去田裡了，僱工家裡有點事，他們便去田裡看看。」那一對夫妻的孩子病了，他們要留在家裡照顧，請了幾日假。

阮玉露出一些失望之色，但是一閃而過，笑起來道：「那胭脂是很合適年紀的，都不一樣呢。」

就連胭脂盒都不同尋常，十分精緻，巴掌大小，表面是磨光的銅面，她這盒雕刻著梅花花樣，其他的有荷花圖，也有鴛鴦游水，海棠滿堂。

她打開一看，淺香撲鼻，那胭脂是淡粉色的，略略有珠光色彩，抹一點在指尖，又極為細膩，當真是極好的胭脂，比她以前見過的任何胭脂都要來得精細。

再好一點的話，就能及得上後世那些了。

「這胭脂做得真好！」她發自內心的讚嘆道。「阮姑娘妳為何不留在京城發展，卻要來這裡呢？」

出於商人的本能反應，脫口而出就問了這個問題。這胭脂鋪若是開在京城，只怕銀子都要賺翻了呢！

阮玉嘴角微微一動，苦笑了兩下。「師父就在京城開了很多胭脂鋪。」

很多胭脂鋪……

杜小魚心裡一動，忽地想起馮夫人說過的話，有位姓華的女子，因為家道中落，差點被賣入煙花之地，後來白手起家，在京城開了數十家胭脂鋪，胭脂比宮裡做的還要好，又拿賺來的家財做善事，前陣子被皇后召見，說她乃是女子的楷模。

而阮玉好像說過她是有師父的，又是從京城而來，她驚訝地看著阮玉。「妳的師父可是姓華？」

阮玉愣住了。「妳如何知道？」

還真是那人的弟子，杜小魚笑道：「我也是聽馮夫人說的，妳師父很了不起，還因做善事被皇后娘娘召見了。」

阮玉臉色立時變得極為敬重。「我師父是世上少見的女子，也是我最崇敬的人。」

既然如此，那為何要離開這樣的師父來飛仙縣呢？杜小魚不禁又有了疑問，聽說他們是古定縣的人，若是為了尋根定居，那也應該去那裡才對。

可到底是別人的私事，她也不好問出來。

阮玉自不會說裡面的緣故，而是教她如何用胭脂，說添了珍珠粉末，年輕姑娘抹在臉上，更是多了分亮色，光彩照人。

給趙氏的又是不同了，顏色稍稍淡些，上了年紀的，不用那樣豔，只是遮掩掉皺紋，顯得皮膚白皙，像是找回了青春一樣。

杜小魚送到趙氏手裡時，她愛不釋手，讚嘆道：「真真是好手藝，難怪別的胭脂鋪都開不下去了。」

昨晚上下了場極大的暴雨，天氣便開始轉陰，有涼下來的趨勢了。

卻說李源清最近一次都沒有來杜家，只要有空就去陪林家老太太，把她哄得高興得不得了，直誇外孫孝順。

這日李源清又專門請了玉衣班來給老太太唱堂會，自己也陪著一起聽。

那玉衣班共演了兩場大戲，用了足足一下午，老太太聽得津津有味，有齣戲恰巧是講知縣的義舉的，那知縣剛正不阿，聰明絕頂，與貪官周旋，最終替民申冤，贏得民心，得到聖上嘉獎的故事。

老太太笑咪咪的看著李源清，彷彿戲裡說的就是他一般。

林氏見狀就笑起來。「將來源清肯定也能有這大好前程的。」

「這是當然，我孫兒如此優秀，比戲裡的知縣還早一年中了進士呢，又進過翰林院學習，有幾人能比得上？」

李源清不禁笑道：「也是祖母教導得好。」

「我何時教導過你，是你天資聰慧，才能有這樣好的機緣的。」

李源清微微搖頭。「倒也難說，要是我當年在京城長大，嫡母……」他苦笑兩下。「祖母也知道，她跟我娘水火不容，又豈會容我越過兩個哥哥？」

老太太眉頭一皺，她是何等聰明的人，林家老爺前幾年去世後，這麼大家業都在她掌控之下，處理得井井有條，什麼樣的話會有聽不明白的？

他是在為杜家說話呢，原來這場戲只是在為這一刻做鋪墊而已。

她又想起來，前幾日馮夫人也來過一回，說起杜家，都是誇讚他們夫婦老實可靠，被家裡趕出來時又是如何艱難。

可是事實上，李源清養得那麼好，一點也看不出來是農家出身的孩子，可見是從小就沒有吃過多少苦的。

這些安排，肯定都是這個外孫一手促成，在他心裡，杜家的地位牢不可破，但他從未明說，而是順著她的意思，抽時間陪她這個外祖母，樣樣都滿足她，他確實是在花心思討好她的。

老太太心裡五味紛雜，看著眼前面目俊朗、眼含誠懇，甚至帶了些請求之意的李源清，終於重重嘆了口氣出來。

她到底還是不想跟他有什麼矛盾。

正如自己所得意自豪的，這個外孫太聰明，聰明到就算不依靠他們林家的力量，他也能精彩地活下去，而她這個外祖母，跟他不過就三年多的情誼，能有多深厚？若是不好好維繫，只怕也有一扯就斷的危險。

而她此時若是做出體恤的姿態，他卻會感激她，對他們的親情也是好的，至於杜家，若真是那樣貪得無厭，總有一日會露出他們的真面目，現在還沒有實質的證據，倒也只能暫時容忍著了。

「你得空是該去看看他們，到底也有十幾年的情分，裡面雖有些錯事，但我們林家向來是大度的，過去的就過去了吧。」她緩緩開了口。

林氏大驚，心道娘怎的突然說出這種話來？正要出聲，就被老太太盯了一眼，便又閉上了嘴。

「謝謝祖母的體諒，孫兒必會銘記在心。」李源清鬆了口氣。

堂會散場，林氏急不可耐地跟在老太太身後，追著進了臥房。「娘，您怎麼又允許他去見那家人了？」

「我什麼時候明說過不允許的？」老太太哼了聲。「東西是妳去送的，辦事不力，妳還好意思說？」

林氏委屈道：「明明是娘叫我去的。」

「這事不要再提了，怪只怪我們找到他太晚，他翅膀已經長出來，不是我們說什麼他就會做什麼。唉，說起來，這性子跟婉玉倒是像，她那會兒死命想嫁給那臭小子，卻是不鬧，只成日的討好我，可是我卻找不到對症，一味的不答應，後來她就做出這樣激烈的事！要是這回我不應了源清，只怕他也是……」

老太太閉了下眼睛，又慢慢睜開來。「也罷了，他如此顧念舊情，可見是不忘恩義的人，杜家不過是個農戶，也妨礙不了我們林家什麼。」

林氏很是不滿，她上回被杜小魚頂嘴，氣得牙癢癢，後來看到李源清真不去杜家還當奏效，原來卻不是這麼回事。

「妙容呢？我好久不見她，怪想念她做菜的手藝的。」

聽到這句，林氏立刻又眉開眼笑起來。「您要想她，我明兒就叫人去接過來。」

老太太點點頭。「源清他那兒的大廚不怎麼樣，也不知道會不會喜歡妙容燒的飯菜，只她到底也是陳家的小姐……」

「無妨，無妨，反正有下手，她就光炒個菜算什麼？」林氏忙道，陳妙容真的能嫁給李源清就好了，到時候他們兩家才算真正的聯繫在一起。因為看得出來，母親是真的很喜歡這個外孫，不像她，嫁出去的女兒潑出去的水，就算能經常回來住住，可林家的家業她是 點也碰不到的。

老太太就不說話了。

卻說李源清剛想回府裡休息，鋪頭就急匆匆地找上門來。

「大人，三里村那邊發生了命案，死了好些人。」

飛仙縣底下共有六個村，三里村也在其統轄範圍之內，離縣裡距離不太遠。

李源清忙問緣由。

「是一家鏢局押鏢路過三里村，被雁山上的土匪盯上，趁著半夜偷襲，結果兩邊打起來，死傷不少人，還牽連到客棧裡的住客。」

「現在那邊情況如何？」

「屬下剛才派人去探查消息回來，說押送的大批黃金貨物已經被那幫土匪搶走，鏢局的人死了一半，還有幾個追了過去，生死不明。至於住客……晚上了起了火，有幾個燒得無法辨認，聽其他幾個受傷的住客說，是咱們縣裡的人。」

李源清沈吟片刻。「既然是有計劃的來搶鏢，應是定了後路，三里村北靠雁山，南邊是水路，」他頓一頓道：「保不定早就停了船，你速去聯繫速水河碼頭的船夫，問是否看到有可疑的船隻。」他說著坐到書案前，揮筆寫了幾行字，拿章蓋了。「送去齊東縣，那批土匪極為可能從水路去齊東，請張大人多派衙役巡查。」

鋪頭接過來，應一聲忙忙地出門去了。

飛仙縣衙門到傍晚出動了所有的衙役，有好事者便打聽出其中的緣由，這劫鏢的事情就慢慢在縣裡傳開來，各家各戶有出門在外的家人，聽說三里村那家客棧死了好幾個住客，立時都焦急萬分，生怕是自己家的人，最後都聚集在縣衙門口探聽情況。

裡面也包括吳大娘跟林美真。

飛仙縣去桐城是必經三里村的，他們紙馬鋪生意好，有個富商家裡做喪事，在他們鋪子買了不少存貨，吳大娘的兒子盧德昌便去桐城進貨去了，算算時間，也確實是歸家的時候，所以當吳大娘一臉慘白地跑來杜家時，每個人心裡都是咯噔一聲。

「妳不要亂想，也未必是的。」趙氏忙安慰吳大娘。「衙門那邊不是還沒確認是誰嗎？」

吳大娘急得聲音都抖了。「可是聽說就是我們縣裡的人，還是年紀輕的，這要萬一真是德昌，妳叫我跟媳婦怎麼活啊！」

怎麼會有這種事？杜小魚心裡也沈得好像放了一塊鐵似的，早不早晚不晚的，居然是這時候發生了，叫人不擔心都難。

「二哥不在衙門嗎？」她問道，這事的細枝末節只有李源清最清楚，若是問他，想必會曉得死掉的人的身分。

吳大娘嘆息道：「就是不在才急，他親自帶衙役去速水河了，要問個人都問不到，留下來的衙役又是不太清楚情況的。唉，我這心啊怦怦直跳，難受得很，我家媳婦肯定比我還難過……」

趙氏按著她坐下來。「所以才叫妳別慌，說不定是虛驚一場呢！」

「我去縣裡看看吧。」杜小魚道，她也實在找不到話來安慰吳大娘，若沒有實質的證據證明他們沒有死，那是無法說服的。

「也好。」趙氏也道：「若等不到文淵回來，就住在妳秦大嬸家裡。」她也知道問不清楚的話，心裡是難以安心的。

杜小魚應一聲就出門去了。

到了縣衙門口，果然見好多人圍著，個個的表情都很沈重與愁苦。

天空灰濛濛的，像等待的人群中，每個人的心情。

聽說李源清是前天傍晚帶著人離開飛仙縣的，到現在已經有整整兩天的時間，也不知道能不能抓到嫌犯？那幫土匪居然敢殺人放火，可見是窮凶極惡的，那會不會有什麼危險呢？

兩層擔憂壓在心頭，時間變得越來越難熬。

一直過了半個時辰，終於有動靜了，有人在遠處叫道：「縣主回來了，回來了，犯人抓到了！」

人群騷動起來，杜小魚也四處張望。

果然看到十數個衙役慢慢走過來，押著五、六個土匪，李源清走在最前方，他臉色顯得有些白，左手腕纏著繃帶。

那些人蜂擁而來，七嘴八舌地問各自想知道的資訊。

李源清對身後一個衙役吩咐了幾句話，抬起頭來的時候看到了杜小魚，她站在那裡，也在看著他，他微微一笑，又低頭對衙役吩咐一些話就先進了衙門。

那衙役站在門口，手握著腰刀，高聲喝道：「剛才縣主吩咐了，一個個來，都給我站好，要是擾亂秩序的，打十個板子！」

聽到要打板子，全都安靜下來，乖乖的排好隊。

又有別的衙役上來一個個問情況，領著進去衙門，自有主簿拿紙筆記下來他們說的話，好對照那些燒死的是不是他們家人。

杜小魚站了會兒，很快就有人過來道：「大人在等妳，姑娘請隨我來。」她就跟著去了，一邊問道：「縣主受傷了？」

那衙役點點頭，崇敬道：「大人身先士卒，全靠大人，才抓到那些土匪。」

李源清正坐在大椅上，看起來很疲憊，聽到她來，才睜開了眼睛。

「叫大夫看過了？」她關切地道，很自然的走到他身邊，審視著繃帶，看起來包紮得很好。

「三里村有大夫，在那邊看的。」他問。「妳怎麼會來衙門？莫不是擔心我？」說到最後面一句的時候，他嘴角揚起笑意。

那目光閃動著什麼，像是期盼，杜小魚笑了。「我自然擔心你。」

他笑意加深，向她伸出手。「大夫說一個時辰換下藥，妳給我換。」

她一怔，旋即就點了下頭。「好，不過我是來問你一件事的。」

「什麼事？」李源清從懷裡把大夫配的傷藥遞給她。

「盧大哥去了桐城，算起來，正是回來的時候，吳大娘跟美真姊急得不行，生怕客棧死掉的人是他呢！」

李源清的心陡然沈下來。「他去桐城做什麼？身邊可帶了什麼特殊的物件？」

「是去給紙馬鋪進貨的，要說東西，應該就是黃紙、金粉紙、桃木、麻衣這種，那客棧裡有沒有留下什麼跡象？」
他聽完鬆了口氣。「客棧的夥計並沒有提到這件事，他們若進了這些東西，都是不吉利的，那夥計肯定記得。妳放心，他們應該沒事的。」
「那就好了。」杜小魚終於露出笑來。「我得趕回去告訴她們一聲。」說著就要往外跑。
李源清一把拉住她。「我讓人去通知，妳還要給我換藥呢。」
「嗯。」
李源清便把外面的衙役叫進來，吩咐了幾句，那衙役便又出去了。
杜小魚心裡石頭落了地，表情也輕鬆了，湊過去給他解開手腕上纏繞的白布，打開一看，卻是倒抽了一口涼氣。
那傷口很深，都要露出骨頭來，雖然血已經止住了，可看起來猙獰可怕，觸目驚心。她手指微抖，拿傷藥小心抹在上面，皺眉道：「你又不是在沙場上打仗的將軍，要不要這樣搏命呀？」
那心疼是看得見的，他的疼痛減輕了一大半，眉尖輕挑了下道：「是我大意，沒料到那首領武藝不弱。」
杜小魚抽了下嘴角，這樣要命的事，他卻說得如此輕似柳絮。
「等會兒我跟妳一起回去。」他又道。
「回去？」杜小魚抬起頭來，有些迷茫。

「回咱們家啊。」他笑起來。「我好久沒有去了。」

「你……你說服你外祖母了嗎？」終於明白他說的是什麼，杜小魚挑眉道：「別明兒那邊又派人來，說我們百般勾搭你呢。」

這樣的語氣他聽了也不生氣，依舊笑道：「我知道妳還是會幫我的，不然馮夫人也不會一點就通，妳放心，祖母已經允許這件事，不再干涉我了。」

原來還用上了馮夫人，看來確實是解決了，她上完藥，問衙役找了乾淨的白布纏上。「你這樣子過去，可不是要惹得爹跟娘心疼？沒準兒還能賺一些眼淚，你真忍心？」

他倒是沒有想到這一點，從小到大他在杜顯夫婦面前時是沒有受過一點皮肉之苦的，別說這種傷了。「那只好等康復了再去。」

兩人正說著，就聽外面有個嬌柔的女聲道：「表哥，我可以進來嗎？」

表哥？杜小魚疑惑地看向李源清，是林家的哪個親戚嗎？聽說林嵩確實是沒有娶妻生子，那林氏倒是有女兒的。

李源清臉色沈了沈，但終究還是開口道：「進來吧。」

門被慢慢推開來，露出一張清秀的臉，上面一雙眼睛溫柔得好似山間的泉水，這是一個溫婉至極的女子。

她是陳妙容，老太太前幾日才接來飛仙縣的，至於為什麼這會兒會在衙門，李源清也不清楚。

那陳妙容看著跟她年紀相仿，可能還比她小一些，應該不是林氏的女兒，杜小魚好奇地瞅著她。

「這是杜二姑娘吧？」陳妙容衝她福了福身。「我叫陳妙容。」

杜小魚也忙衝她回禮。

李源清語氣冷淡。「妳怎麼會在衙門？」

「是老太太叫我來的，老太太聽說表哥受傷了，心裡很擔心，叫我來看看。」她目光落在他手腕上。

「不妨事，我一會兒會去看祖母的，妳先回去吧。」李源清眉頭皺了下，他受傷的消息竟然這麼快就傳到外祖母那裡，可見是哪個衙役得了好處，什麼都往那邊報。

陳妙容態度依舊溫柔，衝他笑笑。「嗯，那我回去了。」又跟杜小魚告別一聲。

「是我小姨的侄女。」李源清解釋。

杜小魚哪兒瞧不出來其中的關係，這陳妙容也是個大姑娘了，男女講究授受不親，林家老太太要不是有什麼意思，豈會派個姑娘來看李源清？難道是想林陳兩家來個親上加親不成？

不過陳家好似沒什麼名氣，比起林家的家業來，簡直是不值一提。

也難怪陳姑娘會被人如此擺弄，要真是有點兒底氣的話，絕不願做這樣不合時宜的事情。

「你外祖母是想你娶了陳姑娘？」

見她一副瞭然的態度，李源清不由失笑。「誰說的？」以陳家的家世，老太太至多讓陳妙容給他當個妾室，就跟她身邊眾多的丫鬟一樣。

陳家想憑著這個女兒占到點好處，老太太哪會不明白，要不是看著陳妙容好拿捏、好脾氣，又覺著也該有個女人約束約束，也不會想到拿她試一試。

可惜陳家完全沒了底線，居然這樣都會同意，也怪不得老太太越發看不起了。

杜小魚也不想弄得那麼清楚，他們大家大戶的總是那麼複雜，個個勾心鬥角，但想到馮夫人，又揶揄地道：「那馮家小姐還是不錯的。」

馮叢蓉？李源清挑起眉，馮夫人的確有這個意圖，他看向杜小魚。「妳是真覺得她不錯？」

她沒料到他竟然認真起來，不由愣在那裡，片刻後才道：「嗯，應該是吧，長得漂亮，舉止又端莊，我看娘也挺喜歡的。」

「那妳呢？」他目光有些刺人。「妳覺得我該不該娶她？」

語氣裡隱隱有些怒意，杜小魚被他一看，渾身不自在，她只是隨口一說，要不要這麼咄咄逼人？她撇過頭。「這是你的事，我哪兒管得著？」

李源清頹然，他雖然聰明，可面對不開竅的杜小魚，著實是毫無辦法，有好幾次想脫口而出，可都硬生生忍下來。他不清楚說出來會有什麼後果，那是無法預測的，若是她不能接受，以後只怕會逐漸生分，想再拉近距離，將會很難。

章卓予就是一個很好的例子。

他現在唯一的籌碼，大概就是她還沒有喜歡上任何人。

想到章卓予，他便問道：「章師弟現在在哪兒，妳知不知道？」

「聽姊說，是派到琦玉縣當知縣去了。」他只是個同進士出身，能這麼快當上官，肯定是萬家早就打點好的，杜小魚對他雖然覺得略有抱歉，可到底也沒有往心裡去，遠了就遠了，她一個再世為人的，對這種事必然不會有多在意。

李源清看著她淡然的表情，更加覺得還是要謹慎些為好。

不過她的的確確已經到了嫁人的年紀，只怕家裡會催得緊，不說以後上門提親的，現在光一個李錦就已經很危險。

他忍不住拿手揉著眉心，生平第一次覺得一件事如此棘手！

「你好好休息，我就不打攪你了。」杜小魚還當他累了。

他也沒有挽留，任她走了。

這一頭林美真跟吳大娘聽到衙役帶來的消息後都如釋重負，終於可以安心下來，趙氏聽聞了也放了心。

一天後，盧德昌從桐城回來，說起這件事也是心有餘悸。

那日幸好掉了東西在店鋪，他回去取才耽擱了路程，不然真真臨到頭上，那就是大大的不幸。

第九十章

秋季越來越近，杜黃花再過兩個月也即將去京城，杜小魚的婚事再次被提上日程，趁著她出去看草藥田了，一家子就聚在一起商量。

「妳去京城那麼遠，來回一趟也不容易，倒是應該好好給小魚把把關，妳瞧著李錦這少年怎麼樣？」等這年過去她就十六了，無論如何也該定個人家，杜顯憂心地道：「我們也不貪人家的家世，只要人品好就行。」

杜黃花笑起來。「怎麼要我說？小錦您們是最熟悉的，人自然好，不過還是得問問小魚。」

「這孩子就是不肯好好說，每回都說些玩笑話，我就是不懂她怎麼想。」杜顯氣道：「妳是她姊姊，應該是瞭解的，什麼時候試著問問，我跟妳娘也好放心。」

杜黃花就有些頭疼，她哪不瞭解小魚的性子。「爹您也不要太急，總要挑個她喜歡的，小錦雖說好，可是小魚不喜歡也沒有用的……」

杜顯打斷她，急急的問道：「妳怎麼知道妳妹妹不喜歡，她跟妳說的？」

「這、這倒不是。」她忙否認，也是猜的，但沒有明白確定杜小魚心裡的想法。

趙氏聽了搖搖頭。「黃花，妳就按著妳爹的意思問問也好，若是不喜歡，咱們也別耽誤小錦，總是往咱們家裡來，總有些閒言閒語的。上回還有人來問，是不是要招小錦入贅呢，妳看看，已經有這些話出來了，我們總要有個說法。」

他們也是因為這個事才覺得不妥，便更加著急了，這樣好的人選到哪裡去找呢？

杜黃花聽了也只好答應，這倒是馬虎不得，村裡人就愛好聚在一起說這些，真要傳出去了，將來小魚不喜歡都不行，還是要早點說清楚的好。

而且李錦沒有複雜的家世，她自己也是看好的，因為給大家大戶刺繡的關係，那些勾心鬥角也知曉一些，簡單有簡單的好處。

再過一個多月杜黃花就要走了，家裡也在幫她準備要帶去京城的物什，房子肯定是要購買一處的，這次隨行的還有白士英，也請了一個武館的弟子護送。

要不是要留人照看家，崔氏也想一同去，白士英就跟她說到時候等他回來再商量這事，房子田地最好不要賣掉，因為都可以交與他大哥白士宏打理，將來想回來養老，也有處落腳的地方。

崔氏倒是不以為然，白與時如今當了京官，以後指不定就常留京城了，誰還想回來？但也沒作多想，只等那邊安定了，就過去一家團聚。

杜小魚也依依不捨，杜黃花一走，家裡的孩子就只剩下她跟兩個弟弟妹妹了，想著往年相聚的時光，心裡極為惆悵。這一去，只怕以後一年也難得見到一回，難怪說嫁出去的女兒潑出去的水，實在太難以預料往後的事。

嫁夫隨夫，果然就是如此！

即將分離，杜黃花也常常過來，這日，想起爹跟娘的囑託，她看著杜小魚欲言又止，不知道怎麼開這個口。

「姊有什麼話就直說，還藏藏掖掖的幹什麼？」杜小魚不由得好笑，她們姊妹倆難道還有什麼不能說的？

杜黃花笑了笑道：「那好，妳可不要怪我多嘴。」

杜小魚挑起眉。「到底什麼事？」

「爹跟娘都看上小錦了，覺得他做女婿的話肯定不錯，硬是叫我來問問，要妳沒有這個意思，他們說也不能耽誤小錦。」

她說這些杜小魚一點也不意外，不過耽誤小錦是什麼意思？杜小魚奇怪道：「有人想把閨女嫁給他不成？難道是白嬸子過來說什麼了？」

「那倒不是，是有人講閒話，說咱們家是不是要讓小錦入贅。」

「什麼？」杜小魚怒道，又是哪個人嚼舌根，居然說這些話出來！李錦是他們家僱工，經常出入他們家自是常事，難道就因為他年輕，別的僱工是中年人，就要說這種不著調的話嗎？

「妳也怪不得這些人，爹還常留小錦吃飯呢，又在別人面前話裡話外的誇讚他……」杜黃花就聽到幾回。

杜小魚拿手拍著額頭，這個爹怎麼就那麼想她嫁人呢！

她想了下道：「可我若說了實話，爹肯定還會給我找別的人家，到時候又怎麼辦？姊，我真不想那麼早嫁人。」

杜黃花一怔，這個妹妹向來主意多，有主見，可嫁人這種事怎麼能隨意由她？自古都是父母之命、媒妁之言，就算爹跟娘聽了她的，旁人也要說三道四；再說，年紀一大，以後想嫁人都難，只能挑些條件不好的，到時候可不是又得後悔？

「妳要想想清楚……」她抓起杜小魚的手輕輕握著，問道：「妳到底想嫁個什麼樣的人才喜歡呢？不想嫁人這種話，爹跟娘肯定聽不進去，若有個什麼要求，只怕還比較好跟他們說。」

看來這事真不能靠李錦拖下去了，杜小魚長嘆一口氣。「我其實也沒什麼要求，就跟姊姊一樣，希望嫁個真心喜歡的人。」

杜黃花臉微微一紅，想起過去那些事，搖搖頭道：「也許什麼都是命中注定的，妳、妳只怕是緣分未到呢，要不，我幫妳去跟爹娘說說？其實……小錦也很不錯，妳真的沒有什麼想法？」

「小錦是很好，不過……」她也說不清楚，就像個很好的朋友，可以相處，但遠達不到談婚論嫁的程度。她越想越是心煩，才十五歲而已，怎麼就變成剩女了呢？要這麼急的要把她嫁出去！

杜黃花哪知道她的心思，只當她是任性了些。

「那妳要我怎麼跟爹娘說呢？」她最後也沒有辦法，只得問杜小魚。

「就說沒這個意思吧。」

杜黃花瞧她一眼，嘆了口氣。

杜顯聽了當時就急了。「這孩子到底在想什麼？小錦這樣好的居然也看不上！妳說我白白做了這麼些事！黃花，她真是明明白白說了？」

杜黃花點點頭。

「哎呀，這孩子！」杜顯氣得頭都疼了。「我跟妳娘是太縱著她了，妳瞧瞧！她這個樣子只怕明年還是看不上誰的，這該怎麼辦才好？她娘，妳倒是說說，這村裡好一些的都上門來過了，她一個都不要。縣裡也有幾家好的，也還是不要，難道咱們還得去別的縣裡不成？」

見他急得團團轉，趙氏忙安慰道：「這不還有一、兩年嘛，曉英也不是這麼早就定下來的。」

「曉英能像她？冬芝說什麼，她都答應！」杜顯氣呼呼道，要說對這個二女兒有什麼不滿，也就是這一點了！

看來太聰明也是件壞事，弄得誰都入不了眼。

「眼下還是把小錦的事先給解決了。」趙氏道：「別人都在閒言閒語了，不好再叫他老是往這兒來，就算來也不能總留著吃飯。」

杜顯道：「這倒不難，小錦本來也有意想去開家錦緞鋪的。」

杜黃花在旁笑道：「是啊，經常來跟我請教呢，如今對這些錦緞也差不多都懂了，開個鋪子應不是問題。」

杜顯像抓到了什麼，在腦袋上一陣拍，忽然叫道：「要不咱們出錢給小錦開個鋪子？將來他當上大掌櫃，能掙大錢，小魚總不會瞧不上了吧？」

其他兩人都愣住了。

杜顯得意洋洋，覺得自己找到了一個好辦法。「就這麼說定了，小錦在咱們家當僱工也是埋沒了，現在就該出去闖闖，他不在咱們家了，那些人也沒有閒話說。他要是喜歡小魚，開個鋪子也算相當。」

「妹妹又不是因為他沒鋪子才不喜歡他……」杜黃花皺起眉。

杜顯朝她一瞪眼。「妳可是不想小魚嫁出去？妳爹我好不容易想到個好法子，難道還錯了不成？」

杜黃花被他說得噎住了，好一會兒又要說話，卻被趙氏打住。

趙氏笑咪咪道：「倒也是行，不過這出資的事讓小魚去說才好，她是小錦的僱主，兔舍的事情也有好多要交代的。」

「好，好。」聽到娘子支持，杜顯更加高興了。

杜黃花小聲道：「娘，爹真去說了，不得惹小魚生氣？」

「這父女倆就該好好商談一下，妳爹對小魚的婚事太過關注，弄得我也不好做。」趙氏揉著眉心，無奈道：「我跟妳都看得出來，小魚不好勸，妳爹偏不這樣想，我在中間也做不成什麼，就由得他們父女倆自個兒理清楚了。妳爹這回去說，小魚恐怕也躲不過去。」

杜黃花笑起來。「還是娘想得周到，小魚的事怕也只能順其自然。」

第二日，杜小魚正在院子裡打量專門用來發寒瓜苗的苗床，琢磨著要不要重新動工一下，好拿來發油菜籽。

眼瞅著就要八月份了，若是冬油菜的話，正該是發苗的時候。

杜顯這時拿著幾張銀票，一把遞過來。

杜小魚驚訝道：「給我這些幹什麼？」

「不是給妳的，是給小錦的！」杜顯還在生氣，語氣不怎麼好。

肯定是杜黃花傳達了她的意思，杜小魚又驚訝了一回。「為什麼要把這麼多銀子給小錦？」難道是補貼的精神損失費？不至於吧？

杜顯沒好氣。「給他開錦緞鋪的。」

杜小魚一愣，這怎麼回事？李錦想開錦緞鋪，她確實想過投資，可她爹怎麼可能也曾想到？她眉頭皺起來。「李錦問你借的？」

「小錦不是這樣的人，是我跟妳娘想借給他。」杜顯翻了下眼睛。「他這麼能幹，何必屈居於咱們家，再說，妳又看不上人家，不如讓他走了。」

杜小魚哭笑不得。「那爹自己拿去給他呀，給我幹什麼？」

「妳是僱他的人，不得妳去說？這銀票妳拿給他，契約什麼的我們也不懂，自然要妳去辦。」杜顯理直氣壯。

「那得緩幾天，我這邊還沒有安排好呢。」突然就要李錦走了，這兔舍的事情她就要自己接手，有些倉促。

「這隨妳便，不過小錦在咱們家，別人在外頭怎麼說妳是知道的，妳自己看著辦！」杜顯見她拿了銀票，一甩袖子就要走，結果走幾步又回過頭來。「我問過小錦，他說怎麼也要開了鋪子再說，不好叫別人跟著吃苦，看這孩子多好！」

杜小魚再次苦笑。

她看著手裡銀票，一共一百兩銀子，足夠在縣裡租四年的鋪子了，李錦存錢也存了幾年，拿來進貨應該不成問題。

不過這要她怎麼去說？李錦再怎麼遲鈍，肯定也知道杜顯的意思，他是要給他資本去追求自己的女兒啊！

真真是讓人頭疼！

她想了幾天，終於又跑去找杜顯。

「銀票我可以幫著給李錦，不過有句話還是要跟爹好好說一下。」她正色道，表情十分嚴肅。

杜顯看看她，感覺有點不好。

「我沒有想過要嫁給李錦，就算他開了鋪子，也是很難，所以爹您要想想好，這銀子借出去就借出去了，不一定會有什麼額外的回報的！」她說著又笑嘻嘻起來。「不過爹要鋪子的分紅倒是可以，我讓您做個大股東好不好？李錦將來賺錢了，您也有好處。」

杜顯一聽，氣得不輕。「現在還在跟我講什麼錢不錢的！妳覺得我借給小錦銀子是想貪他的錢嗎？妳是想氣死妳爹我啊！」

杜小魚上來挽住他胳膊，撒嬌道：「爹，您是不想我開心啊！」

兩人大眼瞪小眼，好一會兒，杜顯才嘆出一口氣。「妳教我怎麼辦才好，真要看著妳嫁不出去啊？」

「怎麼會呢？爹不是一向對我引以為傲的？」杜小魚笑道：「只不過是晚些的問題，我對天發誓，以後一定好好挑個相公，行不行？爹您就不要逼我啦！再逼我，我去做尼姑也說不定的。」

「別瞎說！」杜顯大驚。「這話怎麼能亂說，我不逼妳，不逼妳行了吧？但妳要答應我，別只說不做，別人來上門提親，看都不看可不行。」

「好，好，我一定看看。」

杜顯最後也沒有辦法，只得隨著她了。

過了幾日，杜小魚把兔舍的事情處理好，就跟李錦說了開錦緞鋪的事情，聽到杜顯出資，李錦大吃一驚，連連說不行。

「我爹是看你能幹才想出資的，你不要想到別的地方去。」杜小魚笑道：「這幾天去縣裡看看，有合適的鋪子就租了。反正齊東縣那裡，我姊常去進貨你也清楚的，到時候去熟悉熟悉。」

李錦擔憂道：「那妳這兔舍，我走了忙得過來嗎？妳不是又要發油菜籽？」

「沒事，你不用擔心。」杜小魚是有些感動的，李錦的理想就是開錦緞鋪，可是他卻總是在為她著想，怕走了影響到她的生意，這樣實在、懂得報恩的人很少見，她笑起來。「你現在該考慮自己的鋪子了，請夥計、怎麼把布料賣出去，這都是要費很多心思的，可不是光開個鋪子就行的。」

李錦點點頭，目光落在她的臉上，心裡有絲難言的惆悵，到最後她還是沒有接受他，可是卻也不是那樣難過，只是覺得遺憾罷了。

不喜歡到底是不好強求的，只這些年來，他從她的身上學到不少東西，從不瞭解到瞭解，漸漸熟悉，現在忽然要離開了，就像心裡空了一塊似的，很是不適應。

「有什麼要我幫忙的你儘管說。」她又添了一句。

「我會儘快把錢還給杜大叔的。」他卻這樣說道。

她眉毛一揚。「我本來也想出資給你開鋪子，我爹現在願意借給你，其實也是把你當成自家人了。你只管好好做，還不還錢不用急。」

李錦聽了心裡更是感動，卻沒有再多說話，大恩不言謝，沒有這家人，也就沒有今日的自己。

過了幾日，他就走了，臨走時去跟杜顯跟趙氏行了大禮，之後便去縣裡租好鋪子，後來又去齊東縣進貨，僱了幾個老實可靠的夥計，竟是一氣呵成。

等到杜小魚聽到這個消息的時候，他的錦緞鋪已經在縣裡開張。

鋪子名為雲祥錦，開張之日杜家都到場了，鞭炮舞獅必不可少，一為吉祥慶賀，二為熱鬧，吸引人群，李錦開錦緞鋪有大部分原因是因為他娘的家世，那日白氏坐在鋪子裡，想起年少時的十幾年，她從前穿的綾羅綢緞，終於落淚。

這輩子幸好有個好兒子，才能重新看到這一天。

聽杜黃花說，李錦眼光是極好的，只是教了幾次就全記住，那些布料都挑選得很好，都是市面上現今別人愛穿的，他有這樣謹慎、善於觀察的性子，這生意想必會越做越好。

李錦還送了幾疋布給他們，杜顯本來不想要，說才剛剛開店還是別花這些錢，但他執意要給，最後只得收了。

熱鬧一番，他們便離開了錦緞鋪。

路上遇到李源清派來的人，說晚上回來吃飯。

杜顯高興得不知道怎樣才好，一到家立馬開始準備晚飯，雞舍裡抓雞，塘子裡抓魚，忙得不亦樂乎。

杜清秋從吳大娘家裡回來，拍著手道：「是不是那個哥哥要來了？」

杜小魚噗哧笑道：「娘，您看清秋都看出來了，只要二哥來，爹準得這樣忙活。」又拍拍杜清秋的頭。「妳說得沒錯，那個哥哥今天要來吃飯。」

杜清秋是個饞嘴，立馬眉開眼笑。

傍晚的時候，李源清果然出現在門口，一別幾個月，竟像是過了幾年的工夫。

他表現得還是跟往常一樣，笑著叫爹跟娘，反倒是杜顯夫婦很不自然，上回林家過來到底還是讓他們心裡有了壓力，雖說林家老太太准了，可是叫爹娘總是不妥的，但又不好開口說，表情就很是複雜。

李源清也看出來了，笑道：「你們養我這麼大，那叫義父、義母總成吧？」

「好，好，好孩子。」杜顯連連點頭，這個稱呼倒是恰當。招呼了坐下，趙氏打量他兩眼道：「像是瘦了，你倒也不要這麼操勞，手裡的事能讓下面的人做就放一放。」

李源清道：「我知道，只不過剛上任還是親力親為好，以後會稍微閒一些的，前段時間，特別忙。」他是在解釋為什麼沒有來。

杜顯忙道：「你實在沒空就不要來了，來回也累，我們是沒關係的。」

杜小魚在旁邊正看著他的手，李源清衝她眨了一下眼，然後手臂微微一晃，示意已經完全好了，她這才笑了。

杜顯去廚房弄菜，杜小魚也要去搭把手，卻被趙氏攔住。「妳陪文淵說話，裡面我去幫忙，對了，叫黃花也過來，她下個月就要去京城了。」

李源清聽到這個也不意外，白與時現在留京城做官，以後怕就要常駐，夫妻倆不在一起總是不好的，所以杜黃花會去那兒也是意料之中的事，想著就笑了笑，那是好事，他們兩個如今還能好好的在一起，足以令家人安慰。

「我跟妳一起去白家。」李源清站起來。

兩人就出去了。

第九十一章

已經是初秋的時節，天氣是涼爽的，田野裡兩邊的稻子開始發黃，金燦燦的，就等著種植的人過幾日來收割。

雲飄得很遠，上空是大片湛藍的色彩。

李源清這幾日一直忙於政務，如今一看到這些景象，心裡頭立時輕鬆許多，覺得愜意又舒服。

杜小魚也不說話，因為忽然找不到話說，只往前默默地走著路。

「李錦不再幫妳了？」他卻開口問道。

杜小魚詫異的看著他。「你怎麼知道？哦，你今兒看到他鋪子開張了嗎？」

「前幾日就聽說了。」他笑笑。

「爹借了銀子給他開的。」

「哦？」李源清挑起眉，沒想到杜顯那麼看好李錦，居然肯出錢幫他，忍不住問道：「義父怎麼會想到這麼做？」

「自然有原因的。」杜小魚含含糊糊道：「李錦在咱們家做了這麼幾年，爹很相信他的品行，而且銀子放著也是放著，借出去能幫別人，何樂而不為？」

「只是這樣嗎？」不是因為看中了想做女婿，這才出資？李源清盯著她的臉，知道她沒有實話實說，便笑了下道：「李錦其實不錯，以後鋪子做好了，義父指不定就要他上門來提親呢。」

杜小魚抿住了嘴，杜顯當然有這個意思，不過她已經說清楚了，當下又挑起眉。「不會，我已經說好了，相公我會自己挑。」

自己挑？李源清的心一下子提上來。「今年嗎？還是明年？」

那目光灼灼的，有些焦慮，杜小魚看著他的眼睛，眉頭微微擰了下，但又覺得自己應是看錯了，即便李源清關心她，那也不該是焦慮的表情。

就像她也曾想過李源清的婚事，若是林家要他娶個不喜歡的姑娘，她也一樣會同情，會想辦法幫他。

她低下頭。「這我如何知道，就這一、兩年吧。」

「那妳去哪兒找？一個姑娘家自己挑男人做相公，這合適嗎？再說，妳就覺得一定能找到？」李源清語氣加重了些，雖說她自七歲那年就變得不一樣了，可也不能太出格的。

說到了杜小魚的痛處，她其實心裡一點底也沒有，在婚事上諸多糾結，也是因為她不是這個時代的人。

她無法接受跟自己不喜歡的人生活在一起，兩人只寥寥見了幾面就成親，這是難以想像的。

所以她一直在反抗這種模式，而幸運的是，她的父母十分民主，也許也是因為出自於對她的疼愛，讓這種堅持變成了一個可能。

可到底能堅持多久，太難預測。

看她愁眉苦臉，李源清又說道：「那妳說說都有些什麼要求？我也好幫妳留意下，不說縣裡，就是京城我也認識好些個才俊的。」

杜小魚聽到這個不由笑起來。「京城？京城有哪個公子願意娶個農家女？」腦袋壞掉了才有可能。

「怎麼不可能？我可是妳二哥。」李源清道：「快說要求吧，妳看都要到大姊家裡了。」

要求？她哪有什麼要求，想了下才說。「無非要看得順眼、人品好、對我也好……不對、不對，說這些有什麼用？我看著不喜歡的話也還是不行的。」

果然是前途險阻！李源清氣結，那這個要求就是非得喜歡那個人了，其他外在什麼的都不作數。

那萬一她哪天看上一個農戶也是有可能的……

兩人正說著，就聽前頭傳來一個耳熟的聲音。「杜姑娘。」

杜小魚抬頭一看，可不是阮玉嗎？

她俏生生的立在那裡，只不過目光卻不是看向她的，而是落在李源清的臉上，然後杜小魚就聽到她說了一句，聲音裡似夾著嘆息。「李公子，別來無恙？」

兩個人都呆了呆，杜小魚沒想到阮玉竟然會認識李源清，那語氣雖然談不上有多熟悉，但一定是認識的。

是了，她也是從京城來的，兩個人若見過面也頗為正常，只是竟在這樣的地方又遇見，這就有些巧了，再結合以前對阮玉來此定居的疑惑，杜小魚難免更加好奇起來。

而李源清此刻也很驚訝，阮玉是華娘子最得意的弟子，已經得到全部真傳，照理說她不該出現在北董村。

「阮姑娘，好久不見。」他也微微一笑，又道：「妳怎會在此地？」

居然會問這個問題？看來不只是打過照面的關係，杜小魚在心裡思忖。

阮玉面上浮現了一層憂色，輕嘆道：「一言難盡。李公子、杜姑娘，我還有事情，先行別過。」說完竟匆匆走了。

看著她背影，杜小魚奇道：「你是怎麼跟阮姑娘認識的？」

李源清不假思索道：「機緣吧，那會兒她路遇劫匪，正巧我跟幾個朋友出外打獵，救過她，這就認識了。」後來見面的次數多了，她像是經常遇到麻煩，他出手解救，兩人漸漸熟悉，阮玉曾打趣道他是她命裡的救星。

只是，男女有別，稍加熟稔，就有旁人說起閒話，他一個要好的朋友還想過要撮合他們，他自是沒有想過這些，怕連累阮玉清白，主動切斷了聯繫。

再到後面，就是回來北董村那次，他確定自己的心意後，便著手安排計劃，此後就再也沒有聽到阮玉的任何消息了。

典型的英雄救美呢！杜小魚往他看了看，他穿著天青色的單袍，玉帶束腰，五官出眾非常，如秀樹一般，這樣的人即便只是靜靜的站著，都能引得人移不開視線。而他又是一個年輕的縣主，文韜武略，樣樣精通。

這世上能有幾個如此優秀的人？

她不禁發出一聲長嘆，她不是青澀的少女，剛才阮玉的眼神裡藏著什麼東西，她沒有漏掉，只是，為何卻又轉身走了呢？

不知不覺便已經走到白家，見到李源清來了，杜黃花笑著出來迎接，把白念蓮抱給他看。

「爹準備了好些菜呢，叫你們一起去吃飯。」杜小魚發出邀請。

崔氏笑笑，通情達理道：「你們一家子團聚，我們就不去了，念蓮放家裡，省得吵得你們吃不好飯。」

白士英也笑咪咪的看著李源清，他父親是京城的尚書，將來自家兒子怕是多有依仗的，便催著杜黃花去娘家，忙忙地把白念蓮抱過來。

「那就煩勞爹跟娘了。」杜黃花也不推卻，跟著他們就走了。

「相公書信來，說是在西玉街看了幾處院子，都還不錯。」杜黃花說起以後要去京城居住的事情。

京城不比他們這些縣城，京城官員眾多，住房問題已經成為一大難題，除了那些高官外，品級低的官大多住在狹小的官舍裡，而有妻有兒就只能自己出來找房子住，所以他們家一早就有所準備，幸好銀子也是足夠的。

「西玉街那邊很合適，妳倒是可以叫姊夫買下來。」李源清表示贊同。

「你對京城是熟悉的，都這麼說了，那肯定好。」杜黃花笑起來，看著曾經共同生活了十幾年的弟弟，眼裡滿是欣慰。

李源清也看著她，打趣道：「去到那裡買兩個丫鬟，妳就安心當官太太了。」

「是啊，以後就有人叫姊姊太太了呢。」杜小魚上來拉著杜黃花的手。「到時候我會來看妳的，要是姊夫欺負人，妳可要告訴我們。」

杜黃花的鼻子酸了又酸。「你們要好好照顧爹娘，這話我以後就不多說了。」

幾個人說著就進了院子，只李源清凳子還沒坐熱，就聽他們家的僱工鄒巒在院門外喊話，意思是問能不能進來，語氣小心翼翼的。

趙氏當然叫他進來，誰料到他身後竟還跟著一個婦人，那婦人瞧著四十歲上下年紀，長得中等身材，兩隻眼睛細細的，吊著往上，看著就不是好相與的人，見到屋裡一群人，絲毫不怕，上前嘻嘻笑道：「都虧你們家照顧我們巒兒，他心性高，就想著自己出來過，我還當不成呢，誰料就遇到你們這麼好的東家，真是上輩子修來的福分啊，這點東西不成敬意……」

她還帶著禮來的，眾人聽這一番話，都曉得了她的身分，正是那鄒巒的後母，霸占家產又把他們趕出家門的人。

鄒巒明顯很不自在，兩隻手搓來搓去，腿更是不停地挪動，好像很想要立刻離開的樣子，十分的尷尬。

這樣惡毒的繼母，還滿嘴謊言，說是鄒巒自己要分家，杜家人哪個會喜歡？要不是看在鄒巒的面子，早就一通趕出去。

可惜他是個軟性子，被欺負到這種程度，居然還能領著她來杜家。趙氏皺起眉，把那兩個錦盒推回去。「他自己做得好，談不上什麼照顧不照顧，東西我們是不好收的，還都靠著他夫婦倆，我們田裡才有收穫。」

明顯是拒絕了，那婦人就有些不高興，又朝著李源清看去，臉上很快堆滿了笑容。「都說縣主大人年輕有為，真真是沒有說錯……」

李源清聽著目光就冷下來，似寒冰一般，那婦人立時打住了嘴。

杜小魚很不耐煩她。「妳到底有什麼事？我們馬上就要吃飯了。」是在下逐客令，對於這種人，她向來懶得搭理，趙氏夫婦心善，怕鄒巒不好做，可就是要不客氣一點，那婦人才知道拉上鄒巒也得不到什麼好處。

果然，那婦人瞪了一眼鄒巒，心道這死小子在這樣的家裡幫工，居然也不懂得討巧賣乖，一分面子也不給他，就要趕人了，當下對杜小魚很不喜，家裡大人都還沒開口呢，這姑娘就拉下臉來。

「其實我是有件事兒……縣主大人，奴家聽說那黃三兒不做衙役了，縣衙又正要招人，我家兒子可合適得很呢！」她咬一咬牙就說了。

原來是來給她那個親生兒子謀職來了。

其實衙役的身分是很低的，幾乎與奴婢同列，其子孫三代都不能參加科舉，工錢也是少得可憐，所以一般人家都不願意去。

不過衙役卻有例外的收入，那婦人的兒子是個不成器的，種田又不願，讀書又不成，她就把主意打到鄒巒頭上來，聽說他們夫婦倆在給杜家做僱工，偏偏縣主又是那戶人家養大的，可不是很好的一個機會嗎？

屋裡人聽得都暗自搖頭，為了讓兒子進縣衙，這都公然跑來賄賂縣主了，實在可笑！縣主豈會管這些事？都是交給下面的縣丞跟主簿去處理的。

鄒巒跺一下腳，懊悔不已，她三天兩頭的來家裡纏著他們，實在是受不了這才被迫領著來，可到底是做錯了。

也不知東家怎麼想？自個兒當時是昏頭了吧，竟然想著靠東家解決這件事，他們家就能解脫出來，怎麼就沒想到惹惱了東家，以後這份工能不能做下去還不知道呢。

這麼一想，他身上的血都湧上頭頂，衝上去就抓住那婦人，拖著往門口走。

「你做什麼！」婦人大驚。

鄒巒只管拉著她，兩人就在外面扭成一團，婦人對他又打又踢，別提多凶悍了。

「這婦人……」李源清湊過來問杜小魚，他並不清楚裡面的情況。

「是鄒大哥的後母，成天欺負他們，還把他們趕出家門了呢。」杜小魚憤然道：「鄒大哥是個老實人，想必是被她逼得沒辦法，才會來咱們家的。」

他點點頭，便走到門外，叫他們兩個停手，衝那婦人道：「妳那兒子叫什麼？」

聽到縣主發問，婦人大喜，忙回道：「叫鄒勇。」

「幾歲了？」他又問。

「十八歲。」婦人的心怦怦直跳，縣主問那麼清楚，莫非是准了不成？那可是大大的好事，當上衙役雖說沒什麼地位，可卻有大筆的銀子，聽說可以經常去集市裡收別人擺賣東西的費用呢！

那些個商人賺那麼多錢，從他們手裡頭扣一點出來，想必也不難，她越想越是高興，又添了兩句。「我兒子是個聰明的，身體也好，一定能好好給縣主大人辦事。」

李源清淡淡道：「明兒叫他來衙門去找縣丞，若是通過考核，當個衙役也不是沒有可能。」

其他幾個人都愣住了，這婦人如此舉動，培養出來的兒了想必也好不到哪兒去，怎麼就能要了他呢？

那婦人卻歡喜非常，連聲道謝。

「東西拿回去吧。」李源清轉身又走回屋子。

連禮都不要居然就做成了，婦人更是喜上眉梢，忙忙地去了堂屋把東西拿出來。

她看鄒巒都變得順眼了，衝他笑道：「都是你的功勞啊，我回去做幾個菜，你跟媳婦過來吃。」

鄒巒瞪大了眼睛，這後母從小沒少折磨他，別說做飯吃了，一天不打都得感謝老天，有些難以接受這種好意。

婦人笑盈盈地走了，鄒巒回過身，也不知道該對杜家的人說什麼，想了下居然朝他們鞠了個躬，然後才離開。

這兩人一走，屋裡人都看著李源清，杜顯急道：「這個人只怕不能要，將來做了不好的事是要連累你的。」

李源清笑一笑。「怎會連累我？縣衙底下有數百人，都能牽連到我，那知縣就沒法子做下去了，義父還請放心，不妨事的。」

杜顯只得嘆口氣不提，瞧著天色也漸漸黑下來，便去廚房把那些個菜都先炒起來。

杜小魚跟杜黃花也去幫忙，杜文濤便跟李源清坐在一處，向他討教學問。

杜黃花剛來到廚房，杜顯就揮手道：「妳們都出去，這些我來，黃花，文淵難得來的，妳陪著說說話。」

這姊弟倆之間平時話就不多，可如今面臨分別，到底也是傷懷的，以前是李源清離開杜家，現在又換成杜黃花離開他們去京城了。

兩個人走到院子裡，初秋的風已經帶了些寒氣，捲著落下的葉子在空中起舞。

杜黃花回頭看了一眼，杜小魚正在教育剛才不好好吃飯的杜清秋，杜文濤則像個小大人一樣斯斯文文的坐在凳子上，就著燭光看書。

「我現在最放心不下的就是小魚。」杜黃花幽幽嘆了口氣。「有她在，爹跟娘肯定都會好好的。」

李源清心知她的意思。「姊是擔心她的終身大事？」

「是啊，她整天想什麼我也不太清楚，但這個家能有今天都是她的功勞，可是小魚到底是個姑娘家，不好像男人那樣養家的，爹跟娘雖然不想再逼著她，可想法都一樣，怕她耽誤了自己的姻緣呢。」杜黃花道：「你跟她從小就好，也許能說到一處去……」

「只怕我也沒有法子。」

那聲音有些怪異，杜黃花詫異地盯著李源清。

看著對面從小一起長大的姊姊，他在瞬間作了一個決定，慢慢地道：「因為我並不想小魚嫁給別人。」

這句話無異於一道驚雷，杜黃花半天都反應不過來，喃喃道：「你、你……」

後面的意思不用講出來，李源清微微點了下頭。

杜黃花的神色在短短時間變了數次，在最後卻轉化成驚喜之色。「你若是真喜歡小魚，那倒是好事，爹跟娘一定會歡喜的。」

李源清笑起來，看來她是支持的。

「不過……」很快，杜黃花又滿是擔憂。「雖說你跟小魚不是真正的兄妹，可你們李家、林家……只怕這關不容易過吧？」他們不過是個農戶，而李源清的父親是二品大員，外祖母家又是家財萬貫的大富豪，如何願意結親？

「這還是簡單的。」李源清苦笑。「我只是不知道如何跟小魚說。」

他竟是在煩惱這個?!可見是早就思考過兩家之間的問題。杜黃花想了又想，不由埋怨。「你怎不早些跟我說？爹跟娘也還不曉得吧？」

「這、這個……」李源清臉頰微微發紅，說出來之後還是有些羞赧的。

杜黃花噗哧笑起來，又回頭往堂屋看一眼，杜小魚根本不知道他們在說什麼呢。「還是頭一回見你……」這個窘態實在少見，她又掩嘴輕笑了下。「幸好我還有十幾天的工夫才走，倒是可以試探試探小魚。」

「姊真願意幫我？」李源清大喜。

「那是自然，我只是從未想過你們二人……」杜黃花頓一頓道：「但是你可要想好，到底以前是咱們家出去的，以後定然會招來閒話，若是這事傳出去，小魚也會受到牽連。」

「若是小魚也喜歡我，她定然不會怕的。」李源清堅定地道，也許這想法自私了些，可是他們若能在人生的道路上攜手同行，那是他夢寐以求的事，所以絕不會因為任何原因而放棄。

見他如此，杜黃花道：「也罷，她這個性子，其他人真未必合適呢，也很少有她能看得上的。」

說了會兒兩人才回來，杜小魚是故意給他們二人空間說說話的，這姊弟倆從小就不太親，雖然杜黃花是真心的疼愛杜文淵，可始終有隔閡在裡面，從未做到親密無間。

但這次顯然有些不同，兩人好像忽然就心意相通起來，這眼神都不一樣了。

難道即將離別真的能促進感情不成？

她自然想不到別的地方去，只是覺得心裡高興。

李源清晚上也沒有留在這兒，又稍微坐了一下便說要回縣衙，還有公務等著處理，馬車是一直停在村口的。

「小魚，妳去送文淵吧。」杜黃花催促杜小魚。

杜小魚得姊姊吩咐，便也去了，正好也說說剛才那婦人來給兒子謀職的事。

李源清走得很慢，心雀躍般在胸膛撲騰著。

原來說出去了竟是這樣一種感覺，杜黃花是他可以信任的人，也是他第一個傾吐心忠的人，那長年積蓄在心中的感情像江河衝破了河堤，一發不可收拾。

難怪說有些話是說不得的，說出來之後就再也難以收回。

「二哥，你把那人收了當衙役，是不是要收拾他啊？」杜小魚跟在後頭，輕鬆地笑問道，她是不信李源清真會做出當和事老這樣無聊的事情的。

「那也得等他犯錯才行。」她真的很瞭解他，可惜卻不懂他，李源清回過頭，目光落在她臉上。

那雙眼眸是如此的有光彩，像天上所有的星輝都匯聚在裡面。

她七歲那年病癒後，就再也不像以前那個單純木訥而孱弱的妹妹了。

如此特殊，如此聰慧，又如此陌生。

但他也慢慢習慣起來，慢慢的，慢慢的，不知不覺，也許是過多的關注，就這樣在自己的心裡占據了最重要的位置。

他的目光沈沈的，像一條流動的河流，壓得她喘不過氣來。

那怪異的感覺再次湧上心頭，杜小魚也看著他，竟無法開口。

「怎麼不說話？」

沈寂被打破，杜小魚微微垂下眼眸，才想起剛才說的事情，頓了頓道：「你懲治懲治那人也是好的，那婦人實在不像話，竟然有臉上我們家來呢。」

「嗯，我知道。」李源清笑了笑。

眼睛還是看著她，杜小魚有些撐不住了，看來以前自己沒有看錯，他確實哪兒有點不對勁。

李源清袍袖微微一揚，按捺下心頭的衝動，轉而問：「這天氣很合適種植芸薹，妳打算什麼時候發苗呢？」

杜小魚答道：「過幾日就弄，那育苗的地方我剛叫爹下了肥呢。」

他點點頭，兩人往前走了會兒，他目光在她臉上打了個轉兒，最後還是轉過了頭。「就送到這兒吧。」

又是那種複雜的眼神，杜小魚往前看去，只見前面的路已經漆黑一片，看不見盡頭。

遠遠的傳來一聲馬兒的嘶叫聲，卻是在提示馬車就在不遠處。

她笑了笑。「那好，我回去了。」

李源清看著她的背影漸漸消失在夜色裡，這才又往前走了去。

第九十二章

回到家，竟見吳大娘跟秦氏也在，杜小魚走進家門，就聽到秦氏在說——

「那個潑皮（注）都跑到她家裡去了，坐在房裡不肯出來，趕都趕不走，嘴裡污言穢語，要壞她名聲。她又沒個父母，伯父正好去別處了，光一個伯母怎麼對付得了這種人？只得叫她逃出家裡……」

「是在說誰呢？」杜小魚湊過去道。

「是阮姑娘，哎喲，怎麼就碰到這種人！」吳大娘嘆息道：「這潑皮實在不像話，居然這樣子毀人名聲，這叫阮姑娘以後出去怎麼見人？」

聽了一些，大概也猜到是怎麼回事了，難怪阮玉之前急著走，原來是遇到這種事，杜小魚搖頭道：「那潑皮是誰？以前也沒聽見咱們村有這號人。」

「不是咱們村的，是縣裡去年新搬來的一戶人家，姓盧，那潑皮是他們家侄子，今年過來投奔的，才到不久就接二連三的惹事，但也就是小偷小摸，這回也不知怎地就盯上了阮姑娘，從縣裡直接跟到這兒來。」

「她這張臉不惹事都難……」秦氏撇撇嘴。「難怪有句話叫紅顏禍水。」

吳大娘道：「長得好看又不是她的錯，阮姑娘多懂分寸，妳看她平日裡都在家裡不太出

注：潑皮，即無賴流氓。

門，鋪子的事都是交給伯父伯母管，遇到這種潑皮也是沒辦法的事，又不是她願意的。」

趙氏對阮玉很有好感，幫腔道：「是啊，這姑娘心性不錯，這回但願能順利度過這一關呢。」

幾個人說了一會兒夜也深了，就離開各自回家了。

後來聽說阮玉家裡的潑皮待到很晚才走，還是幾個鄰居看不過眼幫著攆走的，但阮玉的胭脂鋪一連幾天都沒有開門，生怕那潑皮再來吵鬧。

林氏聽到管事的來回話，不由得皺起眉。「怎麼回事？他們家胭脂鋪不開了嗎？你去村子裡找找阮姑娘。」

管事有些不高興。「縣裡還有好幾家胭脂鋪……」

林氏聽了大怒，她就算嫁出去了也還是林家的女兒，這小小管事竟敢頂嘴。「你是不是不想在林家做了？敢這樣跟我說話？」

管事只得低下頭，小聲道：「不敢。」

他是不知道林氏是想要阮玉親手調製的胭脂討林家老太太的歡心，上回試過一次，老太太很喜歡，說抹上去，看起來都年輕了好幾歲。

林氏一瞪眼。「那還不去找？問問她怎麼就不做生意了？」

「倒是先前打聽過，是有個潑皮纏著他們家姑娘，所以就不敢開門了。」管事回道：「只怕去村子裡也沒用，那潑皮經常來鋪子裡鬧事。」

「竟有這等事？」林氏皺眉道，暗自思忖。

正想著，就見李源清過來探望林家老太太了，立時計上心頭，上前笑道：「源清你來得正好。」

李源清對這個小姨向來不喜，但面上自然和善，笑著打了聲招呼。

「你可知道縣裡的尚香胭脂鋪？」林氏緊接著就問道。

胭脂鋪？李源清想了想。「好似有些名氣？」可他一個大男人，豈會對胭脂感興趣，就算聽到過這個名字，也不會過多注意。

「你外祖母可喜歡那胭脂鋪出的胭脂呢，可惜好幾日沒開門了，我想買也買不到，你若是能幫些忙，可不是討了娘的喜歡？」林氏眨眨眼。「那可比請她聽戲還好呢。」

李源清一頭霧水。「我能幫什麼忙？」

林氏就把之前管事探來的消息說了下，又道：「你是咱們縣的縣主，如今有這等潑皮無事生非、毀人清白，總要管管的吧？而且，這事對你來說，可不是舉手之勞？派幾個衙役去懲治一下，看他還有什麼膽子鬧事。」

李源清卻在想她剛才提到的名字，問道：「妳說的阮姑娘可是叫阮玉？那胭脂鋪是她開的不成？」原來她竟然在縣裡開了家鋪子，那麼也是待了有一段時間了，他卻是一點都不知道……

「沒錯，那姑娘的手藝是真真的好，有人說她是京城華娘子的徒弟，我看倒不是假的。」林氏又瞄他一眼。「是了，你怎知她叫阮玉？你們倆難道認識不成？」

李源清沒有回答，只道：「這事我會解決的，還請小姨放心。」

林氏看他一口答應，心裡很是滿意，等解決了潑皮，她再去那鋪子裡找阮姑娘，就說是她的功勞，叫外甥出面把難題解決，那阮姑娘可不是要千恩萬謝，欠了她一份人情？到時候自然會給她親手調製更好的胭脂的。

她為了兩家的事情，也是日漸憔悴，有時候看著鏡子，真是不忍相看呢。

「那就好了。」林氏笑道：「你快進去吧，娘昨日還在念叨你呢，說最近又來得少了。」她又添了一句。「我叫妙容去炒幾個菜，你不是也說好吃的嗎？」

那些客氣話也能當真，真是不傻裝傻，陳妙容是老太太叫來的，他豈能說她燒得不好吃？李源清無奈地搖搖頭，進去給老太太請安去了。

這幾日，杜小魚把油菜花的種子撒在了早就準備好的苗床裡面，就在等著發芽呢。

心情跟當初第一次培育寒瓜苗有幾分相似，既期待又害怕，不過到底還是淡定了許多，這些年親近土地，勤勞種田，沒有白白浪費時間，學到很多經驗，足以應付各種大大小小的問題。

她穿著套下地的衣服，此刻正給苗床澆水，杜黃花笑盈盈的從遠處走過來。

「姊。」杜小魚看著杜黃花手裡拿著的包袱，笑道：「又給咱們做新衣服了啊？」

她馬上就要去京城了，很早開始就在不停地給他們家添置衣服，尤其是杜文濤跟杜清秋，幾年後的衣服都恨不得提前做好，後來還是被趙氏說了，才沒有那樣急，但四季的衣衫還是各做好了一套，上面的繡花圖樣精緻好看，讓秦氏幾人羨慕不已。

「這是給妳的。」杜黃花加重了語氣。「妳都是大姑娘了，總要有一些好衣服的。」

「我衣服還少嗎？」杜小魚好笑道：「妳上回才給了我兩件，又不太出門的，哪兒穿得完呀！」

「這我不管。」杜黃花道：「快把手洗洗乾淨，過來妳房裡試試。」說著就先去了杜小魚的臥房。

她沒有法子，只得放下水瓢，打水洗了手。

大炕上已經擺好了兩套新衣服，一套是秋香色小襖配深黛色百褶裙，顯得極為清新雅致，還有一套是錦緞做的，紫色繡金裙，散發著富貴之氣，看得出來，她在上面花了很多心思，這樣的樣式與料子，農家哪兒穿得著？

杜小魚不由失笑。「真是漂亮又華貴，可是姊，我又不是大家閨秀，穿出去要被人笑的。」

「我叫妳在家穿了嗎？」杜黃花伸手幫她把衣服脫下來。「是給妳的嫁妝，以後帶去夫家穿。」

夫家……杜小魚挑起眉，八字都沒有一撇，嫁妝都做出來了，看來杜黃花心裡跟爹和娘一樣著急，都想著她嫁人呢。

她嘆口氣，覺得壓力很大，難道真要對世俗低頭，放棄自己最終的原則嗎？

杜黃花看著她把衣服換上去，臉上露出笑來。

雖然是出自於農家，可是妹妹一點也不比那些大家大戶出來的姑娘差，她沒有那份小家子氣，無論在哪兒都是大大方方的，所以即便是這樣子的衣服，她也完全穿得起來，容貌也是姣好，難怪他會喜歡她，就算去了京城三年，也是念念不忘。

「這些個來說親的真沒有看得上眼的？」

「沒有。」聽到杜黃花這樣問，杜小魚面上就有些愁苦。

「我知道妳心氣高……」杜黃花頓一頓。「到底要什麼樣的人才能入得了妳的眼呀？」

她自己也很想知道，杜小魚想起曾經喜歡過的人，卻是面目早已模糊，竟一點也記不起來了，只有那種感覺是消散不去的，為他輾轉反側，為他吃不下飯，為他落淚心痛，真正是為伊消得人憔悴，可是，現在怎麼就沒有遇到那樣的人了呢？

還是因為這一路走得太急？她在賺錢的事情上確實花費了太多的精力……

見她久久沒有回答，杜黃花用打趣的語氣道：「要是像咱們縣主這樣的條件呢？」

她竟是用了縣主這種稱呼，而沒有用二弟或文淵，杜小魚下意識地覺得奇怪，但還是回道：「他這樣的，不知道多少姑娘搶呢！」

「那妳覺得如何？」

「如何？他是我二哥，自然樣樣都好。」情人眼裡出西施，她是家人眼裡出西施。

杜黃花噗哧笑了。「他可不是咱們家的，也不是妳二哥了。」

這又是什麼意思？杜小魚怔了怔。

見她還是沒有領會，杜黃花心知這十幾年的兄妹情是融入了彼此的血液中，雖然她當初聽到這樣的消息，心裡是歡喜大過驚訝，因為覺得親上加親，若是李源清真的娶了杜小魚，那就可以成為他們真正的家人，從此爹跟娘再也不用擔心會失去他。
然而，從杜小魚的角度來看，她一時接受不了也很正常，畢竟她是把他當哥哥的。
她猶豫了會兒，一時也不知該怎麼繼續試探下去。
「姊，妳到底想說什麼？」杜小魚這時卻問道，她隱隱覺得杜黃花是有備而來，這衣服，還有這奇怪的對話，顯然是有預謀的。
杜黃花嘴角動了動，低頭把衣服又一件件疊好，才慢慢說道：「我是覺得文淵他……對妳有些不太一樣。」
杜小魚挑起了眉。「什麼意思？」
「妳沒察覺到嗎？」杜黃花反問道。
杜小魚閉起了嘴，李源清的目光確實不對勁，可她一直沒有想明白。
見她似有所反應，杜黃花點到為止，不再多說，生怕物極必反。
但她離開後，杜小魚卻再也平靜不下來。
不太一樣……
哪裡不一樣呢？
杜黃花這一趟，似乎重點就是那兩句話，李源清的條件，還有，他不是二哥了。
杜小魚站在窗前，想起那次他從京城回來，第一次見到她的樣子，直到，最後離開的那一眼。
莫名的情緒像空中飛舞的落葉，忽上忽下，他好幾次欲言又止，好幾次落在她臉上的目光，其實她何嘗沒有注意到呢？只是卻從未往那個方向去想，因為太不可能了，因為她從未覺得她跟他之間會發生些什麼。

可是，杜黃花這次來，分明是暗示了這種意思。

他已經明顯到連旁人都覺察了不成？

她也分不清自己此刻到底是驚異、是茫然，還是別的，只覺得整個人很混亂、很混亂。這種混亂的狀態，一直持續到杜黃花要離開北董村，才漸漸平緩。

他們舉家搬遷，自然是很忙碌的。

在武館請了兩個人隨行充當護衛，帶去的東西裝了兩輛騾車。

離別時，眾人免不了一番落淚，依依惜別。

要說的話這幾日早就說盡，看著車輛消失在村口，杜小魚的眼睛也紅了，又回頭安慰趙氏。「娘要哪天想念姊姊，咱們立馬就去京城，明兒我就去買兩匹馬來，方便得很，別難過了。」

趙氏抹著眼睛。「我也沒有那麼難過，只是想到離得那麼遠……唉，罷了，嫁雞隨雞，只要她過得好就成。」

「可不是嘛，想通了就好，她去京城當官太太，咱們村不知道多少人羨慕呢！都說找了一個好女婿，將來做上了大官，你們一家準也到京城去住，到時候可不就近了？」吳大娘也寬慰她。

「我可不想去那邊，怪不習慣的，那些官太太成天也不知道做什麼，還是在這兒自在些。」趙氏道。

見他們在說話，杜小魚就往回走了。

誰料沒走幾步，李源清從後面追上來道：「剛才我跟義母說了，明兒派車來接你們。」

「去哪兒？」杜小魚問。

「楓村。」

楓村是飛仙縣轄下的幾個村子之一，正如它名字裡所體現的一樣，那裡有大片大片的楓樹，到秋天成為難得的美景，那紅色熱烈如火，像要燃燒起來一般，杜小魚早就聽聞此景，但沒有去見過。說起來，她也一直沒有抽時間去到處看看。

聽著就有些心動，她笑起來。「好啊，正好爹跟娘也散散心。」

李源清見她歡喜，也笑了。「那就這麼說好了。」

他的目光溫柔又專注，兩人一對視，杜小魚立時移開了眼睛。

杜黃花臨走的時候，暗示過李源清，所以杜小魚這番舉動，明顯是已經有所察覺，她這是在迴避不成？

「小魚。」李源清開口叫了她一聲。

杜小魚只好又看過來。

他看著她道：「聽說早上跟晚上又不一樣，妳說在那兒住一晚好不好？」

杜小魚被他的目光壓得透不過氣，不由得暗惱，長得英俊果然是有本錢，光靠臉都能形成壓力，她挑起眉，卻是不想再避開。「住一晚也無妨，不過得問問爹跟娘的意思。」

她不是什麼十幾歲的小姑娘，若是李源清真有此想法，她也不會害怕的，這些天已經整理清楚，若論條件，他確實好得不能再好，雖然真要成為那種關係，她一時還是無法接受，但說到好感，兩個人之間的心意相通，那是抹殺不了，也是極少有人可以做到的。

李源清心裡稍定，她沒有一下子就拒絕，那是好的開始。

「那等下我去問問。」他朝她走近兩步，兩人肩並肩往前走去。

杜小魚也沒有離遠，他們之間早就沒有什麼安全距離，就這點來看，李源清顯然占據了優勢，因為就算他離得再近，那也是很自然的事，她絕不會因此覺得唐突的。

趙氏是最後面回家的，誰料還帶回了一個人，卻是阮玉。

「妳瞧瞧，又送我們幾盒胭脂，哪兒好意思，我就叫她來用頓飯，還不肯呢。」趙氏笑道。「妳也別客氣，那些胭脂值不少錢呢，吃個飯算什麼？」

阮玉抱歉道：「我不知道黃花姊是今天走，不然就早些來了，也好送送她。」

「哎，妳前些日子遇到這種事，哪還顧得了別人。」趙氏看她好像都瘦了。「倒是我們沒有幫上忙，妳不怪才是呢。」

「怎麼好怪你們。」阮玉忙道：「都是我運氣不好。」

趙氏道：「現在解決了，妳也好放心了。」

因李源清也在，阮玉有片刻的遲疑，才上前說道：「民女見過縣主。」

李源清皺了下眉，但眾人面前也不好說他們早就相識，只得點了點頭。

但杜小魚是知道他們認識的，對阮玉的舉動也有些奇怪，弄得好像兩人是第一次見面似的，到底是為什麼？

吃飯的時候，她又注意到，阮玉有意無意的看了李源清好幾次，那眼波若清淺小溪，蜻蜓點水，似有若無，別有一番滋味在裡頭。

李源清是被看的對象，豈會不知道，用完飯，見阮玉一個人在院子裡，便也走過去。

「為何要這麼見外？」他問道。

阮玉回過頭，那張臉似芙蓉花一般好看，可是眉梢眼角皆是歉意。

「我總是給你添麻煩，本以為永遠都不會再見了，可是在這兒，卻還要你出手救我。」她苦笑。

李源清怔了怔，這般的容貌是令人難以忘記的，想當初第一眼也曾被她驚豔，京城裡誰不知道華娘子有個傾國傾城的徒弟阮玉，要娶回去當妾的公子哥兒數都數不清，所以，各種手段，或卑鄙、或齷齪、或狡猾，應有盡有，她是逃過了一個又一個的難關。

所以，她總是有很多的麻煩事。

李源清道：「我是把妳當朋友的。」朋友之間的相助都是理所當然。

阮玉眼裡閃過一絲黯然，她嘴角挑了起來。「謝謝李公子的好意，這朋友阮玉當不起。」

李源清一愣，不明白她怎會如此說。

「阮玉的麻煩總是不斷的，就算朋友也有厭煩的一天，李公子也是如此，所以那時就再也不想見我了吧？」

那時？李源清想起來了，是因為有人說他們的閒話，所以便漸漸減少了會面，直至最後離開京城。可是，他沒有想過什麼厭煩不厭煩，如今聽她的語氣，卻是有埋怨的意思，不由得苦笑。「我當時是不想連累妳清白，只沒料到後面的事。」

他沒料到自己喜歡的人真的就是杜小魚，也沒料到自己會為她來到飛仙縣。

阮玉卻是聽不懂他後面那句話。

杜顯這時端了水果出來，招呼他們吃，李源清就回了屋。

阮玉本想試探，卻又沒了機會。

「文淵啊，你外祖母有沒有給你定下個好人家的姑娘？」杜顯一直很關心他的終身大事，忍不住還是問了。

李源清卻是往杜小魚看了一眼，似有笑意，似有期盼。

杜小魚心裡一跳，更加確定了他的想法。

「沒有合適的。」他回道。

李源清這明年都要二十一了，林家那邊就不急嗎？還是挑花了眼，不知道選哪個好？杜顯夫婦聽著又有些急，這兄妹倆簡直是如出一轍，李源清也是副雲淡風輕的態度，絲毫不在意，他們兩家的父母都是皇帝不急、急死太監。

「你父母在京城那邊也沒有消息？」杜顯又問，外祖母到底是姓林的，李家總是更著急些才對。

李源清這次沒有立刻回答，事實上，李瑜上個月才寫了封信給他，說是要給他找一門好親事……他當時敷衍以對，只怕老父已經不滿，嫡母謝氏雖然不願意給他的終身大事出力，可總要討好丈夫的，指不定還真選了一些。

杜顯夫婦互相看一眼，心知那邊必是有動靜，只當李源清怕他們難過，不能作主他的婚事才不說，趙氏忙道：「你的事你家人自會看重的，他爹，你問這些個幹什麼？」

杜顯就說別的。「文淵，明兒去楓村，真的沒關係？」剛才他說要住一天，那來回就得三天工夫。

「衙門裡最近也沒什麼事，再說，還有縣丞跟主簿呢。」李源清笑道。

他誠意邀請，也是想讓他們緩解下離愁，這份心意也不想拒絕，杜顯夫婦便不說了。

第九十三章

第二日，李源清果然派了兩輛馬車來。

杜顯夫婦這次出遊也帶上了杜文濤跟杜清秋。

車廂不大，杜顯夫婦依次上車，那杜文濤兩雙胞胎肯定是要跟父母坐一處的，只杜小魚也想上去的時候，李源清卻拉住她。「我有事跟妳商量呢，坐後面的車去。」

杜小魚一愣，眼睛盯緊了他。

杜顯卻笑道：「是不是要說那芸薹的事？也好，就坐後面去吧，省得被這兩個孩子吵。」

孤男寡女，居然都不管？杜小魚張了張嘴，但想到杜顯是把他們倆當兄妹的，怎麼可能會想到這些避忌，倒是趙氏露出猶豫的神色，兩個人都不是孩子了，要不是李源清是在他們家長大的，甚至都不合適跟杜小魚經常說話，只也想不到什麼適當的話來說。

杜小魚沒法，又看了一眼李源清，卻見他嘴角微挑，眼睛裡閃著狡黠之色，不由心裡突地一下。

她鑽到車廂裡坐好，他隨後也上來，這空間霍然變得狹小起來。

「你有什麼事要商量？」再也不能用以前的想法來揣測他，如今他對她是有目的的。

李源清慢慢道：「我有好多話要跟妳說呢。」

那聲音略有些低沈，帶著奇異的誘惑，杜小魚不由自主往後挪了下，此前沒有發現，原來他也有這樣的一面，這是在對她放電不成？

不得不說，頗有成效。

杜小魚抿住唇，眼簾略微垂下，省得被他的魅力殺傷到。

李源清見狀笑意更深，可見他在她面前不是沒有吸引力的，只不過她從未想過，所以才忽略了這些吧？

如今既然沒有一口拒絕，那麼，他要做的，就是乘勝追擊，改變現狀，改變那些年她對他所謂的兄妹之情。

如果再不說話，未免太處於被動，杜小魚很不喜歡這種感覺，便又抬起頭，直視過來。「那你不妨都說來聽聽。」

「妳真要聽？」他反問。

「事無不可對人言。」

他笑起來，像車窗外明朗的陽光。「那麼，妳想聽什麼？」

居然又把球抛過來，杜小魚咬了下嘴，正待說話，卻聽到外面有馬蹄聲響由遠及近，片刻後，車夫就喊道：「公子，府裡又有車來了。」

府裡？林府嗎？杜小魚詢問地看著李源清。

他臉色一沈，掀開錦簾，出了車廂。

杜小魚透過車窗往外看，只見那後來的馬車正停在杜顯夫婦坐的那輛的旁邊，簾子撩開，一個丫鬟打扮的人先鑽了出來，雖說是丫鬟，可也身著綾羅，烏黑的頭髮上插了好幾支釵，亮閃閃的。

「見過公子。」她做了個萬福。

「妳怎麼來了？」李源清認得她是老太太身邊的四個大丫鬟之一，名叫彩玉。

「老太太說陳姑娘也未去過楓村，難得來一趟，叫公子帶著一起去玩玩。」彩玉的眼睛很漂亮，顧盼生姿，笑意盈盈。

李源清朝那輛車看了一眼，陳妙容就在裡面，他此前為這趟出遊已經提早向外祖母請示，她當時答應得爽快，原來仍是要橫插一腳，可恨這陳妙容真把自己當個傀儡，樣樣都聽從吩咐，沒有什麼是不願做的。

「表妹要去楓村，以後有的是機會。」

聽著卻像是要拒絕，彩玉臉色微微一變，她得了老太太的命令完成此項差事，若是失敗，自己難免會遭到波及，老太太到時候怨恨外孫忤逆她，只怕反而會把氣撒到她頭上。

幸好這邊不只是李源清一個人在，彩玉笑了笑，朝杜顯夫婦的方向行了一禮。「奴婢見過杜老爺、杜夫人。」

杜顯夫婦兩個都愣住了，李源清立時皺起了眉。

趙氏早在車廂裡聽了個清清楚楚，這事既然是林家老太太指示的，若是李源清拒絕了，只怕就要怪到他們頭上來，而且他們祖孫兩個的感情也未免會受到傷害，便掀開簾子對李源清道：「既然你表妹都過來了，就一起去吧，人多也熱鬧。」

彩玉笑起來，頗有些得意，這杜家果然還是忌諱林家的，不敢有所反抗。

既然趙氏這麼說了，李源清也只得同意。

三輛馬車旋即就駛了出去。

看來林家老太太硬是要把那陳姑娘塞給李源清呢！杜小魚看著他側面優美的線條，不由感慨，這要他們之間真有了什麼，林家老太太豈不是要氣死？將來指不定會出什麼招來拆散，前途堪憂。

她頭微微搖著，是否定的意思。

李源清眸光掃過來。「妳怕我會被逼得娶了表妹不成？」

杜小魚挑起眉。「關我什麼事。」

「妳當真忍心看我這樣被迫？」

「這才不過一個表妹，你就沒轍？」杜小魚才不上他的當，裝可憐是沒用的，她揚起眉。「走了這個，還有後一個，千千萬萬個，誰幫得了你？」

李源清氣結，瞥她一眼不再說話。

去楓村的路就算是馬車也要走兩個時辰，杜小魚不知不覺依靠在車壁上睡著了。

她醒著的時候那樣有活力，現在卻那樣安靜，李源清靜靜的看著，那濃淡恰到好處的眉、那挺翹的鼻子、那稍顯豐潤的嘴唇……近在咫尺，近得不能再近。

猶豫片刻，他還是把手縮了回來。

她太信任他，這些年培養出來的感情不是假的，即便現在知曉他的心意，她依然可以安心的休息，絲毫不懷疑他，他不能破壞這種信任。

夕陽西下，馬車終於到達楓村。

迎接他們的是大片大片紅火的色彩，整個村子都像在燃燒。

當陳妙容看到杜小魚跟李源清先後從車廂裡走出來的時候，她的眉不可抑制地抖了下，先前看不見他們幾人是如何分配馬車的，沒想到卻是他們兩個單獨在一個車廂裡。

不知為何，她覺察到一絲異樣，眼睛緊緊盯住了李源清。

這個男人如此優秀，才華、品行、容貌幾乎無懈可擊，若不是庶子的關係，只怕京城裡那些官宦貴冑的千金小姐也一樣配得起，可即便有這一個遺憾，那又如何？他本身的條件足以彌補，所以她時常疑惑，為何他一直沒有合適的姻緣。

單就這段時間的接觸，看得出來，他是一個極有主見的人，所以才能抵住老太太一次又一次的「好意」，只是，到底是為何呢？

現在她明白了，他看著杜小魚的時候，眼睛裡滿是情意，那是一種她從未見過的溫柔，也從未奢求過。

說到底，她不過是家裡的犧牲品，要求的不過是留在他身邊，當個妾，必要的時候可以為家裡爭取一些利益罷了。

陳妙容笑了，人生總是這樣，有些人窮其一生都未必能爭取到，可是有些人，什麼都不付出，就這樣輕易地得到了。

這一趟，倒是沒有白來。

杜小魚看著眼前的美景，差點忘了呼吸。

真的太壯觀了，她此生沒有見過如此大範圍的楓林，彷彿綿延了幾十里，望不到盡頭。

「我知道有家客棧不錯，等去用了飯後，再來慢慢觀賞。」李源清笑道。

其他幾人聽了，笑著點頭，杜清秋拉著杜文濤的手，蹦蹦跳跳地到處跑，趙氏在後面道：「文濤，好好看著清秋，別走丟了。」

「嗯，我曉得了，娘。」杜文濤儼然一個哥哥的樣子。

杜小魚邊看邊走，時不時地讚美幾句。

「早上又不一樣呢，這楓葉顏色會淡下來，像太陽光一樣。」李源清在旁講解。「前面有個湖泊，楓葉落下來，飄在上面也很好看。」

她笑著。「一會兒也去看看。」

「小心腳下……」李源清見她穿著裙子不方便，手伸過來，柔聲道：「來。」

那一聲恍若像回到了小時候，那時候他就常常牽著她的手，杜小魚怔了怔，終是沒有抵住心裡的那些溫暖，把手放於他掌中。

他的手又大又暖，完全包住了她的。

說起來，已經有五、六年了，他沒有再牽過她的手，杜小魚想起來，好幾次他曾伸出手，不知是想撫摸她的頭髮，還是想做什麼，半途都縮了回去。

當時沒有察覺，如今才明白，那時他就已經慢慢在改變了。

李源清握到她的手，心裡如同雀躍，與以前的感覺完全不一樣，興奮得好似都要滲出汗來。

見他嘴角微微上揚，眼睛明亮跟楓葉一般，裡面跳躍著火花，杜小魚輕嘆一聲。

他真的有那麼喜歡她嗎？

他低頭看她，恨不得可以把自己的心聲完完全全地傳遞給她，可是，又怕她會害怕、會退縮，只能壓抑下來，走了會兒，笑著道：「前面路就好走了。」

他放開了手。

杜小魚抬眼看著遠處那條長長的小路，手掌在袖中微微握住。有人說，你喜歡一個人的時候也許不會知道，可是，你不喜歡一個人那麼你一定會知道。

她沒有不喜歡李源清，至少他握著她手的時候，一點兒也不討厭。

那家客棧頗為雅致，許是秋季到了，來欣賞美景的人也多，客房都剩下不到幾間，他們還算運氣好的，晚一些來就要住到別家去了。

夥計將他們領到房裡，安頓好，幾人就又下來用飯。

杜顯嘖嘖兩聲。「幾間房，一晚上居然就要一兩銀子，真夠貴的。」

杜小魚笑了。「爹，您沒看那客房的擺設嘛？那是上等的，就蓋的被子都不一樣，還用香薰過呢！」

趙氏選了個安靜些的角落，招呼他們坐下來，又對杜清秋道：「一會兒好好吃飯，別跟家裡似的到處跑了，曉得不？」

杜清秋睜著雙杏仁般的眼睛，只顧好奇地四處張望。

杜文濤主動坐在她旁邊。「我會看著她的。」

杜小魚聽了笑起來，拍拍他的頭。「還是文濤乖。」說著就在他身邊坐下。李源清本也想坐過去，誰料陳妙容竟一反常態，先於他之前占了那個位子，他不由一愣。

陳妙容朝杜小魚笑道：「杜二姑娘，我坐這兒可行？」

「當然可以了。」

陳妙容一路也沒有說什麼話，只和彩玉兩個人跟在後頭，杜小魚瞧著也覺得她挺可憐的，老太太叫她來，她就來，做這樣子的事，也不知道心裡是什麼感覺。

「聽說表哥是在你們家長大的，果然是親如兄妹呢。」陳妙容笑盈盈地道：「難怪總惦念著，這回還請你們來楓村玩，我也是沾了光。」

要是以前還不覺得，如今聽到「親如兄妹」四個字，杜小魚卻覺得有些諷刺，想來李源清聽著怕也是極不舒服的，不由往他看一眼，果然見他目光冷然，唇抿成一條直線，不若平時，總是彎成一個美好的弧度。

陳妙容嘴角揚了揚，低頭喝了口夥計倒的茶。

李源清作主點了十幾個菜，不一會兒，就先後端上來。

樣樣都精巧好看，色香味俱全。

眾人頻頻下筷，客棧的掌櫃還請了唱曲的來，歌聲環繞，悠揚動聽，極為有情致，難怪這家的生意那樣好。

大堂裡一派熱鬧，用飯的人也都不急著吃完，等到月亮升起，他們這桌才盡興而歸。

李源清說的那個湖泊，晚上月光倒映在裡面，竟美得出奇，四周的楓樹在夜色裡暗沈沈的，褪去了那一身紅，顯得神秘起來，風一陣吹來，便是沙沙般海浪一樣的聲響。

遊人提著燈籠，無數的燈籠，在各處亮著，一點也不寂寞。

「這兒真真像是仙境呢。」趙氏感慨道：「幸好文淵叫咱們來，不然只怕都想不到來看一下，可不是錯過了？」

「是啊，是啊。」杜顯連連點頭，抱著杜清秋偶爾玩一下空中飛人，後者格格的笑著，風中的銀鈴一般。

李源清又在那裡考杜文濤，兩人吟詩作對。

杜小魚閒坐在一塊大石頭上，她也好久沒有欣賞過景色，如今停下來看看，覺得心裡是如此的安寧。

陳妙容又坐過來，笑著道：「林家也有一處隱月潭，跟這兒有幾分相似，晚上也是很漂亮的，什麼時候杜二姑娘也來觀賞下呢？」

林家跟他們杜家雖然暫時看著平和，老太太也允許李源清來探望，可是要說友好，那是不可能的，上回送東西可是為了叫他們斷絕那層關係，沒有得逞後，又怎麼可能會請他們去林家作客？

她不信陳妙容不知道這些，那麼此刻說這種話又是什麼意思？

杜小魚不動聲色，笑了笑。「有機會的話，自然願意去看。」說罷站起來往趙氏那裡走過去。「也晚了，差不多該回去了。」

陳妙容看她態度自然，微微皺了下眉，也不知道是沒聽明白還是故意裝的，只這事她到底管不著，還得稟了老太太知，也算一樁功勞呢！

老太太是肯定不願意李源清討一個農家女的，她出自商家，尚且都只能做個妾，那杜小魚又算什麼？

但這事越是難解決才越好，老太太只拿她試試，若是李源清不喜歡，最後還是要送回陳家的，聽娘說，父親也留了一個後路，若是不行，就要把她嫁給一個米商，那米商家產是有的，可惜年紀大了些，前年死了夫人，是續弦。

她不大願意，其實嫁給李源清做妾也不是個好的選擇……

陳妙容滿腹心思，竟不知道其他幾人都已經往客棧走了。

彩玉推了推她。「陳姑娘，您在想什麼呢？這趟又是白來，看咱們公子都沒有跟妳說上話。」一語氣裡頗多埋怨。

是了，她的處境連個丫鬟都不如。

陳妙容回頭笑了笑，帶著抱歉的意思，低頭往前走了。

楓葉到了早晨竟變淡了，也不知是什麼品種的楓樹，竟如此奇特，幾個人流連忘返，沿著路一直走了好遠。

卻說林家那裡，老太太正不高興，拿著茶碗發洩，是砸了一個又一個，嘴裡罵道：「這死小子，淨想著帶他們杜家的人去玩，把我一個老太婆留在家裡，真真是沒有良心！」

林氏幫著也罵了幾句，又笑道：「娘，但這事可是您親口答應的，不然他也不敢呢，如今卻又後悔了？」

老太太撇撇嘴。「我總是要大度的，那些個窮酸人家，好玩的地方都沒去過一次，難道我還不准了？只想著不大喜歡，這小子太念舊，那邊我也挑不出刺兒來，還真沒有利用到咱們家，只怕這情誼是消不掉了。」

林氏現在的注意力也不在杜家那裡，眼睛一轉道：「不過他還是聽娘話的，把妙容帶去了。我瞧著好似也挺喜歡她，不然娘作主就讓源清收了她得了，身邊有個人伺候總是必要的，您看看他都幾歲的人了，女人都不碰，別個不知道的只當他是……」她壓低聲音道：「上回還有大夫找上門來呢。」

竟是說他身體有問題！老太太大怒。「胡說八道，他還練過武的，豈會有病？」

「我當然曉得，就是別人……」

正當說著，有個丫鬟在門口通報道：「有個阮姑娘在外面等著，說是想見見老太太跟太太。」

老太太皺起眉。「阮姑娘？」

林氏笑起來。「是做胭脂的那個阮姑娘。」又覺得奇怪，阮玉竟然會親自上門來，也不知是怎麼回事，先邀功道：「我前幾次給娘買的胭脂，娘不是很喜歡嗎？就是她做的，我後來又訂做了一些，應是特意送過來的。」

聽說是做胭脂的，老太太眉開眼笑。「這胭脂是不錯，跟我以前在京城買的差不了多少呢。」一邊就叫人去請進來。

阮玉蓮步輕移，慢慢走入大堂中。

老太太瞧見她這張臉，不由暗自讚嘆一聲，好一個美人。

「見過老太太、太太。」她端端正正行了個禮，聲音如黃鶯般清脆動聽。

老太太心裡已經很喜歡了，她是個喜歡漂亮東西的人，所以身邊留了很多漂亮丫鬟，這阮姑娘不只好看，居然還這樣巧手，能調出各種各樣的胭脂，真算得上秀外慧中。

「快坐。」老太太笑道。

身邊丫鬟忙搬了一張錦杌過去，阮玉就側身坐在上面。

舉止也很是優雅，老太太眼睛瞇成了一條縫，林氏問道：「阮姑娘可是來送胭脂的？我上回去妳那裡訂了些，結果卻一連幾天沒有開門呢！」

阮玉抬頭笑道：「阮玉就是覺得讓太太等，很是抱歉，這才親自送了來。」說罷從隨身的錦囊裡拿出四盒胭脂。

丫鬟接了遞給老太太跟林氏。

打開來就飄出淡淡的香氣，有蓮花味的、梅花味的、梔子味的、桃花味的，清淡濃郁各不同。

兩人嘖嘖稱奇，老太太道：「妳還會調香呀！」

把香味融於胭脂，既好聞又好看，她是識貨的，偏頭想了想道：「我以前在京城買了幾盒胭脂用，那是聞名天下的華娘子親手所製，過了十幾年我都記得那種味道。前幾回好似沒有，這次卻……丫頭，妳跟華娘子認識嗎？」

不等阮玉回答，林氏笑道：「娘您是才來縣裡，我是早就聽聞，阮姑娘就是華娘子的親傳弟子呢！」

老太太瞪大了眼睛。「難怪，難怪竟是如出一轍。」

阮玉謙虛道：「師父的手藝我只得六、七成罷了，那種味道我還沒有把握好，所以很多胭脂都不曾添加，這次是為謝謝老太太跟太太的相救之恩，才做了的。」

「相救之恩？」老太太挑起眉，沒明白她的意思。

「是源清抓了在他們鋪子搗亂的潑皮。」林氏解釋，心道，這姑娘倒是善解人意，把這恩情算在他們林家的人頭上。

老太太都不知道這回事，聽了笑道：「那是他的分內之事，轄下有這等潑皮擾亂民生，豈能坐視不理？阮姑娘是太客氣了。」

阮玉露出尊敬之色。「還是要老太太教得好，咱們縣才有這樣的好縣主。」

老太太聽得越發高興，拿手指取了點胭脂化開，低頭細細嗅了下，陶醉地點著頭。「妳這手藝，假以時日指不定就青出於藍呢！」

「阮玉不敢，師父的境界怕是我窮極一生都難以到達的，只願有九分的功力就足夠阮玉安慰的了。」

「真是個謙虛的好孩子。」老太太讚許道，抬手叫身邊丫鬟取出一個錦盒來。「妳這胭脂我很喜歡，這樣好的東西給銀子都覺得俗氣，這鐲子妳拿去戴，我看著挺合適妳的。」

林氏看丫鬟從錦盒裡捧出一對碧綠的玉鐲，不由瞪大了眼睛。

這鐲子雖然稱不上價值不菲，但玉質很不錯，買上上百盒這樣的胭脂都足夠了，忍不住在心裡暗自責備自家老娘大方。她這個女兒每日陪在身邊，也不見送幾件首飾，這倒好，阮姑娘一來，就給人玉鐲子。

阮玉連連推卻。

老太太笑道：「我就喜歡妳這樣的姑娘，既然在縣裡開了鋪子，平日裡就經常來玩兒。」

是在邀請她來府裡坐坐，阮玉只得收了。「我就當定金好了，以後會精心給老太太還有太太多調些好胭脂的。」

「哎喲，我可不是這個意思，妳這丫頭見外了。」

「老太太喜歡這些胭脂，我正愁味兒多了調不好，以後想請您多多給意見，是我沾了光。」阮玉微微笑。「知音難求，難得有您這樣懂的呀。」

這下老太太更高興了，拍著手。「那倒是好，我就喜歡各種香味兒，妳以後多拿來給我辨識辨識。」

兩人說了好一會兒的話，要不是阮玉偶爾故意給她說話的機會，只怕林氏都插不上嘴。

等到阮玉走了，老太太還在看著那個方向，移不開眼睛。

「這丫頭身子看著也不弱，到底是自己親手做胭脂的。」不像那些藏在家裡的小姐，手無縛雞之力，走個路恨不得都東倒西歪。

林氏不明白她的意思。「娘又是看上她什麼了？」

「是個好生養的。」老太太瞇眼笑起來。「妳大哥總不能老是這麼下去，平常的姑娘入不了他的眼，這個總行了吧？妳沒發現，這阮姑娘的眉眼跟小環還是有些相像的。」

竟是要給林嵩找娘子！林氏愣了半天才回過神，有些結巴道：「這、這大哥會肯嗎？」自打他從小青梅竹馬、長大後又定了親的姑娘牛小環死了之後，林嵩就再也沒有過這種心思，如今被老太太突然提起，林氏很是不適應。

「都過去多少年了？」老太太皺起眉頭，目光有些冷厲。「妳大哥一直未娶，妳難道看得下去？」

林氏忙把頭搖得像博浪鼓一般。「我自然希望大哥能娶妻生子的，娘怎會懷疑起女兒的這點心來？」她很是委屈。「我只怕娘跟大哥說起這個，會勾起他的傷心事罷了。」

老太太微微哼了一聲，自家女兒什麼性格她是知道的，本性不壞，就是嫁到陳家去後，樣樣都要為夫家考慮，不知不覺就變了。

林嵩這些年沒有討媳婦，她這個妹妹先前還總是關心關心，後來就一點聲息都沒有了。那會兒還沒有找到李源清，若是林嵩也沒有後代，以後的情況就難以預測。

林氏宗族裡還是有幾個孩子的，就是品行都不大好，林家老太太也不願意跟他們親近，平常節禮見一下，基本一年都看不見一次，故而她現在把所有的希望都寄託在李源清身上，可如今想想，若是林嵩也能有個孩子，那才是最好的。

「妳大哥一個人在齊東縣幹什麼呢？叫人送封信去，讓他來這兒，府裡的事都有幾個管事看著，往年也不見他在意這些的。」

林氏道：「聽說是在處理一批香料，齊東縣那裡出了問題，運送的途中壞掉了……」

老太太挑了下眉毛。「有這等事，我竟不知。」

「大哥也是怕娘煩心，就自己去了。」林氏笑笑。「您總要讓他辦好才回來的，不然……」她眼睛一轉。「叫方管事去替他也行，方管事娘總是放心的。」

「倒也好。」老太太點點頭。「這阮姑娘的條件，指不定多少人去說親呢，妳去探探，她家裡還有什麼人。」

林氏應一聲，笑著出去了。

第九十四章

杜顯一家是在傍晚才到家的，李源清把他們送到家門口，這才跟陳妙容回了林家。

風景好看是好看，不過坐車還是累的，杜小魚連打了兩個呵欠，坐倒在堂屋裡的大椅子上面。

杜清秋都睏得不行了，趙氏照顧她睡下方才出來。

「那陳姑娘我瞧著還是有些怪。」她去跟杜小魚說話。「好好的那老太太要叫她跟著咱們一起去楓村。」

這陳姑娘的行為確實是不適宜的，又不是杜家的親戚，雙方不熟悉，站一起只覺得尷尬罷了。

得趙氏提醒，杜小魚也覺得不妥當，那麼，莫非這陳妙容竟是要給李源清當妾的不成？真真是荒唐，正室都還沒有定下呢，妾居然都找好了。

她真是無法想像跟一個擁有三妻四妾的男人生活在一起。

不過，李源清應該不會這樣的吧？

想著，她又搖起頭來，一個人再如何好，難保以後不會變，她聽聞過太多這樣的人，更何況是生於如此體系下的男人呢？

一夫一妻，到底能不能接受，這是個疑問。

李源清跟陳妙容終於回到了林家，老太太絲毫沒有露出不滿的神色，笑著叫他們進來，說廚房正好準備好，就等著他們一起用飯呢。

「那邊是不是很好看？」她笑咪咪的問陳妙容。

「跟畫裡一樣的。」陳妙容笑起來。「客棧都跟這兒不同呢。」她說起當夜的氣氛，繪聲繪色，老太太都聽得入迷了。

「要不祖母也去看看？我過幾日反正就有空的。」李源清提議道，他也不想厚此薄彼，能不破壞這種親情就不破壞。

「唉，我這一把老骨頭了，不喜歡坐馬車。」老太太搖頭。「光是聽聽就好了，說到好看的地方，我年輕時候沒少去過呢。」

「就是，娘當年跟著爹到處跑商，什麼世面沒見識過？」林氏乘機捧了兩句。「這才叫吃過的鹽比你們吃過的米還多。」

幾個人說笑一陣，飯歡歡喜喜的就吃完了。

李源清推說要去處理公務，告辭一聲先行離開了府裡。

陳妙容服侍老太太漱口，又給她拿來熱手巾擦臉，林氏在旁邊看得暗暗點頭，她這個侄女怎麼看怎麼好，溫柔體貼，端莊懂事，就是做個正室也是綽綽有餘的，可惜老太太嫌棄她的出身，李源清是官身，覺得配不上，真真是委屈她了。

這陳妙容是她在陳家從小看著長大的，感情不假，林氏越看越是惋惜。

「妙容，妳歇息會兒，看把娘慣的，都不用身邊的丫鬟了。」

老太太笑起來，拍拍陳妙容的手。「是啊，妳也坐一會兒吧，這些天還真習慣了，老是要妳動手。」

陳妙容笑笑。「我也習慣了的，不累，反正在家裡，對我娘也一樣如此。」

老太太聽了稍稍瞇起眼睛，朝她看一眼。

「跟著源清去楓村，真那麼高興？」

是在探口風了，陳妙容點點頭。「表哥都安排得很好，客棧也是他找的，杜家的人也客氣，什麼都讓著我呢。」

老太太很滿意。「那就好了，只要懂禮數就行。」她此前還在想著要是李源清不願意帶陳妙容該怎麼辦，如今倒是不用考慮這個，看來杜家的人還算知道分寸的。

林氏在旁笑道：「也是妳好親近，不然旁人未必會讓著妳。」

聽得出來，是在幫她侄女說話，老太太眉頭略微一皺，這陳妙容再怎麼好，反正孫了是絕不能娶她當正室的，不然陳家就要得寸進尺。

見老太太的神色，陳妙容抿了下唇，片刻後笑起來。「要說好親近，我看那個杜二姑娘才好親近呢，表哥跟她感情很好，兩個人去楓村，都坐同一輛馬車，不知道的以為是親兄妹呢！」

這話一出，老太太就變了臉色，厲聲問道：「妳說什麼？他們兩人單獨坐一輛馬車？」

陳妙容好似很驚訝，不明白老太太為什麼又會問一遍，聲音低了點道：「是啊，是坐同一輛，我看見，表哥還拉著她的手的，說路不好走……」

就連林氏聽著臉色也變了，她一心想著夫家的利益，這段時間忽視了杜家，卻沒料到橫插出來一個杜小魚。

「妙容，妳沒看錯？」她也驚聲問道。

陳妙容微微點了下頭。

老太太氣得嘴角都抽搐了兩下，但當著陳妙容的面也不好發作，只叫她先行出去，這才猛地往桌子上面用力一拍。

彩玉見狀趕緊使了個眼色，其他丫鬟紛紛退到門外，她自己則立在稍微遠一些的地方。

「娘，沒想到杜家居然這麼有心思，真是小看他們了。」林氏不忘火上添柴。「娘寬容大度才允許源清探望他們，結果倒差點成全了這些骯髒人！」

老太太眉毛倒豎，盯著一旁的彩玉，喝道：「妳也是一起去的，妳看到沒有？」

彩玉一個激靈，她剛才在心裡已經暗罵了陳妙容幾回，這坐一輛馬車她倒是看到的，但手拉手卻沒注意，誰想到陳妙容居然都沒有事先告知，如今老太太問起來，倒教她怎麼答？想了想道：「是坐一起的，至於拉手，奴婢沒瞧見，奴婢只注意照顧陳姑娘，卻是忽視了別的……」

林氏搶著道：「妙容斷不會胡說八道的，這事還能看錯不成？娘，就交給我去辦，我就不信這杜家的人還能不要臉到這種程度！」

老太太見她激動非常，反而自個兒心裡慢慢安靜下來。

這次她派陳妙容和彩玉跟著一起去，就是想看看李源清跟杜家的態度，本還是滿意的，結果竟鬧出這一回。

想來這個外孫也不是不小心的人，若是有心隱瞞，也不會叫陳妙容看見，那他如此舉動莫非是故意的不成？老太太眉心擰成了一個川字，他都這麼大年紀了一直沒有定親，難道是因為心裡有人？

「唉！」老太太長嘆了一口氣，她是個做事理智的人，誰想到生下來的三個孩子，一個比一個不像她，長子因為喜歡的姑娘逝世就此不娶，二女兒為了感情跑去做妾，這三女兒又是一心一意為夫家，腦子有時候都拎不清，如今這外孫居然也是這樣！

讓人情何以堪！

看她長吁短嘆，林氏急道：「娘就這麼任他胡鬧下去？」當真娶了杜小魚，那杜家可不是飛上枝頭變鳳凰？她向來看不起那家人，所以，無論如何也是不能接受的。

老太太瞄她一眼。「妳去杜家鬧又能怎樣？要是源清當真喜歡他們家女兒，只會對咱們不滿。上次妳還看不出來嗎？他為了讓我准他去那邊，費了多大的勁兒？可見在他心中的地位到底是十幾年的感情，我們不能著急。」

林氏咬著嘴。「那娘倒是說說，咱們該怎麼辦？要是還不阻止，那個小賤人指不定就把源清騙上手了，哪天回來就說要娶她呢。」

老太太閉上眼睛想了會兒。「那家無非也是想要個好姻緣。」

林氏撇撇嘴。「難怪說近水樓臺先得月，源清也是，咱們縣裡好人家的女兒也不少，哪個不比杜家的好？他偏瞎了眼睛！」

「也怪不得他，防不勝防，從小一起長大的，也是知道他的喜好吧。」

林氏沒轍了。「咱們總不能什麼也不做。」

「那馮姑娘還是不錯的。」老太太忽地說道。

林氏知道她說的是前飛仙縣縣主的小女兒馮叢蓉，眼睛一亮道：「莫非娘看上她了？倒也好，這溫氏也是個懂道理的，哪怕如今馮大人在濟南府當戶部主事，還是對咱們客客氣氣，先後來了三回，瞧著是有那個意思。」

「下次請她們來坐坐。」老太太道。

林氏眉開眼笑。「那自然好。」

「也請杜家一起來。」老太太又添了一句。

林氏立時呆住了，半天都說不出話來。

天氣晴好，苗床裡的油菜花種子終於發出芽來，那嫩綠嫩綠的葉子從土裡鑽出來，像帶來希望一般，蓬勃有生機。

杜小魚歡欣雀躍，第一步總算是成功了，接下來就是把它們移植到田裡去。

鄒巒得她的吩咐，先前一段時間就把田都耕好了，也下了肥料，此時就把苗小心翼翼地一棵棵搬來田裡種下。

杜小魚看他滿臉的汗，笑道：「你要不要歇息會兒？」

「不用，不用。」鄒巒連連搖頭。

「你繼母如今還來你們家鬧嗎？」上次那婦人的兒子聽說被衙役錄取了，當了個轎夫，天天給李源清抬轎子。

鄒巒忙道：「沒，沒有。」其實那後母也還是會來的，說轎夫不好，弄不到油水，就想著鄒巒去說說情，換個皂隸（注）當當，可他哪肯再做這種事，自然是拒絕了好幾回。

瞧著他神色，杜小魚心知必是撒謊了，還是老實人的關係，竟不肯說。

一直忙到晚上才收工，看著四畝地裡種滿了油菜苗，她心裡全是滿足感。

誰料到回去，家裡卻是愁雲慘霧。

趙氏淚眼汪汪，杜顯正不停地安慰她。

「出什麼事了？」杜小魚心裡不由突了一下。

「妳大舅出事了。」

「啥？」杜小魚大驚，又忙壓低聲音道：「大舅出什麼事了？」

杜顯嘆一聲。「路滑，摔跤了，碰到了腦袋。」

「很嚴重嗎？」杜小魚臉色變了。

「請了好幾個大夫看，都治不好……」

一聽這話，趙氏更是哭得狠了。

這兄妹倆的感情他們都知道，杜小魚想了想。「要不請咱們縣最有名的大夫去看看，都試一試。」

注：皂隸，衙門中的使喚差役。

「都請過了，也是沒法子才寫了信來。」杜顯把杜小魚拉到一邊，小聲道：「說是暫時沒事，可是也醒不了，就是醒了，只怕也……」

那是會變傻子的意思嗎，想到大舅的樣子，杜小魚的鼻子也不由得酸了。

李源清很快也知道了這件事，忙趕了來，出謀劃策。

他兩邊跑，不過幾天工夫，人就憔悴了下來。

杜小魚就叫他休息幾日，這種事也不是急就能行的，就是找名醫，也得需要時間。

「我還是會盡全力的。」他看著她。「妳的家人就是我的家人。」

這話未免露骨，可杜小魚聽了卻莫名地安心下來。

他喜歡她，但於她來說卻不是什麼負擔，至少在現在看來，她是願意試一試的。

甜言蜜語也好，留戀的眼神也罷，只要哪日可以在心湖蕩起漣漪，也許她會毫不猶豫地跟他在一起。

只是，就差了那麼一點點而已，難以走得更近些。

凡事順其自然，杜小魚問道：「你那會兒不是還學了針灸的？派不上用場嗎？」

「我去京城後沒有花多少時間在上面，哪兒比得上什麼名醫。」他自嘲一笑，又正了正神色。「我再去近邊問問，有沒有這方面精通的大夫。」說完便走了。

過了幾日，杜文濤從私塾回來，身後還跟著阮信跟阮玉姊弟倆。

阮玉露出擔憂的神色。「剛才聽文濤講，才曉得出了這樣的事情……趙大伯傷勢很重嗎？」

「頭撞到石頭上，受到損傷了。」卻是杜小魚答的。

阮玉目光在她臉上打了個轉兒，又看向趙氏。「咱們縣裡的大夫難道都治不好？」

「是啊，都請了去看了，沒什麼把握，如今就等著文淵那邊呢。」杜顯嘆口氣。「他說想辦法請個有名的大夫來，也許要從京城請來。」

聽到是李源清，阮玉眼睛像是亮了下，但很快就搖搖頭。「京城卻是遠了些……我倒是認識一位醫術高明的大夫，住在陵城，離這兒只兩日的工夫，他有次就是用針灸救醒了一個摔暈的婦人，跟趙大伯的傷有些像呢。」

趙氏像是看見了希望，猛地一把握住阮玉的手。「妳真認識這樣的大夫？」

阮玉點點頭。「我豈會拿話騙大嬸呢。」

真是及時雨！但不知為何，杜小魚心裡有些怪異的感覺湧上來，也說不清楚是什麼。

「但是那個大夫肯來嗎？」趙氏急切地問。

「這我就不知了。」阮玉擰起好看的眉，稍作思量道：「我口才也不算好，不曉得能不能勸得他來，若是有合適的人陪著一起去，那是最好的。」

合適的人？又要口才好？趙氏看向杜小魚。

阮玉似是猜到她的想法。「他又好名，只我們普通百姓去請，只怕是請不起，我這回能想到他，也是因為他娘親喜歡我做的胭脂的緣故，但這情分倒還不足以請他來到咱們這村裡呢。」

趙氏急了。「這可怎麼辦才好。」

杜小魚聽得分明，普通百姓不能去請，又是好名的，那豈不是要李源清這個縣主親自去才可以？

「啊，是不是文淵去請就行了？」杜顯忽地大聲道：「他可是縣令啊，給足那大夫面子了吧？」

阮玉像是愣了下，過一會兒才笑起來。「杜大叔說得是呢，要是咱們縣主願意去，那應是行的。」

「來回要四日……」趙氏皺了皺眉，她雖然擔心她大哥，可也關心李源清。

趙氏還未說話，阮玉又道：「有些傷確實是拖不得的，就像我說的那個大夫，其實還有一個同樣的病人，倒是他們家沒有及時找，後來腦子裡的傷就嚴重了，沒等到幾日就過世了呢。」

幾個人的面色立時大變，尤其是趙氏，恨不得立刻就找到李源清。

杜顯也有些驚慌起來。「阮姑娘，妳說的是真的？那倒是拖不得，萬一真嚴重起來，可不得了。」

杜小魚沒有說話，她看到阮玉的嘴角那樣微微的翹了翹，雖然是極細小的動作，可卻沒有躲過她的眼睛。

那是危言聳聽吧？那麼多大夫都說了沒有生命危險，怎麼就會突然嚴重呢？可看趙氏的樣子，她知道自己也沒有辦法勸。

因為這世上本就沒有不可能的事，若是她勸了，到時候真的發生危險，她負擔不起。

只阮玉為何卻要這樣說呢？

為了李源清嗎？

「那也沒辦法了，你去找文淵商量商量，若是可行，就去請了那大夫來。」趙氏也只好說道。

杜小魚卻是看著阮玉問：「阮姑娘，妳說的大夫真的會治那種傷嗎？」

她的眼睛灼灼明亮，但阮玉沒有絲毫退縮。「那是當然，他是陵城最有名的大夫，沒有誰不知道的，若是請了來，一定不會讓你們失望。」

這話是真的，那人應是真正的厲害大夫，杜小魚看得出來，阮玉沒有說假話。

既然他們都願意聽阮玉的意見，而她口中的大夫也是個醫術高明的，杜小魚便也沒有反對。

杜顯當即就去縣裡找了李源清，阮玉也一併同行。

見到阮玉，李源清稍稍一愣，杜顯迫不及待道：「阮姑娘說的陵城大夫是個厲害的，肯定能治好大哥，你就陪著去一趟。」

李源清聽得一頭霧水，看向阮玉。

阮玉柔聲道：「我也是才聽說趙大伯的事，因認識陵城的一個大夫，就想著能不能幫上忙，只這人是個傲氣的，尋常人請不來。」

李源清明白了，感謝了一聲，又道：「我已經派人去京城請了，日夜兼程的話，十日之內也能過來。義父，您不要著急，等這些天是沒有問題的。」

可杜顯之前被阮玉的話嚇到了，哪兒安心得下來。「要十天呢，文淵，你就去跟阮姑娘跑一趟吧，不是爹不信你從京城請來的大夫，只有些事誰也想不到，萬一……文淵，你娘會受不了的！」

李源清頭就有些疼了，阮玉見狀，上前走近兩步，低聲道：「那大夫叫王明華，想必你也是聽說過的。」

「是他？」李源清訝然。「他不是在京城嗎？」

王明華是京城頂尖的大夫，年紀輕輕，醫術就已經出神入化，曾經治好連御醫都覺得棘手的疑難雜症，被奉為神醫。

「他去年去了陵城，他娘親喜歡我的胭脂，曾派人來買，便說起這件事。」

李源清瞧她一眼。「若是他來的話，確實極有把握。」

「我也是這個意思，只他在陵城不一定會願意來……」阮玉有些躊躇。「我知道你公務繁忙，實在不行的話，我自己一個人去試試。」

那明眸裡閃動著光，他知道她是想報答曾經的恩情，李源清朝杜顯看了看。「我現在不去也不行，再說，妳一個姑娘家出遠門也不方便。」

杜顯聽到他答應了。「這樣我就放心了。」

「有些事我要處理好，明日才能去……」

「行，行，你儘管忙，事情都做做好。」杜顯怕耽誤他，連忙走了。

這樣來去匆匆的，李源清有些話還未交代，只得苦笑下作罷。

第九十五章

第二日一大早，就有馬車停在杜家門口。

「文淵，真是麻煩你了。」趙氏表示歉意。「衙門的事會不會妨礙到？」

李源清笑笑。「沒事，緊要的我都解決了，還有些都交與縣丞去辦。」

杜顯就要去請阮玉。

李源清攔住他。「去陵城我自己一個人就行，阮姑娘寫封書信也就罷了。」當初就是不想跟她有所牽連，被人誤會才斷了聯繫，如今要去陵城，四日來回，孤男寡女如何能成？到時候指不定又有什麼流言蜚語出來。

杜顯不解。「這是為何？那人既是阮姑娘相識的，她一起去總有些把握。」

趙氏卻想到了，阮玉是個未出閣的大姑娘，李源清又是年輕男子，同去總是不好的，他是怕人閒話呢，她點了下頭讚許道：「你倒是想得周到，阮姑娘是來幫咱們家忙的，總不能累了她的名聲。」

杜顯這才恍然大悟。

阮玉恰恰這會兒來了，手裡提著個小包袱，竟一副要出遠門的準備。

趙氏就上去道：「阮姑娘，正想給妳說呢，咱們家這事太麻煩妳了，妳到底是個姑娘家，去那麼遠不太好，就讓文淵一個人去。」

阮玉的表情立時僵了僵，昨日趙氏還極為贊同的，怎麼突然就這麼說了？杜小魚從頭到尾也沒有說過話，現在眼見阮玉這副表情，不禁揚起了眉，這個反應有些耐人尋味。她不禁又回頭去看李源清，卻見他正看著自己，見到她望來，便是嘴角一翹，眼底閃現出一抹笑意。

他到底知不知道阮玉的心意呢？杜小魚很懷疑。

見她忽地就擰起了眉，李源清的眉毛也稍稍揚起，不知道她在疑惑什麼。

阮玉很快又恢復了自然，笑道：「陵城那邊我早前就想去的，有幾家胭脂鋪想訂我這兒的胭脂，一直沒有機會去談。」

竟是在說關於胭脂生意的事，這外人就不好說了，也把李源清要說的話徹底堵住，總不能硬要她不去吧？到底是在幫他們家，他想了想道：「我再叫一輛馬車來。」說著就派李欽去辦，又看向杜小魚，說道：「小魚妳反正也閒著，就跟我一起去。」

主意打到她頭上，杜小魚正待說什麼，卻聽杜顯道：「對，小魚妳也一同去，同阮姑娘互相照應照應。」

阮玉的臉色有點不好看，她轉頭朝杜小魚看去，卻是不好拒絕，微微笑道：「是啊，妳去了，正好跟我有個伴呢。」

她的眼神很友好，好像真的在歡迎她同去，杜小魚笑了，點了下頭。「那好吧。」

這樣就比較妥帖了，也不是孤男寡女，兩個女的一輛馬車，旁的人總也不能胡說什麼，趙氏想想也答應了，去給杜小魚整理些東西。

稍後馬車派了來，很快就駛向了陵城。

與此同時，林嵩剛到達飛仙縣，他被林氏一催再催，終於從齊東縣回來了。

「哎喲，大哥，你回來了就好，娘可把我煩死了，成天念叨著要見你。」林氏迎上去。

「娘才起來呢，你在外頭坐坐。」

丫鬟早就端來茶伺候。

林嵩瞧瞧她，皺眉道：「娘到底什麼事？非得叫我回來，這兒不是有源清嗎？難道不能解決？」

林氏只盯著他，掩著嘴笑。

「妳倒是快說！」林嵩被她看得渾身不自在。

「你逼你妹妹幹什麼？」林家老太太從裡頭走出來。「為娘的現在想見見你都不行了，是不是？」

「娘哪兒的話。」林嵩忙道，上前去扶老太太。「只齊東那裡有點事，我本想多留 段時間的，還是親自處理比較好……」

「咱們家還怕丟了那幾宗生意不成？再說，有方管事在，你還有什麼擔心的，要你回來一趟看看，就這麼多不願。」

聽到老娘有埋怨的意思，林嵩也不再多說，笑道：「我這不是回了嘛！」

老太太哼了一聲。「難怪說成家立業，先成家再立業，你看看你，沒個娘子在身邊，成天的不著家，光有家業有什麼用？若你給我好好的娶妻生子，我哪怕奉出去林家一半的家產也不足惜的。」

舊事重提，林嵩皺緊了眉，他起先確實是因為心愛的姑娘去世才沒有心思另娶他人，可這麼多年過去，他漸漸已習慣如此自在的日子，但同時心裡也知道這是不合禮法的，矛盾中，他看到老太太滿頭的銀髮，不由心裡微微發酸，嘆息一聲道：「娘說的有道理，若有合適的，兒子會好好考慮考慮。」

聽到他終於微微鬆口，老太太欣喜若狂，早前提到這個話題，兒子總是視若無睹，如今總算是有些希望了。

合適的姑娘？她眯起了眼睛，不曉得那個阮姑娘到底入不入得了兒子的眼。

她倒是叫女兒林氏去打聽過，那阮玉就姊弟兩個，父母早就去世，親戚的話就只伯父伯母，還有一個堂兄，而且這阮姑娘確實是京城華娘子的親傳弟子，手藝不是假的，身世也是清清白白。

如今兒子也不是官身，倒也算配得上，最主要，她是看中阮玉的樣子，若兒子心底還是念著以前的未婚妻，那必定是有些幫助的，怕只怕最後還是看不上，那她就真不曉得該給他找個什麼樣的了。

老太太衝他笑道：「你剛回來先去歇息歇息，我叫廚房準備你喜歡吃的，睡上一、兩個時辰正好。」

「那倒不用，我也不累，想去看看源清呢。」

說到李源清，老太太臉色就不好看了。「他正給那家人當跑腿呢！」那家人的什麼大哥摔傷了腦袋，說要去陵城請大夫，昨日李源清來說的時候，她當時就想發脾氣，堂堂縣令竟然要做這種事，但後來還是忍住了。

能有什麼辦法呢？還沒到好的時機，只好裝聾作啞。

林嵩心知老太太不高興了，只要牽扯到杜家的人，總是會這樣，便也沒有接這個話題，陪著老太太又說了會兒話。

催他去休息之後，老太太跟林氏道：「既然嵩兒回來了，妳什麼時候派人去阮家一趟，請阮姑娘來府裡坐坐。」

林氏笑道：「是要叫大哥跟她見個面吧？」

「剛才妳大哥也鬆口了，若是真相得中阮姑娘，我也算是對得起林家的列祖列宗，不然都不敢合上眼睛呢！」

「娘這說的什麼話？這林家大大小小事情，哪一樣娘不是處理得妥妥當當？有什麼對不起的？他們林家那些後輩子孫還不是都在靠著娘過活？」林氏嗤笑一聲。「倒忘了件事兒了，前兩日二堂嬸還來過一趟，說是想給他們家瑞哥兒換個好點兒的夫子，問問我們的意見。」

老太太挑起眉。「妳怎的才跟我說？」

「又不是什麼大事，她無非是要我們資助些錢財，什麼換夫子？那瑞哥兒唸書都不成的，請哪個過來都沒用，就是光浪費銀子呢！我就說等瑞哥兒考上秀才再說，不然人家未必願意教呢。」

老太太眉毛微的一擰，公公婆婆子嗣單薄，林家老爺就只得一個妹妹，他去世後，林家的族長是由大堂弟擔任的，雖說他們這一房家大業大，可總要給族長幾分顏面，那二堂嬸便是族長的弟媳，兩家向來是交好的，現在跑過來說什麼夫子，只怕是起個由頭要說別的事……

見娘一直沈默，林氏心裡有些七上八下，暗想是不是哪兒說錯了，果然就見老太太看過來。「妳一直在這兒總也不好的，陳家那邊指不定要說閒話，總待在娘家像什麼樣子？」

林氏立時白了臉，眼睛紅紅，期期艾艾道：「女兒還不是想陪著娘，娘倒是嫌棄我起來了。」

「我知道妳孝心，不過妳來了那麼多日，就不想念玉屏？」老太太語重心長。「女兒還是要自己帶才好，放妳婆婆身邊，不知道會慣成什麼樣。」

林氏知道老太太是下定了主意，要叫她回陳家呢，兩隻手不由握緊了，咬了下嘴唇道：「那我等大哥的事定下來就走，不然心裡也掛念著，再說，這阮姑娘跟我也是投緣的。」

聽到大兒子的事，老太太面皮鬆了些，笑起來。「也罷，那妳就再多待幾日。」

卻說杜小魚三人在傍晚時分到達了一個通往陵城必經的縣城，便打算在此住一宿，等明日再行趕路。

找到一家客棧，李欽就讓兩個車夫拉著馬先去馬棚，又問李源清的意思，訂了幾間客房。

「公子是要先休息會兒，還是……」

「先吃飯吧。」李源清朝一處僻靜的桌子走去，等到杜小魚走過來，便指了指身邊的位置。「妳坐這兒。」

阮玉看到，臉色略略一沈，但想到杜小魚到底是跟他從小長大的，熟絡些也是正常，便坐在了另一處，與杜小魚相鄰。

夥計早就熱情地過來招呼，詢問要點些什麼菜。

這種時候，一般都是男的開口，阮玉略低著頭，一副大家閨秀的模樣，杜小魚則笑著問夥計有沒有什麼招牌菜。

夥計說了一大長串出來，李源清聽到其中有幾個是麻辣的，立時就點了。

阮玉有些詫異，印象中，李源清好似是喜歡清淡些的菜式的。

杜小魚知道他是顧著她，這麻辣的口味是她的最愛，不過總不能真的這麼單一，便又添了幾樣，卻是清淡的了。

「阮姑娘要些什麼？」杜小魚又轉頭詢問她。

「這些足夠了。」阮玉笑了笑。

夥計叫他們稍等，轉身去了廚房，李欽跟兩個馬夫坐在另外一桌，也點好菜，在那邊等著。

這縣城還挺熱鬧，已近天黑，路邊仍有叫賣聲不絕於耳，大堂裡的二十餘張桌子都坐滿了人，杜小魚一眼掃過去，見幾乎都是膚色發黑，看著就是時常在路上奔走的商客，不由好奇起來。

「陵城養蠶的人很多，這些人都是來做蠶絲買賣的。」李源清拿著茶盞喝了一口茶，解說一句。

「莫非這陵城的蠶絲有什麼特別之處不成？」養蠶這種行業到處都有，就算在北董村也是一樣，可卻很少看到有那麼多商客湧過來。

「沒錯，這兒的蠶品種比較好，不易得病，產出來的絲也比別的有優勢，以此製出的絲絹都很輕軟。」

杜小魚瞅瞅他。「你這都知道？」

李源清笑起來。「我外祖母家也有絲綢生意。」

「難怪，我當你真的萬事通呢。」杜小魚湊過去。「那蠶種，這邊的人願意賣給外城的人嗎？」

「妳又想養蠶了？」

「問問而已。」

兩人說說笑笑，十分親密，把阮玉完全晾在了一邊，直到菜端上來，才打住不說。

見杜小魚幾乎每一筷都是往麻辣的菜挾去，阮玉恍然大悟，原來這些菜竟都是點給她吃的，不由眉梢微微一揚。

她似乎是忽略了什麼？

可怎麼可能？

杜小魚不過是個農家的姑娘，又是同他一起長大的，卻培養出了不一樣的感情嗎？阮玉抬頭細細打量杜小魚，最後又搖搖頭，如此容貌，怎麼也比不上她；說到聰慧，說到頭腦，那也是毫無出奇之處。只是養養兔子罷了，比起她做胭脂的手藝，那是粗鄙得多，這一切，如何入得了李源清的眼呢？

是了，只是多年的感情罷了，倘若阮信在此，她也一定會為他點上喜歡吃的東西。

但到底有些惴惴不安，臨睡覺前還是去杜小魚的客房。

杜小魚坐了一天馬車早就疲累得很了，剛準備休息，就聽門外響起阮玉的聲音，問能否進來。

她想了想，把腰帶繫好，上前開了門。

阮玉很自然的在床頭坐下，用手撩了下頭髮，略帶抱歉地道：「難得出門，我竟是睡不著，就想來找妳說說話，不知道會不會太打攪呢？」

「我其實也不知道自己能不能睡著呢，妳來陪我的話，那再好不過了。」杜小魚起身倒了兩杯茶。「夥計之前拿來的，還熱著呢。」

阮玉就笑了，喝了口茶，從袖子裡摸出一個香囊遞過來。「裡面放了安神的香，妳晚上睡覺放在枕邊，是很好的。」

「這怎麼好意思收？是妳自己用的吧？」杜小魚忙推辭。

「我做了好幾個呢。」阮玉不由分說，把香囊放她手裡。「都是備用著的，」她嘆口氣。「最近我常常睡不好。」

拋出話題來了，杜小魚關切道：「可去看了大夫？總是睡不好那可不行，危害很大的。」

「是總想起以前的事。」她愧疚地看著杜小魚，欲言又止，最後還是慢慢說道：「有件事我一直瞞著你們家人，那天妳是看見的，其實我跟源清早在京城時就已經認識了。」

源清？叫得那麼親切？杜小魚挑起眉，之前縣主大人那麼的叫，何不把戲一直演下去？卻要這時候來告知她實情？

「妳這麼做自有原因，再說，都是以前的事，沒有必要告訴我們的。」

見她竟然絲毫沒有好奇，阮玉的目光一閃，片刻後又幽幽道：「我是怕拖累他，不然也不至於會來飛仙縣，只沒料到他竟然也會來這兒當縣主。」

這下杜小魚愣住了，阮玉來飛仙縣是為了李源清？

看到她的表情終於有所變化，阮玉嘴角翹了翹，又道：「我的命是他救的，那次遇上劫匪本以為在劫難逃，結果卻被他伸手援救。」說完便瞧著杜小魚。

誰料杜小魚避重就輕。「劫匪是很可怕的，也難怪妳想起來就會睡不好，若是我，只怕也是如此，不過只需要放下心，不再想的話，總會慢慢好的。」

卻是一點也沒有提李源清，阮玉不禁著惱，眼前的姑娘以前不覺得，現在卻像是一汪潭水，從外面看，怎麼也不知道深淺。她坐了會兒就起身告辭了。

杜小魚卻睡不著，這阮玉分明就是來示威的，示的是跟李源清的交情匪淺。

前面一句說怕拖累李源清來到飛仙縣，後面接著就說李源清也來飛仙縣當縣主，這不是明擺著要引人猜想，李源清是為她而來嗎？

可為何要在她面前這麼說？陳妙容也是這樣，不陰不陽的，真真討厭！

不就是為了李源清嗎？跟她糾纏做什麼？杜小魚下了床，直奔李源清的房間而去。

聽到敲門聲，李源清打開門，就看到杜小魚沈著的臉。

「怎麼回事？」他訝然。「誰惹妳生氣了？」

「還能有誰？」杜小魚瞪著他。

他愣了愣，一指自己。「莫非是我不成？」

「沒錯，你總算有點自知之明。」

李源清失笑。「我怎麼惹到妳了？」

「麻煩你跟那兩位姑娘說說清楚，省得沒事跑來跟我說些奇奇怪怪的話，我沒空應付她們！」

「兩位姑娘？」

「你表妹，還有那位阮姑娘。」杜小魚直接說了出來，她向來不喜歡那些彎彎繞繞，尤其是跟別的女人搶男人的戲碼，她絕對不演！

陳妙容的心思李源清當然知道，只阮玉……

他不肯定地問：「阮姑娘剛才跟妳說了什麼不成？」

平日裡是聰明絕頂的，怎的就看不出阮玉的意思呢？杜小魚沒好氣道：「她說為了不拖累你才來到飛仙縣，這話是真是假，想必你肯定知道。」

李源清稍稍一怔，他也一直不明白阮玉怎會來此，誰想到她竟跟杜小魚說了這些，為了他嗎？此前似乎並沒有任何徵兆。

見他發愣，杜小魚冷笑一聲。「這些本都不關我的事。」卻因為李源清，她們都關注到她了，說著轉身要走，卻被他握住了手臂。

「妳知道我的心意。」

他主動挑開了，杜小魚微微揚起下頷，並沒有出聲。

「這些我自會處理，」他手指慢慢收緊。「阮姑娘的事我不清楚，她是不是為我不重要，重要的是……」他一用力，把她拽了過來，兩個人面對面只相距數寸的距離。「妳要明白，我回飛仙縣是為了妳。」

他的臉離得那樣近，近到以前也從未到達過的距離，杜小魚的心一下子提起來，在胸腔裡急速的跳動。

他是為了她回來……

此生不是沒有聽過什麼甜言蜜語，只到最後都變成煙雲，那些相愛的時光在現實裡被層層磨礪，最終還是模糊了、消失了，就像從來都沒有發生過一樣。

這次重新來過，她能修成正果嗎？

眼前的人可會是良人？

杜小魚抬頭瞧著他，有懷疑，有困惑，有太多的不確定。

可她的心跳得那樣快，他的呼吸拂過來，像一張網把她困住了似的，動也不能動彈一下。

他微微笑了，她的臉緋紅，像天邊晚霞一樣燦爛。

那笑容在夜色裡格外動人，但在杜小魚看來，卻很是惹人厭，她咬了下嘴唇。

「你笑什麼？」她不過是片刻失神罷了，一句告白，就想自己轉變心意嗎？未免太容易了些。

他卻再次笑了笑，揶揄道：「我只沒想到竟會看到妳臉紅。」

杜小魚僵住了，才發現自己的臉頰果然發燙，不由著惱。

他這會兒放開了手，生怕她太尷尬，什麼事都應該適可而止，雖然看她這種樣子十分有趣。

「這些事我以後都會注意，必定不會讓妳不高興。」

適時地又說了好話，杜小魚發現自己實在無話可說了，衝他瞪一眼，轉身離開了客房。

第九十六章

王明華的名字在陵城果然人人知曉，隨便問一個路人，就知道他的住處，三人在隔日的巳時初，來到陵城外十里處的一座農莊外。

王明華從京城來到陵城，第一件事就是買下大片良田，建造了一處農莊，他自己就住在莊園裡，但凡有病人來，就在外面排隊等候。

因為他醫術高明，所以每天都有很多人來看病，只他有個怪癖，每日只醫治五十人，排到五十名之後的就只好等到第二日了。

杜小魚他們便是看到這種景象，一長隊的人在此等候，還有幾個維持秩序的僕人，數到第五十名，就勸著等明日再來。

有些人就哭了，說家裡的人病得很嚴重，只怕拖不到第二日，可僕人們絲毫不為所動，說不願意等就去找別的大夫。

這般的冷硬，杜小魚不禁懷疑，到底能不能請到這王大夫去北董村？看這情景，實在是不樂觀。

「你們是什麼人？」有僕人上來詢問，見幾個人穿著氣質，不是小門小戶出來的，語氣還算客氣。「若是想看病，還請明日再來。」

「我們想見王大夫一面，還請代為通報一聲。」李源清道。

「我家公子忙著呢，只怕不方便見客。」

沒等李源清亮出身分，阮玉上前笑道：「就說是給他娘親送胭脂的來了。」

僕人眉毛一動，往阮玉看一眼，竟沒有再拒絕，匆匆地往裡面走去。

一反常態，剛才還很強硬地說不方便，怎麼提到王明華的娘親跟胭脂，就完全變了態度，杜小魚看看阮玉。「阮姑娘真帶了胭脂來？」

「帶了兩盒，沒想到果真有用。」阮玉笑了笑。

僕人很快又出來了。「公子請你們進去。」卻是多看了阮玉好幾眼。

農莊很大，裡面幾處院子，僕人領著他們穿過一處拱門，來到一個大堂裡坐下，又有人上來看茶。

那茶也是極好的，茶盞是細膩好看的蓮花青瓷，看得出來，這王明華是個有錢的雅人，不論剛才院落的佈置，還是小到這屋裡的桌椅，都透著一股精心的雅致。

阮玉低頭喝著茶，表情很安靜。

聽到腳步聲響起，她抬頭看過去，妙目中閃過一絲別樣的神彩，就像她曾經看著李源清一般，但是又似乎刻意了些。

杜小魚是後來才去看王明華的，他長得儀表堂堂、風流倜儻，竟是不輸李源清，只眉宇間有種自命不凡的味道，她不大看得慣。

這一點，李源清就很好，他雖然也優秀，可從不露出這種優越感，他有的只是自信，不卑不亢的態度。

「阮姑娘，好久不見。」王明華絲毫不遮掩自己的目光，熱切地落在阮玉的臉上。

阮玉的臉一紅，介紹起身邊人。「這位是飛仙縣的縣主李大人，這位是杜二姑娘。」

王明華這才看向其他二人，卻是又問阮玉。「這二位是妳的朋友？怎會想到來陵城？我只當妳再也不想見到我了呢。」

完全把他們當透明的，而且這語氣未免太過曖昧，杜小魚跟李源清互相看一眼，李源清道：「我跟杜姑娘是想請王大夫去一趟飛仙縣才來的，阮姑娘舉薦你，我才知道名聞天下的京城神醫竟然會在陵城。」

王明華眉一挑，才仔細瞧了瞧他。「飛仙縣？我為什麼要去？」

竟是一點都不給面子，李源清笑了笑。「剛才看到外面的情況，我也知道王大夫很忙，冒昧提此要求，確實唐突了些。」

王明華做了一個「你明白就好」的表情，又去看阮玉了。

阮玉極為尷尬。「是我叫李大人來請王大夫的，因那病人摔傷了腦子，世上只你能救得好……」

王明華笑起來。「那次妳是看到的，沒錯，這傷於我來說，不難，只我為什麼要去？憑一縣之主來請嗎？」

「救人一命勝造七級浮屠，王大夫，你就不能考慮考慮？」阮玉柔聲細語。

王明華越發笑得開心，走到她跟前。「妳說得很對，不如妳留下來好好勸我一勸，也許我會願意去也不一定，晚上咱們飲酒賞花，慢慢說可好？」

突然就變成一個登徒子了，當下調戲起阮玉來，杜小魚訝然。

阮玉一副不知道怎麼才好的模樣，李源清終於看不下去。「王大夫，你為何這樣為難她一個女子？不願去也便罷了，咱們這就走。」

阮玉拉住他袖子，小聲道：「這怎麼行，王大夫性子是怪了點，可是咱們都來了，總不能就這樣回去，你不想幫你舅舅了嗎？」

「妳要陪他飲酒不成？」

「只要他願意去飛仙縣，我也無妨。」她表情很是堅毅。

杜小魚聽到耳朵裡，嘴角慢慢翹起來，果然是七竅玲瓏，好心思，為了讓李源清欠她人情，真是什麼都做得出來。

只這王明華當真是如此不堪的人嗎？

李源清看著阮玉的眼睛，不由動容，但他想起杜小魚之前說的話，轉頭往她看了過去。

她冷冷的眼神，似在嘲笑，那樣看著阮玉。

他眉梢微微揚起，那幾年在京城不是白白度過的，什麼見聞沒有聽過？他忽地笑了。「沒想到王大夫有這般閒情逸致，既然阮姑娘願意相陪，我跟杜姑娘可否來湊個熱鬧？」

阮玉愣住了，王明華也同樣是。

「原來是同道中人，王某豈會拒絕？」王明華很快又笑起來。「今晚我會設下宴席，還請幾位不要誤了好時辰。」一說罷揚起寬大的袖子走了出去。

阮玉捂著胸口，臉色發白，呼出一口氣，看著李源清笑道：「幸好你想到好法子，不然我、我還是害怕的。」

那表情楚楚可憐，說不出的吸引人，讓人忍不住要愛護她。

李源清看著她道：「妳剛才不必如此，請不到也便罷了，反正我已經派人去京城。」

「是我叫你來的，總不能無功而返，耽誤了你的公務不說……總是我沒做好，只想着他能治好那種傷。」阮玉自責不已。

「哪兒的話，妳多慮了，就算請不到，也不是妳的錯。」李源清當先走了出去。「不過他既然肯應了我，這事也未必不成。」

阮玉眼簾垂下來。

杜小魚看她一眼。「那王大夫對妳好似比較特殊，是否喜歡妳呢？」

這話太過直接，阮玉一下子抬起頭來，驚慌道：「怎麼會？」又拿眼角餘光看著李源清，見他表情平淡，不由失望起來。

「我是瞎猜的，誰讓他說，妳不想見他呢？」杜小魚笑起來。「既然王大夫忙，咱們就先到處逛逛，這陵城挺大，等晚上再來吧。」她說著就往前走去。

晚上又不知道要上演什麼好戲呢！

陵城果然有很多的絲織品，只比起齊東縣來，做工卻不在一個檔次，也難怪所有的錦緞鋪都會去齊東進貨。

「倒是可惜這兒的好蠶絲了。」

「齊東的紡織手藝是胡家帶進來的，那個家族本是揚州的，只後來牽扯到一個案子，後代都被流放到北方，還是景炎年間才得到平反。那胡家的子孫慢慢遷移到濟南，在齊東定居下來，紡織手藝就是由他們家逐漸改良的，才能有今日的景象。」

李源清一番解說，杜小魚連連點頭。「原來還有這麼一段故事。」

「但還是比不上南方那邊的手藝，妳如有機會去看看，便知道有多高妙，大姊學的蘇繡不也是那兒傳來的？」

杜小魚笑起來。「魚米之鄉，自又是不同了。」

阮玉在旁聽著，也說道：「我倒是跟師父去過一回杭州，那邊的絲綢確實好，聽說每年都上貢的。」

三個人說說走走，一會兒也消磨了一個時辰。

阮玉忽然停下來，面有難色。

「可是累了走不動了？」杜小魚問。

她點點頭。「我先回客棧休息會兒，你們儘管去四處看看，反正時間還早呢。」

倒是沒有再矯揉造作，杜小魚也沒說話。

她又衝李源清告別一聲，轉身往客棧的方向走去，那背影窈窕，連走路的樣子都是如此好看，步生蓮花似的。

「你不去陪陪？」杜小魚看一眼李源清。

李源清收回目光。「她確實是個美人，不過妳知道我的想法。」

杜小魚微微哼了聲。「那王明華果真是個有本事的？」

「當然，不然我也不會來。」

「但你不覺得這事有些棘手？」杜小魚揚起下頷，慢悠悠道：「這王大夫好似醉翁之意不在酒呢。」

李源清沈默會兒方才回答。「我總要跟她先說清楚，請不請得來還在其次，若我真去利用她，豈不是太卑鄙了些？」

她挑起眉。「這樣一來，你不怕她甩手離去，不赴晚宴？那大舅的事可就難了。」

「妳真會為此怪我？」李源清目光灼灼。

杜小魚嘴角一揚，撇過頭不答。

李源清微搖下頭。「妳真真是狡詐，若我當真誤解妳的意思，去配合他們，將來妳又要嫌我無恥了。」

杜小魚確實是那麼想的，不過李源清沒有讓她失望，不至於真為了請來王明華，而去將計就計，利用阮玉。

她抿嘴笑了笑。

兩人又走了會兒才回去客棧。

杜小魚累了，在客房睡了半個時辰才出來，正趕上用午飯，就見李源清已經點了幾個菜在大堂等著。

她吃了幾口，阮玉才過來，臉色看著有些白，走路的時候還差點被椅子腳絆了一跤。

那頓飯，她顯然胃口也不好，匆匆用了些就又回客房了。

「你跟她說了嗎？」杜小魚問。
「嗯。」李源清點點頭，沒有多餘的話說。
相交幾年，本以為是個可以結交的朋友，誰料到她對他竟有這種感情，還用心至此，今日對她說那番話，必是殘酷的，可是，又是必須說出來的，即便那已經很委婉。
阮玉坐在床頭，眼淚止不住地往下掉。
他專程來房裡，本暗自竊喜，誰料竟是為杜小魚而來，替她訂購合適的胭脂，打算送與她，那份體貼、在他臉上的柔情密意，是她從未見過的。
原來這麼多年，他心裡一直都有喜歡的人，難怪自己費盡心機都沒有法子靠他更近。
到頭來，是她認識他，認識得太晚了。
如今又有何用？即便是承了她的人情，李源清也已經還不了。
她只覺滿腔的感情被攪得粉碎，這麼久以來，她追逐的只是一場夢嗎？什麼都沒有得到，從開始到結束，都只不過是她一個人在作夢。
天色漸黑，杜小魚站在門前看著月亮慢慢升起。
阮玉還會去赴宴嗎？
正想著，卻聽阮玉的聲音響起，她著一身亮麗的服飾，在夜色裡像一盞耀眼的燈火。
「時候不早了，杜姑娘，咱們該走了。」
她還是決定去了，即使李源清已經表明心意。
王明華已經讓人擺好宴席，大堂裡點了幾十盞燈，十分明亮。

看到阮玉的打扮，王明華眼睛也亮了，視線久久不移，拍手讚道：「果真是個美人。」

四人分別坐下，隻字未提看病一事，只享受著美酒佳餚。

那酒是極好的，醇厚香甜，只一會兒，杜小魚就微微有了醉意，阮玉也差不多如此，臉紅得好似一隻蝦子。

「我帶她出去吹會兒風。」李源清走到杜小魚身邊，攬住她肩膀，扶著出了堂屋。

阮玉看著他們兩個的背影，眼睛裡恨不得射出一枝箭來。

王明華見狀微微一笑。「看來妳打錯算盤了，我如今還要不要去飛仙縣呢？」

「去，當然要去！」阮玉把手裡的酒一飲而盡。「我總不能白來一趟，他不過是被豬油蒙了心，早晚會看到我的好。」

她嘴唇抖動著，臉上燒著怒火，像帶刺的玫瑰，王明華嘆息道：「妳何不就真的從了我？我定會把妳當個寶的。那李公子有哪兒好？妳要這樣作踐自己？」

「你不明白的。」阮玉幽幽一嘆。

那日遇到劫匪，師父派給她隨行的丫鬟奴僕全都獨自逃命去了，只留下她一個人躲在馬車裡，那些劫匪偏還不立即抓了她，只是嚇唬她，讓她在林子裡鑽來鑽去，他們在後面笑著追趕。

那樣喪心病狂。

可她不是第一次遭遇這樣的事，家鄉鬧災，她跟弟弟就是被大伯父一家子收養的，但卻不免嫌棄他們累贅，嫌棄他們要分一口飯吃。

這一路輾轉，什麼樣的人沒有遇見過？

可是，就在她以為自己就要被這樣羞辱致死的時候，他出現了。

阮玉把茶盞在手裡轉來轉去，又搖搖頭。「你這樣的公子是不會明白的。」

王明華看在眼裡，心裡不由得心疼，但終究還是沒有再說什麼。

等到李源清跟杜小魚回來的時候，王明華就答應去飛仙縣了。

這裡面定是有阮玉的功勞，到底是幫了他們，且不管她有什麼目的，杜小魚還是向她表達了感謝之情。

事不宜遲，四人第二日就啟程去往飛仙縣。

隔了一日才到，又同杜顯夫婦轉去了南洞村。

他果然是個醫術高明的，在房裡閉門施針了半日，趙大慶就清醒過來，只沒有徹底好透，說還得連續施針三日才行。

趙家就把王明華留在家裡，日日好酒好菜的招待。

趙氏總算鬆了口氣，等趙大慶痊癒後，就把阮玉請了來，百般感謝。「幸好妳出了主意，不然真不知道怎麼辦才好呢。」

阮玉只謙虛地笑著。

趙氏還備了禮送給她。

阮玉推辭不收。「這怎麼好意思要，光我一個人也請不來的，不是還有李大人跟杜姑娘一起去的嗎？」

「我聽說妳胭脂鋪的生意都沒來得及談，可不是給我們家耽誤了？」趙氏忙道：「這點東西算什麼？」

阮玉的面皮僵了僵，那時哪兒還有什麼心思談生意呢。

最後她還是沒有收。

阮玉回到家，就見她伯母正在門口徘徊。

「妳總算回來了。」周氏看到她，臉上就露出笑來，有幾分的小心翼翼。

阮玉心情不太好，不鹹不淡道：「有什麼事？」

「剛才林家府裡來人了，送了帖子來，說請妳過去坐坐呢，好似請了人來家裡唱堂會。」周氏笑道：「前些天就使人打探咱們家的事情，我看這林家的人好似……對了，他們家外孫可不是咱們縣的縣主嗎？聽說林家老太太正張羅著給他找個好媳婦呢。」

阮玉眼睛亮起來，林家老太太果真記掛著她呢，她嘴角一揚，是了，就算李源清對她沒有意思那又如何？父母之命媒妁之言，他總還是要聽聽家裡長輩的意見的。

杜小魚這樣的，老太太如何能看得入眼？到頭來也不過是竹籃打水一場空。

「帖子呢？」她把手一翻。

周氏把帖子遞過來，正要跟進家裡面去，卻聽耳邊砰地一聲，阮玉已經把門重重關上了，她不由一愣，過一會兒，才半是尷尬、半是埋怨地離開了。

阮玉早上起來打扮妥當，月白色繡梅花交領上衣，配著條杏黃撒花八幅裙，端莊大方，因五官出眾，又不失嬌媚。

她正往頭上插上一支赤金簪子，阮信瞧著笑道：「姊這樣真好看，那堂會跟咱們在京城聽過的一樣嗎？」

「怎麼能跟京城比？只不過在這兒算是好的。」她師父華娘子在京城受眾多夫人小姐的追捧，時常被人請了去家裡聽堂會，阮信那時還年幼，便也帶去聽過幾回。

阮信點點頭。「那姊中午不回來了吧？」

「嗯，我飯都做好了，在灶上擱著呢。」

阮信笑道：「那我下午去找文濤玩，行不行？」

阮玉稍稍一愣，以前是不知道李源清喜歡杜小魚，這才想著去拉攏他們杜家的人，可如今又不一樣了，若是杜顯夫婦知道李源清的心思，只怕高興都來不及，哪兒會去阻攔？更別提對她有一絲的助力。

「姊？」阮信見她不說話，又道：「他們家好熱鬧的……」

阮玉見他的樣子，想了想，點頭道：「那你去吧，聽到什麼記得回來告訴我。」

阮信嗯了一聲。

阮玉從桌子上拿好早就準備的禮物便出門去了。

來到林府，門上的小廝早就得了吩咐，見到是阮玉，就喊裡面的丫鬟婆子領著進去。

這宅子是從別人手裡買來的，也沒有做什麼改進，但布局也算不錯，盆景花卉、假山池塘，一路都有。

林氏笑著迎出來。「阮姑娘妳倒是來得早，老太太本還想叫人來接妳呢。」這阮玉要是真被林嵩看上，那就是林家的長媳了，瞧著也是聰明俐落的，以後指不定能管上林家的事，林氏自然是要好好相待。

「我怕叫你們久等就早些來了。」阮玉笑笑。

林氏親熱地拍著她的手。「幾日不見還怪想妳呢，那些胭脂用得真好……」她說著頓了頓。「只之前想找妳說話，誰料竟去了陵城，聽說那王大夫是妳幫著源清請來的？」

怎麼神態那麼古怪？阮玉微微擰起眉，沒有立時便接上去。

林氏有心提點她。「那杜家總是有事，老太太都替他們心煩呢。」

原來是老太太不喜歡杜家的人，阮玉恍然大悟，她以前只想著在李源清心裡留下好印象，想讓杜家的喜歡她，才把王明華找了來，竟忽略了這兩家的關係。

「一會兒老太太只怕也會問起呢。」林氏又笑了笑，帶著她就進去了。

聽到這話，阮玉心裡一喜，看來林氏很緊張她會答不好，莫非老太太真有那種心思？不然豈會在意她跟杜家人的聯繫？

「阮姑娘來了啊，快坐。」老太太心情看起來很不錯。

阮玉上前行了禮，依言坐下。

老太太仔細瞧她一眼，打扮得體，不張揚也不畏畏縮縮，恰到好處，確實是個好人選，聽小女兒說，那阮家定然是願意的，阮玉的伯母拿到帖子，笑成了一朵花。

「是不是有些累？才從陵城回來，早知道，我就晚幾日請妳過來了。」

意有所指。阮玉笑了笑。「之前李大人幫了我，我聽說他想找個高明的大夫，便說起陵城的王大夫，總算沒有白去一趟，也算還了李大人的人情。」

隻字未提杜家，老太太少了些心裡的不快，看來她是惦念那次潑皮的事，才想著幫外孫的，倒未必跟杜家有關。

這樣才好，總不能再找個跟那邊有牽扯的人，有個這樣的外孫，已經夠她心煩的了。

「是個好孩子，只那麼遠的地方，累到妳了。」老太太溫和的笑起來。

阮玉也笑了，看得出來，老太太對她的滿意。

有婆子進來通報。「玉衣班來了，正在後面準備呢。」

「都安排好沒有？」林氏問道，說的是看堂會的那些位置、服侍吃食茶水的丫鬟等等。

「都好了。」

「馮夫人跟馮四小姐還沒來嗎？」

聽到這句話，阮玉的臉色一變，竟還請了馮家的人嗎？

正好又有丫鬟走到門外。「馮夫人帶著馮小姐來了。」

老太太站起來。「快請著進來。」往前走了兩步，竟是要親自去迎的樣子，但後來還是沒有踏出門口。

阮玉的臉色更加不好看了，剛才她來府裡，只林氏出來迎她，老太太是坐在屋裡等的，雖然馮夫人是官夫人，可為何會把馮四小姐也一併請了來？為什麼又請了她？

她百思不得其解。

第九十七章

馮夫人進來跟老太太寒暄一陣，老太太落在馮叢蓉身上的目光也是讚許的。

馮四小姐長得清麗脫俗、楚楚可人，談吐也是文雅，雖說容貌跟她相比，確實輸了一些，可她到底是官小姐，有個六品官的父親，這是阮玉不能比的。

阮玉心裡惴惴不安，但面子上始終保持著微笑，跟馮四小姐說說笑笑。

一行人慢慢往看堂會的地方走去，老太太瞅了個空子，問林氏。「那杜家的人竟還沒來嗎？」

林氏撇撇嘴。「許是不敢來，他們哪兒好意思來。」

「哼，是我叫著送出去的帖子，他們居然敢真的不來嗎？就算不來，總也要找人回個話的。」

林氏想一想，也覺得不對。「是來遲了吧？」

老太太瞪著她。「妳到底有沒有把帖子送去？」她當時要請杜家的人過來，林氏就不大願意。

「我怎麼敢騙您呢，當然叫人送去了。」林氏很委屈。

老太太看看前面的阮玉跟馮叢蓉，本想著請杜家的人來，到時候杜小魚這樣的農家女跟這兩個閨秀一比，簡直是慘不忍睹，就是想叫他們自慚形穢呢，結果竟然就沒有來。

「妳把送帖子的人叫來問問。」老太太哼了聲，又往前面去了。
林氏跺一跺腳，喊了一個婆子把送帖子的找來。
「姑奶奶，有什麼事？」送帖子的叫姜輝，是林府的小廝。
「那杜家的帖子你送到他們手裡了沒有？」
姜輝一愣，搖搖頭。「不是我送的。」
「什麼叫不是你送的？」林氏奇怪道。
「給少爺拿去了。」
「什麼？」林氏瞪起眼睛。「源清拿走了？他怎會知道的？」
「小的本來要去送到他們家的，結果正好遇到少爺，他就問我來幹什麼，小的不好隱瞞就說了，少爺就把帖子拿走了，說他會處理的。」
林氏氣得恨不得打他幾下。「你就不會回來稟告一聲？不中用的東西，快滾！」
姜輝心想，少爺說會處理，他一個下人哪兒敢過問，但看到林氏發脾氣，忙告退一聲跑開了。
看來是沒有把帖子給杜家的人，林氏咬著牙回去給老太太說了。
「您看看，現在就會忤逆您了，還把帖子藏著不給他們家，將來真要娶了杜家的女兒還不知道怎麼樣呢。」
老太太只不說話，臉色陰晴不定。
阮玉遠遠看著，也不知道發生了什麼事情。

戲臺上很快就唱起戲來，老太太跟馮夫人時不時的說著話，總有笑聲傳出來，馮四小姐也陪著一起笑，阮玉忽然覺得自己好像個局外人。

「大爺回來了。」有丫鬟過來說一聲。

馮四小姐有些驚慌地四處看了看，老太太笑著叫一個丫鬟領著馮四小姐去屋裡，然後讓林嵩直接來戲臺這邊。

林嵩過來行了禮，他長得魁梧高大，是頗為吸引人注意的。

老太太介紹道：「這是我大兒子，別看他現在幫著家裡做生意了，以前可是個將軍呢，聖上都留著不讓走的。」

馮夫人忙誇讚了幾句，說他威武逼人，一看就不是常人。

阮玉心裡怦怦直跳，隱隱覺得有哪兒不對勁。

老太太看過來，熱絡地拉著阮玉的手。「嵩兒，這就是我跟你提到過的阮姑娘，她做的胭脂可好呢，你知道她師父是誰？是京城鼎鼎大名的華娘子。」

阮玉只覺得腦袋裡轟隆隆一陣響，半晌都反應不過來。

林嵩的目光落在她臉上，表情稍稍一怔。

老太太看在眼裡，喜上眉梢，果然有那麼一些像的。

馮夫人是個精明人，哪兒看不出來，原來叫了那阮姑娘，是想給林家的大兒子做媳婦，便笑起來。「阮姑娘真真是漂亮，我們女人家看了都移不開眼睛呢。」

言下之意，林嵩看呆了也是極為正常的。

林氏瞧見也是笑。「我大哥可是很少這樣的，可見阮姑娘是真正的美人呢。」

阮玉聽到那些笑聲，身子都微微顫抖起來。

其實林嵩又怎會看那麼久，只不過是她們誇張罷了，也許是有些像，可畢竟不是同一個人，他豈會真的因為這樣就輕易地看上阮玉？

「只是來給娘請個安的，還是不打攪妳們看戲了。」林嵩淡淡說一句，告辭離開了。

阮玉的臉色又從白色轉為青色。

老太太的意思是想要她做兒媳，不是外孫媳婦，可結果，那大兒子居然還沒有看上她。

林嵩直接走了，老太太心裡頭有些不快，不過又一想，大兒子獨身那麼久，總需要時間慢慢適應，便又釋然，繼續跟阮玉說起話來。

可阮玉哪兒還有心思，要不是竭力壓抑著，早就衝出門去了。

好不容易熬到看完堂會，她才告辭出來。

周氏見她臉色頹然，不由得尋思是不是在林家出了什麼事，這侄女是心氣高的，不然也不至於到現在都不嫁人，在京城的時候，便有好些人家的公子看中她，但要麼是不願做妾，要麼是嫌棄別人沒有才華，最後竟一個都沒有成。

也不知怎麼，後來就想來飛仙縣了。

她雖然眾多思量，卻也不敢去跟阮玉說話。

阮玉右手撐著頭，只覺得腦袋一陣陣疼，她千算萬算，也沒想到林家的老太太竟然相中她當兒媳，那林嵩雖也不錯，可看著四十左右的年紀了，如何跟她相配？她阮玉還不至於要找一個歲數那麼大的。

當她的父親都完全足夠！

她越想越是氣悶，一張臉像跟火燒一般發紅。

卻說那邊堂會剛結束，李源清也回來了，去老太太跟前請安。

「那帖子是我拿下來的。」

聽他這麼說，老太太一下子愣住了，繼而便沈下臉，她本來並不想為這事破壞祖孫倆的感情，可誰料李源清偏偏要說出來。

他是打算把什麼都擺在檯面上來了嗎？

「孫兒有樁事要跟祖母說。」

老太太心裡咯噔一聲，並不理會他的話，慢慢道：「今兒你早些來就好了，能遇到馮四小姐呢，這丫頭很不錯。」

「孫兒心中另有他人，還望祖母可以成全。」李源清堅定無比，儘管老太太一再暗示，可他並不想再拖下去。就今日這件事來看，祖母想請杜家的人過來，定是沒有安好心，若是杜小魚果真前來，指不定就要受到羞辱，她這樣性子的人又如何能忍得下來？只怕想到這些，就由不得要退縮。

那麼他們兩人的前景只怕是會不好，他要先排除一切障礙才行。

老太太瞬間變了臉色，他竟然絲毫都不留餘地，非得要現在說個清楚，當下冷聲道：「那杜家的女兒就那麼好？你一定要娶她不成？」

「是。」李源清沒有猶豫。

「那你說服得了你父親嗎？你們李家什麼人家，他們杜家又是什麼人家？他們當得起嗎？你這麼做，如何對得起李家的列祖列宗？」

李源清反問：「那孫兒若是能說服父親，祖母是不是就不反對？」

老太太啞口無言，眉頭緊皺，伸手按住太陽穴，只覺那裡突突跳個不停，林氏見狀忙吩咐丫鬟。「還不把藥油拿來！」又責備起李源清。「瞧你把你祖母都氣成了什麼樣？還不上來道個歉，剛才那話咱們就當沒有聽見。」

李源清直立不動，看林氏倒出藥油輕柔的抹在老太太的額頭兩邊後，才沈聲道：「孫兒已經下了決心，倘若祖母能顧念孫兒這十幾年的感情，孫兒感激不盡。」倘若不能，這世上有些時候，忠孝就是不能兩全，他總要選擇一方去堅持，相信祖母總有一日能看到杜小魚的好。

老太太面皮一抖，只看到對面李源清的眼神，果決、堅定，裡面沒有妥協二字。

真真是一脈相承，跟他娘一個性子。

林氏皺起眉。「你怎麼跟祖母這樣說話？」

老太太抬起手。「罷了，我老了，再也管不得誰。」想起大兒子跟女兒，竟是心灰意冷，她生下他們來，到頭來，總是退讓，樣樣都不順著她的意思，如今這唯一的外孫，也是如此！

李源清看在眼裡，不免難過，老太太對他的疼愛也是真心，若是可以，他也想盡盡孝心，娶個她喜歡的孫媳婦。可惜，偏偏老太太一開始就對杜小魚有偏見，如何能看得清楚、去瞭解她的優點？

這是一個短時間內絕對無法化解的矛盾。

見李源清走了，林氏氣道：「娘就任他這樣胡來？」

「又有什麼辦法？妳沒聽到他說嗎？若是我還要阻止，只怕都不再跟林家親近了，我繼續插手哪兒還討得了好？」老太太慢慢道：「再說也是他們李家的人，我不管，李瑜還能不管了？我就不信他當真能同意這門親不成！」

林氏許多話憋在肚子裡，只覺得悶得慌。

李源清要真說服了他父親那又該如何？杜小魚怎麼看都不是好相與的，她本想給外甥找個恭順溫良的，像馮四小姐那樣，將來有什麼事也好說話，那杜小魚，如何能行？

她越發覺得等待不是辦法，叫車夫套了車就去杜家了。

怎一看到林氏，杜小魚就有把她趕出去的衝動，這女人說話刻薄，毫無分寸可言，這回又不知道是想幹什麼。

趙氏卻叫端茶，拿些點心出來招待。

林氏也不客氣，坐在對面的椅子上，笑嘻嘻道：「是關於請你們去聽堂會的事，不曉得怎會沒有來，才過來看看的。」

趙氏驚訝道：「聽堂會？」

「是啊，我叫人給你們家送了帖子的，怎麼，沒有收到嗎？」林氏也裝作想不通的樣子。

杜小魚聽到這句，眉毛不由一揚，為了問這個，竟要專門上他們家來。

她哼了一聲。「真有心難道還會漏送了不成？」

「我們家當然是誠心誠意的。」林氏笑起來。「還請了馮夫人跟馮小姐、阮姑娘，就是想叫著一起熱鬧熱鬧，怎的妳們卻沒有來，源清也真是的……」她說著好像發現自己說漏了嘴，但又無法隱瞞的樣子。「我問過辦事的小廝，說帖子是給源清拿走了，看來是真沒有給妳們呢。」

這話什麼意思？趙氏聽著皺起眉。「源清拿了帖子？」

林氏有些為難，像是想了一下才道：「是啊，小廝說源清把帖子拿走了，說是會處理的，結果卻沒有給妳們，讓我們家老太太一通白等，還以為妳們不想來呢，我才來看看。雖然說咱們不太在一處，各自也有各自的喜好，可難得……妳看看，就成這樣。」

相同的意思重複了兩遍，這是她今日要說的重點，杜小魚心道，又說什麼各自有各自的喜好，是講他們兩家人不是一個生活水平線吧？

倒是越來越好奇她要表達什麼意思。

「恐是忘了，反正咱們粗鄙，也看不來什麼堂會，去了怕掃妳們的興。」平時若真有這種事，林氏早就發作了，說他們家不給面子竟然不去，這次卻態度這樣好，趙氏稍作思量便回了一句。

林氏瞧瞧她，倒是不急不躁的，絲毫不好奇李源清為什麼不把帖子給他們家。「我估摸著是怕妳們不習慣，到底跟我們家老太太也不熟絡，與馮夫人也不常說話的，其實……本是想叫妳們看看馮四小姐呢，老太太很喜歡，說最是適合源清了，結果他竟不讓妳們曉得。」

聽著真不是滋味，好像李源清故意不讓她們去，是怕她們不懂事理，在那些大戶人家面前不適應，更是不想她們參與作主他的終身大事。

趙氏瞇了下眼睛，林氏果然就沒有安好心，她面上不動聲色，淡淡道：「老太太喜歡自是好的。」

林氏就覺得奇怪了，他們家不是想盡辦法要把女兒弄到李家當媳婦嗎？怎的聽到這個消息卻是一點反應都沒有，也沒有很大的驚訝。

真是怪事！

杜小魚卻是有些懂了，林氏是來透露兩個消息的，一是林家有意讓馮四小姐當李源清的媳婦，二是李源清其實跟他們杜家也不是一條心。

只前一條卻有些突兀，好好的來告知馮四小姐的事幹什麼？

「那馮四小姐是很好的，長得好看不說，舉止端莊得體，有大家閨秀之風，旁的姑娘，咱們老太太肯定看不上。」林氏又加重一句。

趙氏其實也覺得奇怪了，她對馮四小姐的印象也不錯，若李源清能娶了她，也不是壞事，又是點點頭。「馮四小姐我也是見過的，樣樣都不錯。」頗為贊同的意思。

林氏愣在那裡，有什麼地方好像不對，這趙氏的表現完全不在她的意料之中啊，怎麼聽到這些話還能由衷的贊同呢？

她抬起頭看看杜小魚，後者的目光明亮無比，像是完全摸清她的心思一般。

她心裡一動，站起來拉住杜小魚的袖子。「聽說妳養兔子很厲害，我正有些事想問問呢，我家女兒也在家中養了幾隻。」

卻是轉移目標了，杜小魚笑笑。

「走，我們去後院說。」林氏笑著道：「你們院子裡原來還種了一些花啊，怪好看的。」

他們林家難道還能少了花不成？林氏忽然盯上她，肯定是有什麼要試探，而她與李源清的事情，家裡人都不知曉，杜小魚思量下，便往院子裡慢慢走了去。

趙氏並不阻止，以杜小魚的聰慧，沒有什麼是應付不了的。

「養了兩隻白兔子，那麼小，都不知道餵什麼呢。」林氏的開場白還是按著之前的藉口說起。

杜小魚便叮囑一些需要注意的地方。

「果然是會養兔子的。」林氏稱讚幾句。「我聽源清也跟幾位小姐說起呢，說要是喜歡那些好看的兔子，有什麼不懂的可以來問妳，那些小姐聽了也很佩服，說杜姑娘是個能幹的，不像她們只會些琴棋書畫，養牲畜的事那是一點兒都不懂。」她掩著嘴笑。「只她們錦衣玉食的，又哪兒需要呢。」

杜小魚神情淡淡，林氏說話誇張，表演味十足，是來告訴她，不過是個養兔子的農戶，趁早打消糾纏李源清的念頭。

可為什麼會突然跑來說這些話？難道李源清跟林家的人說了什麼不成？見她毫無反應，林氏有些摸不著頭腦了，那趙氏剛才一副不知情的模樣，可杜小魚不應該如此啊。

妙容都說親眼看見他們手牽手的，卻是胡說不成？

不，不，李源清都那樣跟老太太說了，豈會作假？那就是眼前的姑娘太厲害了！林氏看了看杜小魚，真真是有心計，聽到這些竟還能保持冷靜。

「杜姑娘這樣的，可是有好些人家來說親了吧？」林氏語氣沒有之前好了。「門當戶對的，你們村應該也不少的。」

杜顯剛才正好回來，在門口聽了一會兒，此刻卻忍不住，走過來道：「我們小魚自然有很多人家來說親的，就算縣裡也都是有的！」他雖老實，可說他可以，不能說他女兒。

既然杜顯敢叫板，林氏也不示弱，嘿嘿笑了幾聲。「年紀也不小了，倒是要快點嫁出去才好呢，到時候我們林家自會送份大禮來。」

奇了怪了，跟林家有什麼關係？杜顯道：「我們自會好好挑，不用你們來操心！」

「那是最好不過，我們源清的事，老太太是最看重的。」林氏揚起下頷。「所以杜姑娘也要有個分寸！」

杜顯終於有所發覺。「妳這話什麼意思？跟文淵又有什麼關係了？」

「他總是要聽家裡的話的，再說，不只有外祖母，還有父母呢，別以為在京城，就管不到他了！」林氏說著就要往外走。

「妳、妳是說……」

「登上枝頭做鳳凰的夢就別作了，我是好心來提醒你，省得白費力氣，他哪兒看得上一個農家的呢？」林氏嘲諷的笑起來。「馮四小姐這樣的還差不多。」

杜顯聽到這樣的話，一時都反應不過來，那林氏趾高氣揚地就走了。

看來李源清確實是做了什麼，林氏才跑來說這番話，不過是想說她配不上李源清罷了，杜小魚低頭撫弄了下袖子，慢慢走出院子來。

杜顯好一會兒才弄明白，吃驚道：「他們家怎麼會有這種想法！」

看他這個樣子，趙氏道：「怎麼回事？」

「竟是來叫小魚不要纏著文淵呢！」杜顯道：「這林家的人越來越不像話了，咱們家從來沒有占過他們林家的便宜，這種話怎麼能說得出口？」

趙氏恍然大悟，難怪林氏剛才說了這些話，卻是來警示她的，只這事未免太過荒唐。文淵跟小魚？

第九十八章

趙氏的目光落在杜小魚臉上，卻是想起那日去楓村的事，李源清跟杜小魚同坐一輛馬車……只他們兩個從小就親密無間，也是沒有多想。

難道……

她不禁回想起自李源清從京城回來後的點點滴滴，好一會兒才道：「就當沒聽見吧，他們林家對我們家也不是現在才不滿的，看在文淵的面子，咱們是不必計較，省得他難做，反正她也沒有吵鬧，就這些話，聽過就算了。」

杜顯嘆口氣，從袖子裡拿出一封信來。「女婿跟黃花寫回來的信，正要送來，被我在路上遇到了。」

「快拆了看看。」趙氏喊杜小魚。

杜小魚把信打開，那字跡端正挺拔，一看就知道是白與時寫的，正是叫他們不要擔心，說一家子都已經來到京城，住進了新宅院裡，白念蓮也好好的，還長胖了一斤多呢！又寫了些京城的見聞，說休息兩天就準備帶他們到處去看看。

「這就好了，還生怕念蓮在路上累到，到底是小孩子。」趙氏欣慰地點著頭。「遠是遠了點，不過女婿這樣，黃花總不會受到委屈的。」

杜小魚又翻開第三頁，字還是那個字跡，只裡面的感情卻不一樣，看了下，才知道是杜黃花口述，白與時代筆寫的。

裡面提到家裡人，還問到李源清的事情，她看到一段話卻是呆了呆，手不由自主地把信紙微微捏住。

趙氏瞧見，目光閃了下。

「等天氣再涼些，叫人捎些東西過去，那酸筍我看女婿挺喜歡吃的，到時候咱們多醃一點，醃兔什麼的也能帶過去。」

「是啊，都帶些去。」杜顯又要急著去準備了。

幾人說了會兒話，趙氏是識得字的，把那信拿過來瞧了一瞧，那段話是寫白與時跟杜黃花提起過李源清的父親李瑜，說他雖然官拜二品，但為人很不錯，算是好相處的人。

這話寫了有什麼意思？李瑜遠在天邊，好不好相處同他們又有什麼關係呢？又不是要去跟他們李家結親的。

趙氏想著皺起了眉，看著杜小魚問：「妳跟文淵兩個人都是穩重的，怎的他們林家人會來說這些話？」

空穴來風未必無因，林家再怎麼樣，總不會真的胡攪蠻纏到這種地步，那林老太太可是管著那麼大一份家業的，林氏雖然是不像話，但也不至於親自跑來，說上一番自己編造的東西。

恐是裡面有些什麼事。

杜小魚頗為尷尬，她是沒想到林氏最後還是點破了，被杜顯聽了去，結果趙氏自然聽出了一些情況。

「妳不肯跟為娘說嗎？」趙氏見她嘴唇緊緊抿著，不由得嘆口氣。「我從來都是由著妳來的，如今也不逼妳去嫁人，只現在卻跟林家扯上關係，我卻不得不要問問，到底是不是跟文淵有關？」

杜小魚咬了下嘴，這要叫她怎麼說？說李源清喜歡她，然後她正在考慮這件事嗎？見她又是真的為難，趙氏沈默下，身子慢慢坐直了。「莫非文淵他……」女兒是個什麼性子她很清楚，什麼纏著一個男人的事是斷不會做出來的，而且她也不太去縣裡，倒是李源清常常抽空過來。

她吸了口氣，慢慢道：「那陳夫人林氏口口聲聲都在說源清的終身大事，莫非是源清有這心思不成？」

杜小魚注意到，她把李源清的名字改掉了，沒有再叫文淵，可見對這事是十分敏感的，於是皺著眉頭，一時也不知道該不該承認。

若是不對，她定然會一口否定，趙氏知道了答案，心裡也不知道是驚是喜、是憂是怕。

兩個人都沒有再說話，趙氏抬眼看向前院的杜顯，他正在整理才收割上來的苜蓿草，不知道是不是想到了什麼事，臉上洋溢著笑。

「小魚，妳可要想好了。」趙氏聲音頗為沈重。

杜小魚詫異地道：「娘，您不反對嗎？」

「他這樣好的孩子，我有什麼理由反對？只他們林家、李家……太難了，唉，這事斷不能讓妳爹知道，不然空歡喜一場，他又要難過。」

杜小魚點點頭，又猶豫下道：「其實我也不知道自己……」

趙氏看著她。「你們倆是一起長大的，比別的人感情深，我也是沒有想到這孩子竟然會……若妳不願意，我自會去跟他說。」

「也沒有。」杜小魚脫口而出。

在趙氏的注視下，她的臉微微紅了，只是猶豫，但真的就這樣拒絕了李源清，她不知道自己以後還能不能找到比他更合適的人。

只這想法或許自私了些……

趙氏見她這個樣子，慢慢說道：「妳要想清楚才行，我知道妳自個兒主意多，不過這回不同於別的事，若是處理不好，他跟咱們家……」

杜小魚明白裡面的意思，點著頭。「我知道的，娘。」

趙氏端詳她幾眼，心裡少不得有些感慨。

此前為她的終身大事操了多少心，只怕她找不到一個合眼的，誰料竟發生這樣的事，果真是兒孫自有兒孫福，什麼事都是預料不到的。

她心裡既怕杜小魚答應，以後就要面對李家、林家兩家的為難，怕她這一路會受到不少委屈，可一方面又覺得這也許是天意，假使李源清真的成為他們的女婿，那就是真正的家人了，又是兩全其美的法子。

這麼一想，卻是比杜小魚還糾結起來。

這幾天倒是風平浪靜，杜小魚漫步在芸薹田裡，只見到處是嫩綠的葉子，心裡不免欣喜無比。

不出意外的話，再等兩個月左右的樣子，芸薹就會開花，等到夏初就能收穫果實，那可是一桶桶的菜籽油啊！

這兒現在食用的都是麻油跟動物脂肪煉出來的油，用量也很稀少，平常炒菜都捨不得放多少的，是以窮苦人家都是燉菜煮湯的居多，若是果真能煉製出菜籽油，這將是一個很大的功績。

她想著笑出聲來，又蹲下來翻開那些葉子觀察。

苗期的時候蚜蟲很多，都是需要防治的，正看著呢，耳朵邊一癢，側過頭來，卻不知李源清何時站在了身邊，彎下腰來，黑色的頭髮垂下來，碰到了她的臉頰。

「你怎麼跟貓似的，一點聲音都沒有。」杜小魚站起身來質問道，可不是嚇人嘛！

「是妳太專心。」李源清一笑，指指葉子。「是鬧蟲害了？」

「沒有，我前兩日才用了殺蟲水，還算有用。」杜小魚擔憂道：「就是怕冬天會挨不過去，衡州府好似是比這兒暖一些。」

「暖不了多少，再說，妳不是都會用草蓋在上方避寒的嗎？」

「主要是第一次種。」她把握不大。

「盡力就行了，一次不成，再種一次。」他溫聲安撫，又想起一件事。「我在衡州府聽說他們那邊種地的話，若是天氣過冷，就會多多灌水，說這樣就不會凍起來了。」

「還有這樣子的？」杜小魚訝然。

「嗯，是在太陽好的時候灌，妳不妨試試。」

杜小魚笑了。「好，若果真有用，你就立大功了。」

「可會給我什麼獎賞？」他看著她。

那一襲藍衣像天空的色彩，五官明朗生動，他立在那裡，那般笑著，遠處的田野好似都漸漸模糊。

她看了一眼，低下頭來。

「你跟你祖母說過了嗎？」若不是那麼嚴重，林氏不會那樣急切地尋過來，又說得毫無章法，肯定是老太太都知道了才會如此。

「是林家來人了？」聽到這句，李源清忙問。

「你小姨來過，倒沒有明說，只是我猜的。」

她那麼聰明，猜到也是正常，李源清道：「是，我跟祖母說了，但並沒有別的意思。」

他不想讓這事成為她的壓力。

杜小魚深深吸了口氣。「那你們李家呢？若是你父親不同意，你又該如何？」

這是一個尖銳的問題。

李源清卻笑了。「妳是在關心我？」

「你們父子好不容易相認……」

「這是兄妹間的關心嗎？」他打斷她。

杜小魚一怔。

他嘴角微微揚起來。「若是兄妹間的感情，我情願妳不再關心我。」

她的心一顫，竟覺得有些疼，是因為他的語氣嗎？無奈至極，又非情願，杜小魚僵立著，可她如何分辨得出來？

兄妹之情、男女之情，一時混雜在一處，她從未想過，這兩樣情感，有朝一日，她竟會分不清。

那雙清澈明亮的眼睛此刻充滿了迷茫，他不禁伸出手，慢慢放在她臉頰上。

溫熱的肌膚有著少女的柔軟，他拇指輕撫她嘴角，啞聲道：「小魚，妳真的不能喜歡上我嗎？」

她的心怦怦跳起來，喉嚨乾得一句話都說不出。

那雙手很溫柔的撫在臉上，像帶著魔力似的，她望進他的眼睛，裡面承載了他們的過去，那一日日的時光，像破碎的記憶，瞬間拼成了完整的圖畫。

她到底喜不喜歡他呢？

杜小魚也伸出手，放在李源清的臉上。

那樣的滾燙，可是嘴角卻噙著笑，眼裡流淌出無限的情意來，他輕聲道：「這是妳的驗證方法？」

她笑了，咬了下唇，心又慢慢安靜下來。

是的，以前是兄妹時，再多的碰觸都不會心跳，可是現在不一樣了，若她果真還當他是哥哥，便不會這樣失態。

那三年分開的時間，他們變得陌生了，可是他變得有男子的吸引力了。靠近的時候，令人心動。

她露出這樣子的情態，李源清笑意越深，早知道如此，他應該跟她多親近些，比如上回在馬車上……

「我父親其實是個面冷心熱的。」他忽地說道。

是在跟她講李家不是問題？杜小魚收回手。「我說過要嫁你了嗎？」

李源清笑起來。「我只是跟妳說，我父親是個好相處的。」

杜小魚才明白自己上了他的當，朝他一瞪眼，往家的方向回了去。

他笑著跟在後面，只覺得今日的天氣格外舒適，好像天都比平常更藍一些。

時值初冬，天氣已然有些冷了，但天行寺依然香火鼎盛，人來人往。

杜小魚扶著趙氏一個階梯、一個階梯的上去，趙氏笑道：「我自己能走，都把我當什麼了呀？」

「還是小心點，沒看大舅不小心就摔到了頭呢？注意點總是沒錯。」最近事兒多，趙氏忽然起了來上香的念頭，杜小魚就陪著一起來了。

二人說著話就來到了寺廟裡。

有知客僧上來接待，趙氏就去跟他說起許願的事情，又要點什麼平安香，杜小魚跟在後頭。

「我去裡面進香，妳要記得求籤才好。」趙氏去添香油錢，不忘叫杜小魚求個姻緣籤。

叩拜一番，杜小魚拿起籤筒搖了支籤出來。

看籤文的內容應是上籤，杜小魚微微一笑，解籤人問：「求的可是姻緣？」

杜小魚點點頭，腦海裡首先浮現的卻是李源清的模樣，原來自己最終還是把他當成了結婚的首要考慮對象呀……

也不知是好還是壞？

「上上籤，有情人終成眷屬。」

杜小魚一愣，卻聽解籤人又道：「好事總需多磨……」

杜小魚立馬轉身走了。

後面肯定是要她拿錢出來度過難關，想騙誰呢！

她剛走幾步，有個小丫鬟打扮的人走過來，叫住杜小魚道：「我們家老太太想見見妳，請杜二姑娘過去呢。」

小丫鬟年齡尚小，但五官已然十分突出，將來長大了必定是個美人，杜小魚看看她，奇怪道：「你們家老太太？」

「我們是林家的。」

林家……杜小魚愣住了，往後看了看，正巧見到彩玉站在不遠處，也許是她發現了自己，這才告知林家老太太的。

可居然這麼巧，林家也來天行寺上香嗎？

「杜二姑娘。」小丫鬟又喚了一聲。

既然老太太知道這件事，又差了人來請，她不去倒也不好，便跟著小丫鬟去了。

彩玉笑道：「這麼巧，杜二姑娘也來上香，我遠遠瞧見以為是認錯了呢。」

「是陪著我娘一起來的。」

天行寺是遠近聞名的，即便老太太原本在南洞村，但也一樣會來此進香，每年添的香油錢足夠贏得寺院裡非常好的招待。

老太太此刻正在一個大院子裡休息，這院子平常是給一些高級官員的家眷稍作歇息的，今兒正好空著，老太太便可以享用了。

「杜二姑娘來了。」有丫鬟在門口通報。

老太太放下手裡的茶盞，她也沒有想到會碰上杜家的人，當彩玉說起的時候，她也是很有些詫異的，今日正好聽了德圓大師的講經，說到機緣一事，結果就遇到杜小魚，便想看看到底是個什麼樣的人，竟然能讓外孫如此喜歡。

「請進來。」

杜小魚走進去，給老太太大大方方地行了個禮，其實李源清離開杜家去京城的那一日，老太太也來過，只注意力不在上面，彼此都沒有看清楚，更別提說上話了。

她目光不躲不閃，平靜以對，老太太眼睛微微一睒，在她臉上找不到任何一絲羞愧或是不好面對的樣子，十分的坦坦蕩蕩。

「坐吧，也是看著巧，便叫妳來說說話。」她淡淡開口。

杜小魚坐下來，笑了笑。「倒是不知道老太太也會來這兒進香。」

「我們林家一向就是來這兒的。」老太太啜了口茶。「之前還想請你們家來聽堂會，結果源清這孩子竟然沒把帖子送來，可見是護著呢，生怕在我那兒受到什麼委屈。」

是在試探她，杜小魚道：「我們也不知這事，浪費了老太太一番好意。」

卻是沒有提到李源清，老太太瞧瞧她。「源清這孩子雖說公務處理得妥妥當當，但性子跟他娘一樣，有些事情就太過急了些，不細細考慮，將來是要後悔的。」

「老太太說得是，是要好好想想才行。」杜小魚點點頭。

老太太一愣，她明知道自己說的是什麼，竟然沒有反駁，還贊同的模樣，不由又細細打量她一回，一時也摸不清楚她的心思。

「把點心拿來給杜二姑娘嚐嚐。」她吩咐底下的丫鬟。

杜小魚也不推卻，道了聲謝，拿了就吃起來。

「味道如何？」老太太瞧著她，她吃得笑容滿面，十分投入的樣子。

「很好，縣裡那家五仁堂的比起這個，就顯得油膩了些。」杜小魚側頭想了想。「這點心許是沒有用那些油的緣故，應是放了別的。」

老太太挑起眉，是不懂裝懂，還是真知道？問道：「那妳覺得放了什麼在裡面？」

「牛乳。」她笑道。

老太太訝然，她最愛吃的就是這種點心，還是只有京城的師傅才會做的，專門叫了人去學，沒想到杜小魚竟然猜得出來。

「妳倒是懂這些。」

「也是書裡看到的，說牛乳這種東西很好，若是常用，對身體有很大益處。」杜小魚笑了笑。

老太太覺得自己可能看走眼了，這農家姑娘見識不算少，還會看書，可見是能識文斷字的，但見她容貌也算出挑，在屋裡這麼多人注視下，竟絲毫沒有露怯，眼睛也從未到處亂瞧過，這種風度倒是一點不輸於馮四小姐。

兩人又說了會兒話，杜小魚就告辭走了。

來到寺院門口，只見趙氏正等在那裡，見她過來，忙上去問道：「林家的人叫妳去幹什麼？為難妳沒有？」她這幾日想到這兩人的事總也平靜不下來，可又不知道該怎麼辦，好似事情完全容不得她插手似的。

兩個都是有主意的人，又是她疼愛的孩子，有時候想到了真是覺也睡不好，偏偏還不能跟杜顯說，只一個人翻來覆去。

「沒有，只是隨便說些話。」杜小魚握住趙氏的手搖了搖。「娘，您不要太擔心，我會處理好的。」

趙氏嘆口氣。「妳有什麼不高興的一定要跟娘說，不要自己一個人壓著。」

「娘，真沒事，咱們香也上了，快回去吧，不然到家天都要黑了。」杜小魚鼻子一酸。

趙氏看看她，沒有再說。

老太太這時也打算回府了，林氏匆匆跑進來，擦著頭上的汗。「娘，您來上香也不告訴我一聲。」

「妳這不還是來了嗎？」老太太漫不經心道。

林氏心裡有些焦急，老太太最近顯然對她不滿，竟然連上香都不帶上她，莫非真是要急著把她趕回陳家去不成？

「阮姑娘那邊，我去試探過了。」她笑著湊過來。「倒是沒有說不肯，就是不知道大哥的意思是……」

老太太道：「急什麼，妳又不是不知道妳大哥的性子，哪那麼容易的？總要多見幾回才行。」

那她暫時就不用回陳家了，林氏又高興起來，卻聽老太太道：「那杜家的二女兒妳去打探打探，到底是個什麼樣的。」

林氏瞪大了眼睛。「這，娘您怎麼會問起她來？不過是個農家的，還能怎麼樣？就是會養養兔子，哦，對了，還會種些草藥，能懂什麼啊？」

「養兔子？種草藥？」老太太哼了一聲。「說得輕巧，讓妳去弄，妳會嗎？」

「這、這……」林氏頓時噎住，又瞧見有丫鬟笑出聲音來，臉都氣紅了。「娘您居然這麼說我。」

「都仔細打聽下。」老太太擺擺手就出去了。

林氏也不知道她打的什麼主意，只好應一聲，跺了跺腳跟了上去。

第九十九章

喜事忽然一樁接著一樁來了，黃曉英才有喜，南洞村那邊又託人捎了信來，說趙梅前幾日給大夫看，也是有喜了。

「哎喲，還真湊一塊兒去了，算算日子，都不相上下，也不知道哪個先把娃生出來呢。」趙氏笑道：「都不曉得怎麼安排。」

「要安排什麼，妳想去，啥時候去都成。」杜顯道。

「最好就買匹馬，坐馬車這才叫方便呢。」杜小魚道：「我有次跟人打聽，要買馬的話，得去三里村那邊，那邊有個馬市，每天早上都有人牽了馬來賣，等回來了我想去看看。」

「還真想買馬呢？到時候誰來趕車？」趙氏問。

「這……」杜小魚眼睛一轉。「讓爹去學。」

趙氏噗哧笑起來。「妳爹燒飯倒是本事越來越好，這趕車可不一定會。」

「他不是會趕牛的嗎，難道不一樣？」杜小魚對趕車也沒什麼概念，在她印象裡，應該是差不多的。

「聽說也是有學問的。」趙氏道：「咱們家連個騎馬的人都沒有，還趕馬車呢！」

騎馬？杜小魚笑了，誰說沒有，李源清可不就會嗎？讓李源清過來，他不就有車夫的，還不是一句話的問題？

李源清這日來的時候，見杜小魚正抱著一本《相馬經》坐在炕頭上看。

「聽說是要去三里村買馬？」他坐下，伸手把那書拿過來，看了幾頁就把它扔一邊去了。「哪兒弄來的這書？」

杜小魚奇怪了。「你扔了幹什麼？我可費了不少勁呢，聽說趕車的張大有點懂，就去請教，他拿了這本書出來，我花了錢買的。」

李源清笑起來。「全是胡亂湊出來的。」

「啊？」杜小魚瞪大眼。「那張大竟敢騙我？」

「估計他也不知道，」李源清頓一頓。「我記得妳看過《司牧安驥集》的，上面不就教了怎麼相馬的嘛？」

那書是問章卓予借的，當時只想著學習給兔子看病，相馬的知識那是一點也沒有記住，可教她再去萬府借，那又怎麼可能？

看她懊惱的樣子，李源清問道：「打算哪日去三里村？」

她眼睛一亮。「你願意去嗎？」

「妳去，我當然也願意去。」他說得很自然，瞧著她，又露出一個笑來。

杜小魚在他的注視下，面皮忍不住微微發燙，但這話還是挺受用的，她揚起下頷。「不過，這相馬你真的會嗎？」

「不會，不過我認識會的人。」

「那好，那你什麼時候有空，我們就什麼時候去。」這種時候當然是要遷就李源清的，他一個縣令，難道還讓他專門騰出時間來不成？

李源清想了想。「那就再等九日吧。」九日一個輪回便有休沐日，三里村來回的話，一日已經足夠。

隔了九日，李源清就坐馬車來接她跟杜顯。

那邊杜顯早就跟人打聽過買馬的事情，所以也沒有浪費什麼時間，很快就來到三里村的集市。

李源清帶來的人是個中年漢子，叫周昆，黑皮膚，高高瘦瘦的，聽說是在衙門裡餵馬的，也是馬車的車夫，對相馬一術多有研究。

幾人來到集市的東北方向，果然看見有一處空地，三、五人聚在一起，身後拴著二、三十四馬。

周昆問他們買馬的用途之後，就上前去看馬了。

「幸好你帶了人來，不然我跟小魚可要看花眼，你瞧瞧，不都一樣的，就顏色有些不同。」杜顯對李源清說道：「只是耽誤了你休息。」

其實他心裡別提多高興，嘴上是說得客氣。

「爹那麼客氣幹什麼，以後咱們有馬車了，他就不用每回都派了來，大家都方便嘛。」

李源清笑笑。「小魚說的是。」

三個人說了會兒，就看周昆在那裡挑馬，只見他看得十分仔細，從馬的牙齒到尾巴上的毛，沒有一處是放過的，幾個賣馬的人都被他挑得不耐煩起來。

「這匹好。」周昆終於露出歡喜的笑容，從裡面牽出一匹棗紅色的馬，長得極為高大，四肢也是健壯得很，杜小魚不會看馬，也覺得十分的威武。

馬販子跳出來，上上下下打量周昆一眼。「你倒是會挑，這匹馬是裡面最好的，你們想要，可別不捨得錢啊！」

「這個好說。」杜小魚上前道：「你要多少銀子？」

馬販子伸出三根手指晃了晃。「三十兩。」

馬比起牛來，果真是貴得多，竟是一頭牛的三倍價錢，杜小魚往周昆看了眼，他卻示意可以買，她又看向李源清，李源清也贊同地點了下頭。

對於馬，她是絲毫不懂的，肯定要看別人意見，那邊兩個人都同意，她自然也沒有好猶豫的，當即就把三十兩銀子掏了出來。

馬販子見她爽快，配備馬鞍等東西的時候也就給了些優惠。

杜小魚喜孜孜的牽著馬來到路口，又問周昆。「周大叔，這馬真那麼好？一點都不用還價呀？」

「這馬還年輕，不過才兩歲左右，他要得貴些也是正常的。」

原來如此，杜小魚點點頭。

杜顯也圍著馬兒看了看，搖搖頭道：「這麼好的馬兒，怎麼捨得給牠套了拉車啊？」

他是個心軟的，但是又未免厚此薄彼，家裡頭的牛還經常套著耕地呢，想到牛，杜小魚算算時間，在她看來只一會兒工夫，原來就已經過去了七、八年，那頭牛在不知不覺中也已經老了。

是該讓牠享受晚年了，這幾天得再去買頭小牛來。

周昆已經趕了馬車過來，這匹馬也是要帶回去的，但沒有做過拉車的訓練，只怕跟另外一匹馬不配合，便由李源清騎著回去。

杜小魚羨慕的看著騎在馬背上的李源清，她前世就喜歡騎馬這種運動，但一直以來忙於工作，竟都沒有抽出時間去學，現在也只能望洋興嘆了。

瞧見她的表情，李源清笑起來，彎下腰一用力就把她抱了上來。

杜小魚張大了嘴，其他二人也是一副驚訝的模樣。

「義父，我帶小魚騎會兒馬。」

杜顯呆呆的點了下頭，一時也沒有反應過來。

李源清馬鞭一甩，那匹馬就往前飛奔而去，像疾馳的箭一般，一時間，所有的景物都模糊了似的。

杜小魚是坐在前面的，嚇得臉色發白，扭過身一把抱住了李源清的腰，上方傳來爽朗的笑聲，她咬牙切齒道：「你就是故意的，是不是？」

「妳不是想騎馬嗎？我是滿足妳而已。」

「有你這樣滿足的？你是想嚇我。」她真想掐他幾下洩憤，那速度真的很嚇人，她從來不知道馬飛跑起來是那樣恐怖的，好像要把她顛下來一般。

「妳抱住我就安全了，放心。」他壓抑著笑。

杜小魚終於忍不住掐了他一把。

他咧了下嘴，但心裡是從未有過的開懷，那樣的小動作叫他歡喜，兩人之間如此親近也是這些年來的頭一次。

「好，好，我慢慢騎，妳坐坐好，其實騎馬也不難。」他拉了下韁繩，讓馬放慢了速度。

果然就不再顛了，杜小魚貼在他胸口，臉已經泛紅，此刻便放開手，坐正了身子，但兩人還是貼得很近，後背能感覺到他身上的溫度。

李源清卻認真教起來，教她如何用韁繩，如何控制馬奔跑的方向，還有如何坐才能適應顛簸。

她鎮定下心神，也全神貫注的學起來。

馬兒漸漸又跑得快了，風吹過來有種令人稍稍窒息的速度，她的頭髮往後飛去，掃在李源清的臉上。

他慢慢伸出手，環住了她的腰。

她身子不由一僵，兩人此刻的動作若是被旁人看見，只怕是跳到黃河也洗不清，只這瞬間，她心裡有些說不出來的感覺，長長的道路上好似永遠都只有他們兩個人，走不到盡頭。

他的氣息漸漸濃郁。「妳喜歡騎馬，我以後可以帶妳去狩獵。」

她耳根都發燙起來，他的臉近在咫尺，呼吸輕輕觸到臉頰，極盡曖昧。

四處一下子靜下來，好似風都不吹了，他又道：「到時候在林子裡起個圍欄，馬就養在裡面，四周種些果樹……」

他的聲音飄忽忽的可又那麼重，聽到最後，他說：「小魚，妳嫁給我可好？」

這句話有些突然，她的心又落回原處，側過頭，只見一雙滿是期盼、滿是情意、滿是誠懇的眼眸，像天邊五彩的霞光，那樣耀眼。

曾多少次，她幻想有個男人有朝一日會如此對她這樣說，然而，一次次的失望，終究也沒有盼到。

她倦了，現實了，在相親的道路上漸漸麻木。

只沒想到，這一刻會在這時候來臨……

時間一點點過去，在難耐的等待中，李源清看見她微微笑起來。

「好。」

她應允了，他欣喜若狂，眼見她那麼近，再也忍耐不住，低頭吻了下來。

馬兒自在的在路上奔跑著，全不知曉馬背上兩個人此刻的甜蜜。

她面色潮紅，在他的攻勢下把身子往後一仰，再伸手推了推他。「快到縣裡了，你就不怕被人瞧見？」

他笑了，卻不答這個。「我父親前日已經到了濟南府。」話裡的意思不言而喻，他是準備給李瑜說這件事了。

剛才兩人親吻後，杜小魚也確定了自己的心意，倘若不喜歡那個人，是絕不會如此享受的。她輕撫了一下嘴唇，只是，沒想到這個人的技巧竟也那麼好，她輕咳一聲。「你就不怕你父親反對嗎？」

「不怕，反正妳都會跟我站在一處，總會給我想法子的，是不是？」

杜小魚白他一眼。「我都還沒嫁你呢，就得操這個心，你好意思跟我提這種要求？」

「以後我的就是妳的，為何不能提？」李源清笑了笑。「咱們一起同心協力，難道還有辦不成的事？」

杜小魚撇撇嘴。「別的姑娘都是在家裡等著上花轎的那一天，什麼都不用做的……」

他伸手捏一捏她的臉頰。「好，好，妳也什麼都不用做，我還不是為了能早點把妳娶進門？妳這沒良心的，什麼都不明白！」

她噗哧笑了，正色問道：「你父親怎會來濟南府？」

「聖上命他兼任濟南府巡撫，來此督察民政。」李源清也沒有多說，父親既然到了此地，自然會抽時間來找他談婚事，上次他態度敷衍，想必已經惹惱李瑜了。

看他臉色有些不自然，杜小魚道：「你這個香饃饃，誰都要咬一口，這次該不會是哪家京城的小姐又看上你了吧？」

「妳多想了，還沒定下呢。」

杜小魚哼了聲。「別說我不提醒你，阮姑娘的事你給我趁早解決了，別拖泥帶水的，不然……」

李源清挑起眉。「不然如何？」他伸手摸一下她的嘴唇。「妳還能反悔不成？」

她又不是古代人，親一下就要以身相許的，杜小魚眼裡閃著狡黠的光，吐了下舌頭。「又沒有人看見，你能奈我何？」

李源清怔了怔，她果真不是一般人，這樣的話都能說出口，看來得早些娶進門才算真的安穩。

其實嫁了還不是能和離？杜小魚才不會覺得嫁了誰就真的跟誰捆綁一輩子了。

幸好李源清不知道她在想什麼，不然非氣得跳起來不可。

遠遠看到飛仙縣的大門，李源清下了馬，把杜小魚從馬背上也抱下來，又在路口等了一陣，周昆才駕著馬車過來。

「這馬還要訓一下才能拉車。」周昆給杜顯解釋。「不然也坐不穩的，有些脾氣不好的，只怕會把自己弄傷呢。」

「哦，那煩勞周老弟了。」杜顯衝他拱拱手。

「反正咱們家的馬車都還沒有訂做呢，倒是不急。」杜小魚說道：「爹，反正也在縣裡，先去把馬車訂了好不好？」

「天色倒是有些晚了。」杜顯看看天空，太陽都已經西沈。

「不打緊，反正馬車我現在也用不到，你們把事情做完，再讓周昆送你們回去就行了。」李源清笑道。

「這怎麼行？」杜顯忙道。

「又不是衙門的馬車，是我自個兒的，不妨事。」

杜顯就沒有再推辭，李源清也有事情要處理，就在路口道別，那馬兒自然也被周昆牽去馬棚，跟他們說了下大概來接的時辰便走了。

飛仙縣最好的木匠鋪就是黃家開的鋪子了，他們家做的馬車也是一絕，生意好得不得了，門口十分熱鬧，人來人往的。

「咱們訂做個大些的車廂，坐著就不用那麼擠，裡面最好多幾個橫格擋著，不然路上顛簸的話，都沒有個地方扶著……」杜小魚跟杜顯講她的想法，馬車多數都坐得不太舒服，自然是比不上她前世那些汽車的。

杜顯聽著連連點頭。「到時候妳跟黃師傅說，看看行不行。」

他們進了鋪子，很快就有夥計上來招呼，聽說是要訂做馬車，立刻又換了一個夥計招呼著。

大致都是問些樣式，需要什麼樣的木材，好的還是一般的，又是問用什麼牲畜拉的，因為用牛、騾子拉的車也很多，各種因素都要考慮進去。

杜小魚聽著就知道他們很專業，難怪生意那麼好。

「你們會不會很忙，大概多久時間能做好？」她問了一句。

「別的家具怕是要等很久的，至於車廂嘛，最近沒有多少人來訂做，咱們都有專門的師傅，所以是很快的，大概大半個月吧。」夥計很客氣，說得很詳盡。「你們要是等著用也可以趕工，就是銀子要多花一些。」

杜顯忙道：「不急，不急，我們不急著用，你們可以慢慢做。」

杜小魚就跟那夥計說起要訂做的樣子，聽她一番話，夥計倒是連連點頭，看著她的目光也不同起來。

「這位姑娘倒是細心，這些都考慮到了。」夥計拿筆記下來。「都是可以加上去的，不過要另外收費。」

「那不成問題。」杜小魚笑笑。

正說著，就聽一個熟悉的聲音從身後傳來。「杜大叔、杜姑娘，你們也來訂做馬車嗎？」

杜小魚回頭一看，見是阮玉，心裡立時就有些不快。

初時只當她是個聰明能幹、寬容大度的姑娘，只沒料到因為對李源清有情，做事越來越有心機，此前對他們家的各種好，都顯得不真誠起來。

「阮姑娘也來訂做馬車嗎？」她淡淡地問了一句。

阮玉笑道：「是的，來回縣裡不太方便，而且我跟陵城那邊談妥了生意。」

杜顯在旁聽了忙恭喜兩句，對這個姑娘，他是挺有好感的，又招呼道：「阮姑娘也要回村裡的吧？一會兒索性跟我們一起回去，文淵借了馬車呢。」

阮玉目光一閃。「縣主剛才也在嗎？」

杜顯笑起來。「我們剛去了三里村，對買馬的事情一點不曉得，文淵就叫了他的車夫幫著去挑選。」

竟然還做這種事！親自跟他們去選馬？阮玉輕輕咬了下嘴唇，他果真是那麼喜歡杜小魚嗎？她心情更是差了，往裡走了兩步。「我去談訂做馬車的事。」

杜顯叫住她。「阮姑娘，那妳啥時候回去……」

「爹，別管她。」杜小魚拉住杜顯。「我們馬車的事還沒談完呢。」那邊夥計已經把杜小魚說的方案給黃師傅講了，倒也沒有什麼補充的意見。

「只要把定金付了就行，馬車會儘快做好的。」夥計過來說話。

杜小魚取出二十兩銀子給夥計，得了一張憑證，兩人往外走，杜顯奇怪道：「怎的不等等阮姑娘？妳平常跟她不也很好嗎？馬車多一個人有啥要緊？」他是不理解杜小魚的做法，同一個村的，帶一個人回去本也是方便得很。

「道不同不相為謀。」

杜顯更不明白了，一臉的迷茫。

回到家裡，就跟趙氏說起在三里村買馬的事情，杜顯笑道：「這兩孩子還跟小時候一樣，文淵帶著小魚騎馬呢。」

趙氏詫異地看了一眼杜小魚。

「那車廂要大半個月才能做好，馬兒給周老弟拿去訓了，到時候咱們要去哪裡就去哪裡呢。」

杜清秋聽了直拍手。「以後有大馬騎嘍！」

「小魚，妳爹說的可是真的？」等杜顯幾人都散了，趙氏就專門跑來杜小魚的臥房，小聲問她事情。

這一男一女騎馬可不是小事，那麼小的馬鞍，兩個人可不是……

杜小魚想著這事終究也是要挑明的，便也沒有隱瞞什麼，點點頭。

趙氏神情一變。「妳這孩子，要是被別人看見了可怎麼辦才好？雖說他是咱們家出去的，可到底不是親生的，你們……」

「娘，我答應他了。」杜小魚笑了笑。

趙氏突然就不會說話了，嘴巴張了張，一個字都吐不出口，心裡好似有什麼落定，又好似很慌亂。

杜小魚挽住她胳膊。「娘，我相信他會處理好的，不會委屈我。」李源清對她的好，她看得很分明，這一點絕不會錯。

趙氏看著她沈靜的臉，慢慢平復下來，吁出一口氣，這個女兒總算挑定了人，只這人竟是李源清。

真是世上少見的緣分，只不知到底是幸還是不幸？

「小魚，他們家可不一般，妳將來嫁過去是要……那老太太，還有他嫡母……」那林家老太太和李家的夫人只怕都不好應付，她這個做娘的又能幫得了什麼忙？趙氏一急，眼圈不由得紅了。

「沒事的，娘您放寬心，老太太畢竟是他的外祖母，很多事是不應該她插手的，至於李夫人，遠在京城，我對她有何威脅？只怕知道我要當她的兒媳婦，喜歡都來不及呢！」李源清娶了個農家女，在別人看來，那是對他的前途絲毫沒有助力的，李夫人自然高興得很，反正壓不過她親生兒子，又何來不肯之說？

眼下也只有李瑜才是最主要的障礙，從來都是父母之命、媒妁之言，李源清再怎麼有主張，依然還是要得到李瑜的同意的，斷不會私自把她娶回去。

看她像是胸有成竹，趙氏也略略放了心，又微微一笑。「要是這事成了，妳爹不知道會多麼歡喜呢！」以後再多見面，也不會有人說閒話，成了岳父跟女婿，還有誰能再來阻攔呢？

杜小魚點點頭，想起李源清說的話，只要他們同心協力，沒有辦不成的事，婚姻也是一樣，只要她選擇嫁給他，那麼未來，不管是錦繡前程，抑或是有再多的風險艱難，都應該一起面對才是。

第一百章

林家大院裡，林氏正忍著一肚子的不滿，聽著劉管事給老太太說杜家的事情，其中說得最多的就是杜小魚。

「他們家原是被趕出來的，前幾年過得很苦，後來才慢慢好的，聽說全是靠他們家二姑娘的功勞……」劉管事說起杜小魚如何把兔子養得漸有規模，又是如何試種金銀花的事。「確實是個極為能幹的。」

林氏連連衝他翻白眼，本是要她去打聽，結果老太太居然就讓劉管事來說，不給她插嘴的機會。

老太太聽了，瞄了劉管事一眼。「聽說前幾日源清送了罈酒給你？」

劉管事笑道：「老太太也知道，我平日裡就這一個喜好，少爺又不喜喝酒，得了好酒自然就想起小的來了。」

「哼，難怪幫著說好話。」

劉管事忙道：「小的句句屬實，實不敢欺瞞老太太。」

老太太端起桌上的茶盞喝一口，手指摩挲著細膩的白瓷，慢慢道：「聽起來她也是個會掙錢的，八面玲瓏，難怪老大竟一點也不反對，還叫我別插手。」她向著林氏說道：「妳看看，妳大哥自個兒都還沒著落呢，倒勸我別攔著源清。這杜家的人真那麼好？他們兩個都吃了迷心茶一般！」

因知道林嵩跟李源清的關係不錯，她就把這事試探林嵩，結果他立刻便贊成，說什麼兩人從小青梅竹馬，是最好的良配。

她又能說什麼呢？

眼見李源清是鐵了心，這些天一日都沒有來，可見內心的堅決。

林氏卻不知她的盤算，恨恨道：「這家人定是當面有一套，才哄得大哥跟源清以為是什麼好人，背地裡誰知道那些居心？要說我，娘不如去告訴姊夫，叫他提防提防，誰知道杜家的人會不會先下手。」

李瑜來了濟南，他們也是知道的，老太太聽了眉一挑，若她果真去這般做，只怕李源清從此就要真的跟她生分了。

現在還不知道李瑜心裡有什麼主意，還是看看情況再作決定，她思量了番，叫劉管事下去，問林氏。「阮姑娘跟她伯母可請來了？」

「請了，應是一會兒就會上門。」林氏嘴裡恭謹地回了，但眼睛卻轉了幾轉，看來老太太絲毫沒有把她的話聽進去，莫非真放棄了不成？可她才收了馮夫人的禮，總要叫姊夫知道馮四小姐的事情才行。

「把那幾盆菊花擺好，茶點也端上來。」老太太站起來，立刻就有丫鬟往她身上披了件狐皮輕裘。

阮玉跟周氏正往林府走去，周氏惴惴不安，偷眼瞧阮玉，見她也是滿腹的心思。

她停下腳步，小聲道：「怎的還會請了妳去？要不，說妳不舒服，不去成不成？」周氏給她出主意。「那林家老大，我看妳也不會喜歡的，何必還要去呢？教人誤會也不好的。」

阮玉白著臉。「去，為什麼不去？我又沒有答應，只是去賞花罷了。」

周氏噤了聲，心裡卻暗自道：上回林氏來試探，她按照阮玉的意思並沒有不答應，說不定林家就以為答應了，這會兒又來請，可不是擺明了這種意思？可侄女偏又一副不想得罪林家的態度，只怕後面會越來越說不清楚了。

秋冬交接，正是菊花盛放的時候。

林家的這些花看著就是品種不凡的，黃的富貴，紫的高雅，白的清淡，各種色彩點綴著建在流水旁的亭子，生機盎然。

兩邊各站了四個丫鬟，亭子裡也擺好茶几、矮凳，甚至還請了人來演奏樂曲。

周氏瞧瞧阮玉，不知道怎麼辦好。

「一會兒老太太要是單獨跟妳說話，妳只說不知道，要問伯父的意思。」阮玉淡淡說了一句，就去給老太太行禮了。

「哎喲，來得正好，快來坐。」老太太衝她笑起來。「我這些花還不錯吧？」

「都是少見的名菊，有些在京城都沒見過呢。」阮玉認真的道：「這種玉翎管我還是頭一回見，聽說是別國培育出來的。」

「嘖嘖，妳見識不少。」老太太喜歡極了，拉著她手，叫坐身邊。

丫鬟端來各種各樣的美食，耳邊聽著悅耳的曲目，當真是極為享受的時光，周氏忽然覺得，這林家環境那樣好，若是侄女不那麼執著，也許嫁給那大兒子也未嘗不是一件好事，可到底又輪不到她來說。

她是不知道阮玉的心思是在李源清的身上。

聽得一會兒，林嵩又來了，自是老太太安排好的，叫他坐在遠處，又衝林氏使了個眼色，林氏就走過去。

「大哥，這阮姑娘真的討娘的歡喜呢，你覺得怎麼樣？」

林嵩也說不上來，只這些天老太太為他擔心的樣子實在叫人不忍心，他嘆了口氣。「娘是不是看我成親也就放心了？」

「這是自然，娘不就在等這一天？源清的事已經叫她晚上都睡不著，大哥你總不會還要叫娘失望吧？」

林嵩默然不語。

林氏道：「你要不喜歡也說一聲，娘總會給你找個更合適的。」

林嵩想了會兒，慢慢道：「若是娘不再管源清的事，我的事就憑她作主了。」

林氏大驚。「大哥，你這說的什麼話？你的事跟源清又有什麼關係？」她可不想李源清討了杜家的人，林嵩也不知道吃錯什麼藥了，竟要提出這麼一個要求，她皺起眉頭。「大哥，這是你的終身大事，千萬不要糊塗。」

「要不是我，婉玉也不會嫁給李瑜做妾室，這些年來，我也沒有盡到做舅舅的責任，源清他既然有喜歡的人，我何不成全了他？妹妹，妳不如也勸勸娘，何必跟源清過不去？」失去心愛的人的滋味，他再清楚不過，自是希望有情人終成眷屬。

林氏被他氣得頭疼，揉著額頭，跺腳道：「那杜家的姑娘有什麼好？你們一個個……」她說不下去了，轉身就走。

阮玉遠遠瞧見，也不知道發生了什麼事。

不過看起來不像是好事，那對她來說就是好事了，只要林家大兒子不同意，錯就不在她的身上，老太太照舊還是喜歡她的。

不見林氏過來回話，再看過去，林嵩也不見了，老太太頓時皺起眉頭，看來這次又是無功而返。

正說著話，劉管事上來。「少爺來給老太太請安了。」

倒是還有點良心，老太太露出一絲笑意。「快叫他進來。」

聽到李源清來，阮玉伸手撩了下頭髮，抿了下嘴，頭側過來瞧著門口，一會兒，就見他從容的過來，穿著一件深紫色的錦袍，面上意氣風發，全身透著股華貴之氣。

將來，他在仕途上定然是有大前途的，阮玉覺得一顆心好像被貓兒撓著一般難受。

周氏看到阮玉的眼神，終於明白了，原來自己的侄女是鍾情於林家的外孫，難怪這些天的舉動如此反常。

李源清上來給老太太行禮。

「你倒是來得巧，正請了阮姑娘賞花呢，你也來看看。」老太太好像完全忘了上回的事情。

李源清也裝作不記得，笑著上來看花。

阮玉見他沒有看自己，頓時覺得一顆心又沈到谷底去了。

好不容易熬到老太太累，見李源清告退後走出宅院，她再也忍不住，追到身後叫道：「李源清，你給我站住！」

竟然都不管街道上有無行人?!李源清皺了下眉，轉過頭道：「阮姑娘，妳有何事？」

「你不知道你外祖母要把我嫁給你舅舅嗎？」她滿腹委屈。

李源清淡淡道：「我祖母絕不會做出強搶民女的事，妳大可以拒絕。」

阮玉一下子白了臉。「你、你……」她幾乎說不出話來，因為她實在沒有想到李源清會這麼回答她。

那幾年，雖說談不上多麼親密，可他們是朋友啊，他總是很客氣的，絕不會語氣如此冷漠，然而，只分別了一年，竟變成今日的模樣。

「你以前都會幫我的。」她抖著嘴唇。「她是你外祖母，我只希望她能喜歡我，可是你舅舅，我並不喜歡。」

「我舅舅也沒有這種意思，只是祖母的想法，妳若是不願意，確實可以直說，我祖母不是那種是非不分的人，妳不願意，她亦不會憎惡妳。」

阮玉忽然覺得自己無話可說了，對面好像一堵牆似的，說出去只會被再次撞回來。

「如果阮姑娘沒有什麼事，我先告辭了。」李源清看她一眼，阮玉楚楚可憐，眼淚幾欲墜落，可他不能再跟她有任何聯繫，這樣對誰都好。

也是杜小魚希望如此的。

看他的背影漸漸消失，阮玉的眼淚終於流下來。

聽到下人來報，林氏臉上露出一絲笑容，李瑜果然來飛仙縣了，她並沒有立即去告訴老太太，而是整理了下衣衫就要往外面走。

陳妙容等在門口，見她出來，迎上來笑道：「嬸嬸，妳要去哪兒，我陪妳一起去？」

林氏見到她，心裡閃過一絲愧疚，可如今這個形勢，李源清打定主意要娶杜小魚，陳妙容是再也起不了作用了，不像馮四小姐，到底還有個做官的父親，也許李瑜能考量下也不一定。

可陳妙容，李瑜是絕不會願意她當自個兒的兒媳婦的。

也只能放棄這條路。林氏笑了笑道：「妙容，這些天辛苦妳了，等明兒我派馬車送妳回去。」想了下又把手腕下的鐲子褪下來。「也沒什麼好的送給妳，這東西我都戴了幾年了，其實顏色挺適合妳這年紀的。」

陳妙容心裡咯噔一聲，看來事情是不成了，林氏居然要遣她回去。

「嬸嬸，您知道我父親的意思，我、我……」她實在不想嫁給那個年紀大的商人，眼圈不由紅了，淚水在眼睛裡打轉。

林氏嘆口氣。「嬸嬸自然明白，不過妳的事情我哪作得了主？妳還是回去找妳娘說說吧，她總是疼妳的。」

她一個女兒身，早晚是潑出去的水，家裡還有兩個弟弟，她做姊姊的，最終不過是要為兩個弟弟謀些好處。陳家的生意越來越不行了，這邊嫁不了李源清，總還是要嫁給別的能為陳家帶來好處的人。

陳妙容擦了下眼淚。「嬸嬸是想幫馮夫人吧？」

林氏有些尷尬。「這，嬸嬸也有自己的難處。」陳家那邊的情況她很瞭解，馮夫人的相公如今在戶部設於濟南府的清吏司做主事，將來陳家要去那邊尋找商機，那是大有幫助的，她又如何能捨棄這個機會？她嘆一聲。「都是為了陳家好，妳要明白。」

為了陳家，所以她注定是要被犧牲的命運，陳妙容兩隻手握緊了。「那馮四小姐就算真的能嫁給表哥，以後她也未必會幫咱們陳家。」

「妳這話什麼意思？」林氏訝然。

「他們眼裡果真有嬸嬸，就該做點事情證明一下。」陳妙容抬起眼。「聽說劉家跟他們家關係也是不錯的，那劉家二太太的兒子也還未娶妻……」

劉家與馮家走得很近，祖上是出過大官的，只是上一代子嗣都不太突出，漸漸家道中落。

林氏瞧一眼陳妙容，立時明白了其中的意思。「妳是說……」她笑起來，一拍手道：「妙容，我原不知道妳這麼聰明，那劉家比起妳爹說的那個米商可是好多了，不錯，不錯，妳就算嫁不了源清，能嫁去劉家也是好的。」

陳妙容喜上眉梢。「嬸嬸這是答應了？」

「這可是好事，我為什麼不答應？若那馮夫人真有誠意，就該為咱們家跟劉家牽牽線，那劉二太太的兒子雖說沒有官身，但家世擺在那裡，也許劉家大族有重新繁盛的一天呢！」

陳妙容放了心，上前挽住林氏的胳膊。「我到底還是要靠著嬸嬸妳的。」

林氏也笑起來。「我這就去找馮夫人說說。」

「那李大人那邊？」

林氏一挑眉。「知道姊夫來了縣裡，只怕馮夫人緊張得很呢！我正好去說這樁事，指不定就成了，妳且等著好消息。」

陳妙容笑著應一聲。

只林氏前腳剛走，李瑜就來了林府。

陳妙容聽到這消息，倒是吃了一驚，這李瑜可是二品大官，雖說娶了林家的女兒，可早就去世了，他竟然還會第一時間就來林家給老太太請安。

老太太看到眼前器宇軒昂的李瑜時，腦海裡就浮現出林婉玉的模樣，當年女兒就是被他這樣吸引去的吧？

李源清跟他也是七分相像，端的是少見的俊美。

李瑜叫了聲岳母，老太太忙叫人看茶，又讓他坐下來。

「才到飛仙縣的？」老太太問，一邊就叫下人去把林嵩找過來。「早知道就讓嵩兒去迎你了。」

「只怕他不肯呢，還是我自己過來比較好。」李瑜笑了笑。「聽說岳母搬來飛仙縣，我就放心了，源清一個人在這裡，我本還有些擔心。」

老太太笑道：「他也是時常來的，現在在衙門，只怕要晚一些才能來見你。」

正說著，林嵩過來了，看到李瑜，面上也沒什麼笑容，只過來拱拱手就算是見過了。李瑜早就習慣他的樣子，這些年來，為了婉玉的事，一直都沒有原諒他，但也怪不得林嵩，這個妹妹是他最疼愛的，當時的事真可謂是椎心之痛。

比起老太太的難過，林嵩又多一層內疚，所以，這個心結直到現在也沒有解開。

「待幾日是不是就回京城了？」老太太問。

李瑜搖搖頭，露出幾分憂心，他奉了聖上的旨意來濟南府，其實是巡查此地戶部的財政，沒有個把月是回不去的，其中關係錯綜複雜，他也很是頭疼，因此藉故來飛仙縣躲避當地官員的拜訪，理清下頭緒，最後還是要回濟南府的。

幾個人說話間，通報的小廝就來了幾回，要麼是有人請見李瑜，要麼是來送禮的。

老太太笑道：「倒是都追到這兒來了。」

李瑜揉著額頭苦笑。

老太太見此便說有些乏，出了堂屋，只留下林嵩跟李瑜，一來她對這些政事也不方便插嘴，二來是想兒子跟李瑜聯絡下感情。

女兒沒了就是沒了，即便她對李瑜有再多的怨恨也是無濟於事，她不會再活過來，可他們林家那麼大份家業是要靠著她的，有哪一樣不需要跟別人打好關係？都說朝中有人好辦事，他們林家也是一樣。

「源清這縣令當得如何？」李瑜喝了口茶問道。

林嵩道：「這些事你不曉得？還用來問我？」依據李瑜對這個兒子的重視，豈會不讓人打聽？

李瑜噎了一下，搖搖頭。「你還是老樣子。」

「彼此彼此。」林嵩哼了一聲。

李瑜就想站起來走了，但終於還是忍耐下來，說道：「聖上上次還提起你呢，華丹族屢犯我邊境，可惜朝中少了你林嵩，竟然數月都打不退他們，你當真不想再領兵作戰，保我大明平安嗎？」

林嵩眉梢一挑。「華丹不是早就臣服我朝了嗎？」

「大耶王去世了，一朝天子一朝臣，哪還會遵守以前的契約？」李瑜臉上有了怒色。「你走之後，華石成當了大將軍，他這個性子，你覺得能做成什麼大事？幾年幾年的在外面，好似多有苦勞，就沒見領什麼功回來，」他聲音又漸漸低下來。「偏聖上還信任他……」

林嵩卻不作聲了，一會兒道：「我現在只會做做生意，我娘年紀大了，總不好還要她操勞。」

見他好似真沒有想法，李瑜嘆口氣，站起來就要走。

林嵩叫住他。「你這回來別不是想給源清討媳婦吧？」

「他這年紀難道還不應該成家？」李瑜語氣有些不好，換作別的人，早就娶妻生子了，這個兒子樣樣都優秀，但是又樣樣不順他的心，先是不願意在京為官，後又是連連敷衍，真當他遠在濟南，自己這個做老子的就管不得他？

林嵩睇了下眼睛。「他倒是有意中人。」

「哦？」李瑜挑起眉。

「是杜家的姑娘。」

「混帳！」李瑜大怒。

林嵩看著他道：「他們青梅竹馬，怎的就混帳了？要不是婉玉在南洞村遇到這種事，他也不會在杜家長大，如今有了感情，你待如何？這些還不是你一手造成的？要是你好好處理家中的關係，我妹妹豈會長途奔波，回娘家來養胎？」

李瑜臉一陣紅、一陣白，被他說得一句話也反駁不出來。

「你沒找到源清的時候，是怎麼說的？我妹妹要是在世，她又會如何對待源清？她為了你，寧願去當妾都是因為什麼？」林嵩瞪起眼。「你要是真的疼愛源清，就成全他，反正你還有兩個好兒子呢，娶什麼京城小姐都可以，唯有源清，我不能讓他當你們李家的犧牲品！」

李瑜沒有說話，他想起當年第一眼看到婉玉的樣子，她活潑可愛、率真直接，一點也不像那些小姐那般扭捏。

那雙眼睛那樣好看，亮晶晶的，像被陽光照耀著的寶石。

李源清的眼睛就跟他娘長得一模一樣。

他的心一陣抽痛，若是當時多分些時間來關心她，來調節她們之間的矛盾，也就不會造成以後這十幾年來的遺憾！

這之後，他再也沒有找過妾室，見過多少女人，再也沒有誰能讓他如此心動過，可惜一切都已經遲了。

「源清不像你，他比你有勇氣！」林嵩慢慢說道，是的，跟婉玉一般，只要認定了，就能不顧一切的去追求。其實就算李瑜不答應，只怕他也會想到別的法子，可是身為舅舅，他總想為這個外甥做一些事，自己沒有達成的願望，他希望李源清可以做到。

青梅竹馬，他當年也是跟婉玉一起長大的，兩小無猜……李瑜重重地嘆口氣，什麼都沒有說，慢慢走出去了。

第一百零一章

李源清審理完今日最後一樁案子，從大堂走出來。

李欽跟上去道：「老爺之前去了林家。」

他點點頭，這些年看得出來，父親對林家是有愧疚的，所以即便娘已經去世，他依然對外祖母恭恭敬敬，該有的禮一樣都不會少，而身為一個二品官，在京城叱吒風雲，卻又得忍住林嵩的冷嘲熱諷。

由此可見，李瑜是個長情的，也是個有良心的人。

「小的已經收拾好院子，老爺正在裡面休息。」若是有別的官來此巡察，縣衙的官邸也都會用來接待。

李源清大踏步往院子走去，也沒有換官服，直接去了李瑜所在的廂房。

「卑職見過李大人。」他上前行了官場的禮節。

李瑜看看他，眉目英挺，往常在京城的時候，遇到的個個都誇讚他，比起另外兩個兒子，他實在是最像自己的。

「坐吧。」他一揮袖子，看一眼隨身帶的侍從，侍從們立刻識相地退了出去。

李源清坐下來，這才又叫了一聲父親。

「飛仙縣你治理得不錯，抓獲土匪也立了功，知州往上面遞了摺子，將來你調任京城不是難事。」

一來竟然就是提這件事，他來飛仙縣一年時間都還不到，父親就在想法子給他升遷了不成？李源清笑了笑。「兒子經驗尚淺，就眼下的能力，能真正治理好此地都還需一番功夫，好高騖遠，只怕將來會誤事。」

李瑜揚起眉。「區區一個縣令，你就這麼不捨得？還是捨不得這兒別的東西？」

看來李瑜已經知道了，李源清本也想直接說明，便站起來，躬身道：「兒子確實有一個心願，還望父親成全。」

李瑜哼了一聲。「你果真想娶杜家的女兒？」

「是。」

「你可要想清楚！」李瑜厲聲道。「你是我李瑜的兒子，卻要娶一個農家出來的姑娘？這成何體統?!將來說出去，我們李家的面子都被丟盡了！再說你自己，你是翰林院出來的，前途無量，京城哪家的小姐你配不上？就算是惠平公主，只要你願意，也不是沒有可能。」

李源清平靜的聽完，語氣並沒有什麼改變。「兒子已經想得十分清楚，此生非她不娶！」

李瑜用力一拍桌子。「你這不可理喻的東西！」

「父親，」他看著李瑜，一撩錦袍跪了下來。「兒子從來沒有求過父親，但這次，兒子想求父親，請父親成全。」

李瑜見他真的跪下來，心裡不由一軟。

對於這個兒子，他從來都覺得愧疚，一是因為生下來就沒了娘，二是這十幾年都沒有找到他，父子分散這麼久，裡面的原因雖說他不是主要的，但也占了不少因素。

他吁出一口長氣。

「不知道父親這輩子有沒有什麼遺憾，兒子只知道，若是娶不了她，兒子這一輩子都會覺得遺憾。」

聽到這一句，李瑜的心又絞痛起來，恍若此刻跪在眼前的不是李源清，而是林婉玉。

當年為了給他做妾，婉玉她不知道給自己的父母跪了多少次，不知道忍受了多少的閒言閒語。

可他又做了什麼呢？輕輕巧巧地就得到了她，最後又那樣突然地失去了她。

李瑜站起來，又重重地坐了下去。

「罷了，罷了，都隨你吧。」他揮了揮手。

李源清慢慢抬起頭來，面上閃過一絲內疚，為了娶杜小魚，他不得不利用自己去世的娘對李瑜的影響。

幸好，父親確實是個心軟的人，他跪拜著，誠心誠意說道：「兒子謝過父親。」

李欽見他從屋裡出來，上前說道：「大人，如何了？」對於娶杜小魚這件事，李欽心裡是不贊成的，別管杜小魚好不好，就她那個家世在那裡擺著，又哪一樣能對主子有幫助？要說會掙錢，可能比得上林家嗎？

偏偏主子就認定了她，連老太太的想法都不顧。

「你去找個正當的媒婆來。」

李欽便知道李瑜是同意了，不由得有些不快，但主子的意思自是不會違背的，忙點頭答應一聲。「大人是要現在就去提親嗎？」

「你先去找好再說。」李源清道。「把周昆叫來。」

李欽應了聲就走了。

李源清一等周昆來，就讓他駕著馬車帶自己去北董村。

見到李源清，他那雙眼睛裡滿溢著歡快，杜小魚就明白事情大概是成了，只沒想到李瑜竟然那麼好說服，倒是出乎她的意料，也難怪李源清那時候說得肯定，看來對於這個父親，他還是極為瞭解的。

杜顯卻驚訝道：「可是出了什麼事？」算算天數，也不是休沐的日子，而照理說，這天都黑了，要不是有事，李源清應該不會著急趕過來。

趙氏卻是看出了些端倪，笑道：「你看他哪是有什麼事，八成是想咱們了，就來看看，他爹，你還不去多炒幾個菜。」

聽到是想他們，杜顯臉上笑開了花，趕緊去了廚房。

趙氏猜想李源清應該是有話要跟杜小魚說，就領著幾個孩子去了後院，說是給兔子去添點草，叫他們一起幫忙。

房間裡安靜下來，李源清上前握住她的手。「我父親同意了，過幾日我就叫人來提親。」

「這麼急？」杜小魚訝然，杜顯這都不知道呢，就來提親了。

李源清笑道：「這就叫急嗎？我日子都選好了，下個月初六好不好？」

杜小魚眨巴著眼睛，伸手摸摸他額頭。「你該不是想娶我想瘋了吧？兩個月時間都不到，這怎麼成？我的嫁妝都還沒有打呢！」

她在嫁人一事上向來強硬，杜顯都不敢多提，嫁妝自然也沒有早做準備，生怕早早的訂做了，到時候她又定不下來，樣式說不定就過時了。可現在，李源清居然下個月就要娶她，也太緊迫了些。

「要什麼嫁妝？不過做做樣子，妳人過來就成。」他抱住她，低頭在她臉上親了兩下。

「一會兒我就去跟義父、義母說。」

當真就要嫁給他了嗎？杜小魚認真的看著他。「你真想好了？到時候可別後悔。」

「後悔？」李源清挑起眉。「妳怕我後悔娶了妳？」

「嗯。」杜小魚點點頭。「將來你不能有妾室，不能樣樣都管束我，不能指望我像個大家閨秀，不能……」

不等她說完，他吻住她的嘴唇。「我比誰都瞭解妳。」

那是應允她了！杜小魚終於放下所有的顧慮，回應起他的吻。

好半天她才喘著氣推開他，理了下自己的散髮。「別教他們看見了，我去廚房……」

他拉住她。「我去找義父先說。」說完又親了她一下，才放手走出堂屋。

好一會兒趙氏才又過來，見杜小魚的臉現在還在微微發紅，心裡已經有數，趁著幾個孩子出去院子玩了，詢問道：「是不是他父親那邊……」

杜小魚點點頭。「他父親同意了，正跟爹說呢。」

那是天大的好事，沒想到李瑜真的會同意，趙氏合起手連說了好幾句老天保佑，總算沒有叫兩個孩子傷心。

「妳爹怕現在歡喜得不行。」

杜顯聽清楚李源清的意思後，那是半天都沒有反應過來，後來反應過來的時候，驚喜地連打翻了好幾個盤子，簡直高興得要發瘋。

「你爹真答應了？」他連連追問。「真的願意娶我們家小魚？」

「是的，義父。」李源清笑起來。「不，以後要叫岳父了。」

「好！好！好！」杜顯一迭連聲的道，旋風似地奔了出去。

趙氏只裝作之前並不知道，也跟著一起歡喜，杜顯笑得眼淚都要流出來，看著杜小魚道：「難怪看誰都入不得眼，原來是跟文淵有這樣的緣分！妳這孩子，也不早說，不然爹就給妳去打嫁妝了！」

果然就提到嫁妝的事，李源清笑道：「我看了黃曆，過兩日就派人來提親。」

「這麼急？」趙氏驚訝道：「咱們都沒有準備。」

「還是看你們的意思，只要岳父、岳母同意就行了，日子由你們來定。」李源清換了說法。

杜小魚白他一眼，原來剛才是逗她的，說什麼下個月初六，還真以為他那麼著急要把自己娶回去呢。

趙氏說道：「等說親的人來，我們再商議下。你父親那邊，真的談妥了？」

李瑜既然同意，想必也不會再反悔，李源清點點頭。

杜顯說道：「天都這麼晚了，要不我收拾一下房間，你住一晚上好了。」

「不了，我還是回去的好。」李源清站起來向他們行了一禮，現在不同以前，既然要娶杜小魚，那還是要避忌些，不然被別人知道他最近留宿，難免又要說什麼閒話。

杜小魚知道他的意思，也沒有去送別，只在門口看著他離開。

聽到李源清去了杜家，老太太也猜到了是怎麼回事。

定然是李瑜同意了，他這才急不可耐地去杜家報喜，老太太沈吟著，捏著手裡的紫檀木佛珠，閉著眼睛思量。

林氏卻沒有這份鎮定，她今日好不容易有機會能去馮夫人那裡趾高氣揚一回，馮夫人願意給劉家牽線，誰料到一回來就聽到這個消息，她怎麼能坐得住？

急忙忙跑到老太太房裡，林氏叫起來。「娘，您不能看著源清這麼下去了！」

老太太睜開眼。「他父親都同意了，我還能說什麼？」

「姊夫他還是願意聽娘的，只要娘去說說，保不定就會改變主意！杜家什麼人，怎麼能讓源清真的娶了他們家女兒呢？」林氏連珠炮似地。「那家人肯定給源清下了什麼藥了，姊夫一來，就急著去說，哪兒還把娘放在眼裡？」

老太太沈下臉。「這事咱們不要管了，日久見人心。」

事情已經到這個地步，她再去勸李瑜，只怕也是不妥，杜家的姑娘娶就娶了，真的品行上有問題，將來一定能看得出來，到時候李源清知道錯，才會真正向著她這個外祖母。

可她現在去阻攔，只會讓李源清反抗到底，能有什麼好結果呢？她這個孫子樣樣都算好了，不然也不會那麼肯定地說可以勸服李瑜。

林氏聽到老太太這麼說，心一下子沈下谷底，喃喃道：「娘不是也說馮四小姐不錯的嗎？就不再想想法子？」

「他不喜歡又有什麼用？妳忘了妳姊姊了？再看看妳大哥！」老太太不想再繼續說了，叫丫鬟送林氏出去。

林氏一時也不知道該怎麼辦才好，捏著帕子在額頭上抹汗，她還在馮夫人面前打包票，說肯定能在李瑜面前說些好話，可都還沒見到，就已經沒有了後路。

這麼一來，陳妙容嫁去劉家也不可能了。

杜家真正是她的剋星！林氏氣得跺腳不止，跟在後頭的丫鬟也不敢上前去勸，生怕遭她責罵。

站了會兒，她轉念又一想，李瑜雖然同意，不過真要嫁過去還有一段時間呢，難道就一定順利不成？杜小魚要出點什麼事，李瑜也許就又不願意了。

可到底怎麼樣才行呢？

過了兩日，就有媒婆過來杜家提親了，兩方交換庚帖，測算八字，趙氏生怕那邊還沒有穩妥，問媒人到底是誰派過來的。

媒人笑了笑。「當然是尚書大人派來的。」

趙氏這才放了心，可見確實不是李源清自作主張，既然李瑜也親自見過了媒人，可見是不會反悔的。後來又商議了日子，杜顯雖然很希望李源清能早日成為自己的女婿，可卻不想像上次杜黃花那樣，嫁妝都來不及打，匆匆就嫁了出去，便把時間押到了年後，定在二月二十二。

「我又催了那師傅，叫他加緊做，工錢什麼的都不成問題。」杜顯去了趟縣裡回來，笑咪咪道：「那師傅說肯定能完工。」

那些家具杜小魚也親自去看了樣式，倒是挺滿意的。

趙氏笑道：「這就好了，還得給黃花捎個消息過去，曉英跟小梅有喜的事都還沒跟她說呢，正好一併寫了。」

杜小魚就拿出筆墨來。

杜顯在旁邊盯著她看，那動作行雲流水，字寫起來瞧著又好看些了，高興地道：「咱們小魚果然是有福氣的，雖然挑來挑去，但也沒有白費這些功夫，要不是那樣，可不就錯過文淵了？」

杜小魚噗哧笑了。「反正您就是喜歡二哥，換作別的人，還會這麼說嗎？」

「什麼二哥、二哥的，妳以後可不能再這麼叫他。」杜顯搖搖頭道：「他以後是要叫我岳父的！」

杜小魚又是一陣笑。「是，是，可現在不還沒嫁嗎，我一時也改不了口。」

門外這時傳來周昆的聲音，杜顯出去一看，他把馬兒帶過來了，那棗紅馬還是高高大大，極為神駿，可見他養得很好。

「哎喲，周老弟，還煩勞你親自過來，這馬兒訓好了？」

「訓好了，等你們馬車做好了，套上就能拉車。」

杜顯請他進來喝茶，杜小魚正好把信寫完，笑著道：「馬兒是訓好了，不過我爹怕是還不會趕車呢。」

杜顯不由得臉有些紅。「妳這孩子，一點不給我面子。不過周老弟，這趕車我真不太會，你上回跟我講了些，我總覺得不大懂。」

「這要自己多練才行。」周昆笑笑。「光是聽肯定學不好，每匹馬都有不同的脾氣，你都得懂才行。不過這匹馬還是老實的，應該不難。」

杜顯就去看了下馬，又向周昆請教一些問題。

「過幾日馬車就能送過來，爹您要加緊啊。」杜小魚打趣。

「光會開妳爹玩笑了。」趙氏笑著道：「他現在成日的想著怎麼趕車，晚上都快要睡不好，妳也別催妳爹，讓他慢慢學。」

「娘也知道我是開玩笑，自然是不急的，爹，您要跟這匹馬兒好好培養下感情才行。」

杜小魚指指新收割下來的苜蓿草。「這餵馬的任務就交給您啦！」

杜顯就拿起草去餵馬兒。

杜清秋看到家裡買了馬，直嚷著要爬上去玩，被趙氏一通說，嚇唬她會摔疼，這才沒有繼續吵鬧下去。

「娘，我想買一頭小牛回來，咱們家的那頭也老了。」杜小魚跟趙氏提議。

趙氏回頭看看牛棚裡的那頭老黃牛，感慨一聲。「倒是不覺得，一晃眼也那麼多年了，看著確實有些吃力，上回鄒巒也跟我說過，我倒是沒注意，妳這麼一提，是該讓牠休息休息了，買頭牛回來也好。」

「我去高大叔家問問，他們那頭母牛還能生小牛呢。」

趙氏點著頭，兩人正說著話，秦氏從縣裡回來了，她揚一揚手裡的包袱。「黃花從京城叫人捎過來的，正巧路上遇到，我就帶來了，給了那人謝禮了。」

杜黃花捎回來的？杜小魚好奇道：「什麼東西，快給我看看。」

「說起來，妳們姊妹倆真是心都在一起的，妳瞧瞧她給妳做什麼了。」秦氏打開包袱，只見一團紅得耀眼的衣裳露了出來。

是嫁衣！

杜小魚愣住了。

「真是漂亮。」秦氏把嫁衣拿出來，抖了下展開來，好像紅霞一般燦爛，紅光映照得屋子都彷彿亮起來，她笑道：「我在鋪子裡看的時候，旁的人都圍上來，紛紛問是誰做的，黃花的手藝那是一點都沒有落下，還進步了不少呢。」

居然這個時候給她送來了嫁衣，杜小魚的鼻子有些發酸，李源清跟她的事，杜黃花是第一個知道的，她去了京城肯定一直都記掛著這件事。

但也是心有靈犀，嫁衣送來得剛剛好，她手指撫摸著那衣料，光滑、厚重，應是京城裡都算得上貴重的。

趙氏也紅了眼睛。「難為她了，還抽空做了衣服，也不知道在京城過得好不好。」一別快三個月，卻是她跟杜黃花此生離別最久的一次，將來還會更長。

「肯定是好的，不然哪兒靜得下心，繡得那麼好。」秦氏安慰趙氏，又笑道：「剛才進門聽清秋說買了馬兒，以後去京城也容易。再說，小魚以後嫁給咱縣主，指不定也是要去那邊呢。」言下之意，他們也可以跟著一起去，將來一家子還是可以團聚在一起。

這都是以後的事了，誰又能預測得了，趙氏把嫁衣收好，笑道：「這下就好了，不用找人趕著做。」

「是啊，小魚穿上就是最漂亮的，誰也比不過。」

「倒是還要告訴大哥一聲。」趙氏想起這件事。「上回大嫂還擔心小魚呢，要是知道就放心了。」

「明兒我找人去託個口信。」杜顯道。

幾人說說笑笑用了晚飯。

第一百零二章

林氏這幾日不定心，去鋪子挑選胭脂的時候都是神情恍惚的，總也聽不到阮玉在說什麼，拿錯了好幾樣東西。

「可要坐下來休息會兒？」阮玉關切地問，又笑道：「我這兒剛得到些好茶，太太若是想嚐嚐的話。」

林氏嘆口氣。「也好，我正氣悶得很。」

阮玉就領著她去了鋪子裡間，外面還是由周氏跟兩個夥計照看，她親自熱了水泡茶，又端來給林氏用。

天氣寒冷，喝了些茶水，身子就暖起來，林氏瞧著對面的阮玉。「妳果然是個貼心的，可惜我大哥木頭一樣……」

這個話題她一點都不想談，阮玉笑笑道：「太太瞧著都瘦了些，可是因為縣主要成親的緣故，家裡又遠在京城的，所以替他忙著置辦聘禮？」

林氏被說中了心事，立時氣得把手裡的茶放下來。

可不是嘛？李瑜同意了婚事，媒婆都請去說親了，老太太知道這件事後居然一點沒有反對的意思，後來還說要幫著準備聘禮，說李家離得太遠，李夫人要管著家裡，也不可能過來，就全權攬了下來。

對此，李瑜極為感激，雖然出了資，可那些挑選買辦還不是要林家的人去做？

林氏重重哼了聲，看著阮玉道：「若是跟妳一樣的，我倒也沒有話說。」她頓一頓。

「哎，我是把妳當成自家人才跟妳說的，杜家那個女兒，如何配得上我們源清呀！」

「我明白太太的意思，不過杜二姑娘也沒有什麼不好，我來縣裡也快大半年了，沒聽說過有人說杜二姑娘的閒話呢。」

就是這樣才不好，叫人找些錯誤也難。

「杜二姑娘還很慷慨，咱們縣裡那家雲祥錦就是她出資給開的。」

林氏聽著皺起了眉頭，這事她倒是頭一次聽說，雲祥錦是新近出來的錦緞鋪，但是掌櫃的眼光好，總能進一些新鮮好看的布料，生意也是不錯的，她都去過幾回。那掌櫃也見過，長得一表人才，雖說是個商人，倒是有幾分文氣。

她奇怪道：「怎麼會給他出資？難道那兩家是親戚關係不成？」

「我好像聽村裡人說，那掌櫃原先是在他們家給杜二姑娘養兔子的，不知怎麼的後來就不做了。」阮玉目光一閃。「兩人好似也好得很，那掌櫃天天在他們家用飯呢。」

那掌櫃確實也挺年輕，看上去應該比那杜小魚只大上兩、三歲……居然天天在他們家吃飯？林氏思量道，這杜家怎的那麼不避嫌？再有，不過是幫他們家養兔子的，跟個下人有多少區別？竟還出資給他開鋪子，看來這裡面不簡單。

她想了會兒問道：「那家鋪子是什麼時候開的？妳可還記得？」

「倒是不太清楚，好似是在三、四月份。」

那不是李源清來這兒當縣令的時候？林氏越想越覺得哪兒有些問題，阮玉看在眼裡，嘴角微微挑起來。「兩人算是青梅竹馬的，有些感情也很正常，杜二姑娘只怕是把他當朋友，才願意花那麼些錢給他開鋪子。」

青梅竹馬？感情？林氏腦中靈光一閃，冷笑起來，只怕是姦情才是。那杜家一開始定然是想弄個倒插門（注）的女婿，不然會天天留他吃飯？後來看到李源清來當縣主，又想著往高處走了，就才又拋棄了那人，又怕他出去胡亂說話，才給了錢化解此事，一定是這樣的。

兩人天天在一起，指不定出過什麼事，也只有李源清被蒙在鼓裡。

林氏想起杜小魚的容貌，眼睛瞇了瞇，小小年紀，倒是會勾搭人，把自家外甥迷成這樣，還非她不娶了，倒要讓她把真面目露出來。

她急匆匆地站起來，就要往外面走。

阮玉叫住她。「太太，別忘了拿胭脂，都是我新調好的，裡面有些香可不能亂用。」

林氏疑惑地看向她。

「不過融在胭脂裡就淡了，但也不妨事，若是單獨放在香包裡，或者吃下去可就不行了，會亂人心智的。」她指了指櫃子裡一個玉瓶。「妳看看，這種就最厲害，我每回都只能放指甲蓋那麼一些。」

注：倒插門，意指入贅，結婚時男方到女方家定居，改姓女方姓氏，成為女方家的兒子，繼承女方門第，生的孩子隨女方姓氏。

林氏注意看了下名字這才點點頭，拿著買下的胭脂告辭。

杜小魚去了高家說起買牛的事情，正好他們家那頭牛正懷了小牛，聽說她要，高鐵的娘子孫氏一口就答應了，又留她吃飯。

他們家媳婦顧氏也在，立刻就拿了吃食招待她，笑著道：「那會兒還是聽了妳說的才想起去釀杏子酒，沒想到那麼好賣，我們家都不知道多感謝妳呢！」

顧氏長得張鵝蛋臉，眼睛細長細長的，為人處世都很老道，高鐵夫婦卻又是另一樣性格，都是爽直的。

「只是舉手之勞罷了，再說什麼杏子酒，也是我貪嘴胡說的，是你們手藝好才釀得出來，別的人家不也學嘛，怎麼也弄不出這種味道呢！」杜小魚笑起來。

顧氏也笑了，杜小魚明明沾了功勞，卻一點也不當回事，果然是個爽快的人，難怪公公婆婆都很喜歡她，聽說最近已經跟李家定親了，將來就是縣主夫人，卻是一點也沒有架子，她心裡就更喜歡了，連連誇讚她的好。

「婆婆，這小牛咱們可不能收錢。」她跟孫氏說道。

孫氏笑道：「我也是這麼說的，可小魚不肯呢。」

「是啊，你們不收錢倒像是我專程上門來討要的一樣，這怎麼行？」杜小魚忙擺手。「錢還是要收的，一碼事歸一碼事。」

見她這樣說，那兩人才作罷。

三人說笑一陣，杜小魚也不拘束，就留在他們家用了飯。

趙氏看她從外面走進來，笑道：「高家的真是客氣，還叫妳用飯，牛的事可說好了？」

「說好了，還有一個多月小牛就出來了。」

趙氏點點頭，叫她坐下，說道：「我跟妳爹昨日商量過了，以後妳既然要嫁給文淵，李家雖說是在京城，咱們也不好去探訪，可林家……怎麼說，咱們也該去拜會拜會老太太，是不是？將來妳嫁過去也是好的。」

是說要聯絡下感情？

「咱們田裡也收了不少東西，不是值錢的，但也是心意。」

杜小魚聽了暗自嘆口氣，這件事成是成了，可裡面多是李源清做的功夫，要問別人的真心，只怕林家、李家都是不肯的，不過娘說得也對，有時候要化解矛盾，必須自己先邁出去一步。

她點點頭。「也好，我看老太太喜歡吃牛乳做的東西，到時候看看能不能弄些來。」

林府大院裡，老太太正聽著劉管事說話，都是關於家具、錦緞等一些東西的採辦，還有日後要準備的事宜。

劉管事是老太太用了幾十年的管事，除了在主宅坐鎮的管家外，他是最得重用的一個。

「素玉最近在做什麼？」老太太聽了會兒，抬起眼問道，素玉就是林氏，她的小女兒，二女兒婉玉，兩個人都是以玉命名的。

劉管事遲疑了一下，才回道：「前幾日去了趟胭脂鋪。」林素玉雖然是老太太的親生女兒，可老太太對她一向是不放心的，這些天更是叫人跟在後面去打探行蹤，這事還是頭一回，劉管事都很驚詫，但也不敢鬆懈，只叫人小心辦妥，別讓林氏發現。

「之後呢？」老太太又問，去胭脂鋪又不是什麼大事，無非是去找阮玉說說話，那姑娘善解人意，也是正常的。

「找了人去北董村。」

果然還是那種心思，不想李源清娶了杜小魚。老太太哼了聲，她還是外祖母呢，都沒有她這個女兒掛心這件事，無非還是在為陳家的將來打算。

劉管事抬頭看了老太太一眼，聲音變小了一些。「又去買了一些香。」

「香？」老太太挑起眉。「什麼香？」

劉管事道：「迷人心智的，不是什麼好香。」他當時聽到下人彙報，也是很吃驚，不知道姑奶奶想了法子買這些東西是要幹什麼。

老太太沈下臉。「她膽子倒是越來越大了。」

「那老太太的意思？」劉管事詢問，聽起來姑奶奶是要去做什麼危險的事，也不知道要不要阻止。

「你且讓人跟著，不要打草驚蛇。」

這話高深莫測，劉管事不禁疑惑，打草驚蛇，這草若是姑奶奶的話，那蛇又是誰？但也不敢細問，便點頭應了一聲。

「要是出了事，你要護著她回來，別叫人抓了把柄。」老太太又加了一句。

還是顧著姑奶奶的，劉管事忙點點頭。

老太太就叫他出去了，看著門慢慢關上，她微微瞇了瞇眼。也許是可以看出人品的時候了……

沒等杜小魚家裡準備好去林家，那邊卻派了馬車來，說請杜小魚賞臉去吃頓飯，但只叫了她一個人。

看來林家也有意和好，這倒是件好事，趙氏忙叫車夫進來喝口茶稍候一會兒，讓杜小魚去臥房換身衣服。

杜顯見事情發展得這麼順利，也很高興，對杜小魚說道：「妳去了要對老太太客客氣氣，不能像在家裡一樣，就算對他們家姑奶奶也是要尊敬的。」

「我像是那麼不懂禮貌的嗎？」杜小魚笑著拿起一件兔毛鑲邊的披風，回頭道：「爹您放心，看在他的面子，我也會好好的。」只要不超出她能容忍的底線，她還是願意讓步的，誰讓已經選擇了那個人呢？總要自己也做些努力。

杜顯笑了。「院子裡那些東西也帶上些，不能空手去。」

杜小魚應一聲，走出屋子，抬頭只見西邊的天空有些陰沈沈的，好似要下雨的樣子，就進去拿了把油傘，又叫車夫幫忙把幾布袋東西放車上。

車夫聽了忙阻止道：「倒是不用，姑奶奶吩咐了，只是吃頓飯，拿去了也沒地方放。」

不是去林府嗎？杜小魚微微一愣，她想了下問。「不是老太太派你來的？」

車夫搖搖頭。「是姑奶奶叫我來的，在館子裡訂了宴席。」

竟然還是在外面吃，看來是林氏一個人的主意，杜小魚想了又想，林氏這個人她確實看不慣眼，可到底是李源清的小姨，將來嫁過去免不了是要來往的，如今把車子派了來，往好處想，興許真的是想緩和下她們之間的關係也不一定。

她就沒有再拿那些，徑直上了馬車。

車夫停到一家酒樓門口就請杜小魚下來，她四處看了看，卻不是縣裡那兩家最好的酒樓，不過這家酒樓她倒是見過，名叫聚歡樓，就在李錦開的錦緞鋪的對面。

說起李錦，前段時間倒是上門送了幾疋上好的錦緞來，聽說鋪子裡很忙。他曾說過會盡快還了他們的銀子，想必是在很用心的做生意。

她在門口停了會兒，李錦恰巧出來接待客人，兩人目光便對上了，李錦愣了下，繼而便笑了，低頭跟那客人說了幾句話走過來。

「妳怎麼會來這兒？」他問道，語氣親切而熟悉。

杜小魚笑道：「有人請了在這裡用飯，我正要進去呢。」

他目光專注的看了她一眼，聽說前些日子已經跟李源清定親了，雖然剛聽到這個消息的時候有些遺憾，可最後還是消淡了。於他來說，只要她過得好，那麼就足夠了，兩個人做朋友未必不是好事。

「原來是這樣，那我不耽誤妳了。」他頓一頓。「本來過幾日就想來找妳的，妳上回說到陵城的事，我想去那邊看一看。」

杜小魚點點頭。「那下回你上我們家來。」

李錦就又往自己店鋪走去，林氏在靠窗的位置看得一清二楚，立時撇了下嘴，表面上裝得如何又怎麼樣？背地裡還不是一試就露出來，看兩個人眉來眼去，說裡面沒有古怪才難叫人信服呢！

她攏了下袖子，又把頭轉了過來。

看到不遠處身穿銀紅色襖子的杜小魚走進酒樓，林氏笑起來，向她招手。

「倒要叫太太來請我，原本是想過兩天就來府上的。」杜小魚向她行了個福禮。「田裡收了些穀糧上來，這次卻也不好帶。」

他們林家還缺這些不成？林氏暗自鄙夷，面上卻笑道：「妳快坐下，是我吩咐叫妳不要太客氣的，這頓飯也早該請了，妳現在既然要嫁給源清，原先的事不要再掛在心上才好呢。」

真是有和解的意思，林氏這樣性格的人倒是不容易……杜小魚心裡一動，抬眼仔細瞧了瞧她。

林氏被她一看，有些不自在起來，叫來夥計上菜。

菜式是早就點好的，陸續端上來，滿滿一大桌子，林氏熱情地招呼杜小魚，叫她多吃點，然而，她自己吃了一口，卻皺起了眉。

杜小魚看在眼裡，也沒有動聲色，只見林氏又挾了好幾樣菜試了試，卻是沒有一樣符合她的胃口的。

如此看來，這家酒樓，林氏從來就沒有來過，不然豈會點這些自己都吃不慣的菜來招待別人？

她嘴角挑起來，林氏並不是真心的，倘若是真心，必定會選一家自己覺得不錯的館子，這才叫用了心在裡面。

可是，又為何偏偏選了這家？

即便她沒有考慮這些，可縣裡還有兩家很好的酒樓，杜小魚品嚐食物的水平也不差，這聚歡樓，比起望月樓來明顯是差了不止一點，林氏何苦來哉？她從小錦衣玉食，吃的穿的沒有一樣不是精心挑選的，卻要來這樣一家酒樓？

杜小魚眉心微微擰了擰，難道是別有目的不成？這麼一想，她把筷子慢慢放下了。

林氏稍許吃了些就不想再用，抬頭看杜小魚也是頗有心思的樣子，便笑道：「可是不合胃口？要不要再上一些別的？」

「沒有，我來之前剛吃了些點心，還不太餓。」

林氏聽了就點點頭，朝身後一個丫鬟道：「去叫夥計泡壺好茶來，剛才菜好似鹹了些。」那丫鬟應一聲往廚房去了。

杜小魚因為起了疑心，便格外警惕，只聽林氏又道：「妳陪我去那邊走一會兒，消消食，反正也沒那麼快的，茶要泡好需要火候呢。」

杜小魚嘴角一揚。消消食？剛才吃都沒有吃幾口，怎麼就要消食了？但嘴裡應了聲，跟著林氏往酒樓後方一個庭院走去。

她才發現，原來這酒樓是有這麼一個特色的，還有供客人休息的小院子，裡面擺了些石凳石桌，四處種些花草，倒是個嫻雅的地方。

林氏雖說是來散步，但時不時地就往大堂看一眼，好不容易見到夥計端著茶上來，她眼睛一亮。「走，咱們喝茶去，一會兒休息好，我帶妳去聽戲。」

她眼裡閃過的那一抹亮光令人尋味，像是期待，像是嘲弄，極為詭異。

杜小魚坐下來，看著眼前的那杯茶，一動也不動。

林氏見她突然如同一根木頭似的，立時皺起了眉。「怎麼了？這茶很好喝的，妳該嚐一嚐才是。」語氣卻是很有耐心。

「太燙。」杜小魚笑了笑。「我不習慣喝那麼燙的茶。」

林氏一怔，有些惱怒，茶不喝燙的難道還喝涼的不成？而且，還是那麼冷的天氣。但她還是笑著道：「不急，妳吹吹就涼了。」

「我也不渴，要是太太著急的話，我不一定要喝的，現在走就行。」杜小魚瞧著她說道。

林氏嘴角都要抽搐了，她捏了下袖子，耐著性子道：「不急，我有什麼好急的，今兒本來就是請妳吃飯，等妳喝口茶算什麼？」

看來是特別著急要她喝茶，杜小魚笑起來，她端著茶盞看來看去，就是不低頭去喝。

林氏便著急了，又不好說，只能乾等著。

杜小魚雖然發現這茶水有古怪，可卻不清楚林氏的意圖，為何非要是這家酒樓？為何非要是這個時候請她吃飯？

林氏肯定不想她嫁給李源清，那麼這次來，到底跟老太太又有沒有關係？

也許喝了茶就能明白，她端起茶盞，用衣袖掩住，好似一飲而盡的模樣。

林氏看呆了眼，這叫什麼？喝個茶還要遮遮掩掩，裝什麼大家閨秀？但到底是喝了，她嘴角抿著，差點笑出聲。

杜小魚擦了下嘴角，把濕透的手巾偷偷塞在袖子裡。反正就只關心她喝不喝，哪還管什麼方式，林氏太心急了，儘管她一忍再忍，還是露出諸多馬腳。

「走，我們出去。」林氏盯著她的臉。

像是等著她有什麼反應似的，杜小魚擰了下眉，是要直接暈倒還是怎麼呢？林氏光天化日之下，總不會想趁著她暈倒，把她拐賣到哪兒去吧？

她站不穩似地，身子晃了晃。

林氏大喜，關切的問道：「哎喲，怎麼回事？是不是哪兒不舒服？」

「好像有些頭暈。」杜小魚似是而非，眼睛半瞇著。

「怎麼會這樣？」林氏叫道：「不行，我得給妳去請個大夫！」她示意身後的丫鬟扶住杜小魚往酒樓外走去。

林氏一直往對面走，直到走到李錦的店鋪前，才又叫道：「這可怎麼辦才好，杜二姑娘，妳醒醒！這樣暈著可不行，總不好就在路上這樣……」

她聲音那樣大，李錦豈會聽不到，店門又是開著的，立刻就看到了丫鬟扶著的杜小魚，他忙走出來問：「小魚她怎麼了？」

這麼親密，直接就叫小名?!林氏冷笑一聲，面上卻著急道：「也不曉得是不是病了，我們剛吃完飯，她就不舒服，你、你跟她是認識的吧？要不先在你鋪子裡歇歇，我叫人去請大夫，你看怎麼樣？」

縣裡這些鋪子，一般都是連著小院的，方便有人看店或者擺放貨物，李錦是真的關心杜小魚，見她這樣哪會多想什麼，忙讓丫鬟扶著杜小魚去裡面的廂房。

林氏喜不自禁，好不容易才忍住笑意，衝李錦說道：「煩勞這位小哥先代為照看一下，我們這就去請大夫過來。」

出了店門，丫鬟問道：「太太，是不是真的去請大夫？」

林氏白她一眼。「請什麼大夫？請了來他們還怎麼有時間獨處？腦子裡都裝什麼了？一群飯桶！」

那丫鬟嚇得一縮頭，再也不敢多話了。

林氏來到僻靜處，等了會兒，方才吩咐道：「去告訴少爺，就說杜二姑娘不舒服，暫時在那家錦緞鋪休息，問起大夫的話，就說我親自去請了，叫他只用把杜二姑娘接回林府就行，別的不用擔心。」

丫鬟應一聲就走了。

李源清今日休沐，正陪著老太太，若是聽到這種情況，他自然會急著去看杜小魚，到時候她再多領幾個大夫過去，杜小魚指不定什麼放浪的樣子都落在別人眼裡，就算她還沒跟李錦發生什麼，但說出去哪個會相信？

李瑜再心軟，難道還能同意兒子娶了這樣敗壞名聲的姑娘過門不成？

林氏得意洋洋，眼角眉梢都透著舒心的笑，又衝另外一個丫鬟使眼色，那是早就安排好的，叫人假裝去買布料，盯著李錦的動靜。

那丫鬟是她心腹，得了命令立即興沖沖而去，林氏則轉頭去找大夫。

聚集在西邊的雲層漸漸散開，太陽微微露了出來，在街道上灑下一陣光影，阮玉瞇著眼睛看向天空，嘴角掛著一絲笑。

周氏打量她一眼，笑道：「玉兒，今日生意不錯呢。」她只當是賣出去的胭脂多的緣故。

阮玉微微哼了聲，如今錢財什麼的在她眼裡又算哪門子東西？只要她願意，多得是公子哥兒送過來。

周氏就噤聲了，自打李源清定親之後，自家侄女沒有一天心情是好的，有時候眼睛一整天都紅腫著，她也不知道該怎麼勸，今兒難得看她有笑容，卻還是沒有說對話。

「我出去一趟。」阮玉回頭說了句，穿上件鶴毛包邊的大氅走了出去，那大氅還連著帽子，戴上去後就完全看不清容貌了。

第一百零三章

林氏的丫鬟很快就回到林府，上前跟李源清報了消息，他果然極為關切，只說好要陪老太太，正想找法子離開，老太太卻說身子乏了，叫丫鬟扶著去裡間休息。

李源清才問清楚丫鬟。「到底怎麼回事？剛才妳說在什麼錦緞鋪？」

「太太請了她用飯，不知怎麼走到外面一家錦緞鋪的時候，杜二姑娘就說不舒服，太太也不知道該怎麼辦，那錦緞鋪的掌櫃就出來了，好似跟杜二姑娘是認識的，就扶著她去裡面休息。太太就去請大夫了，又叫奴婢來找少爺。」丫鬟紅了臉，聲音低下來道：「太太說，總是孤男寡女的也不方便，叫少爺把杜二姑娘接到府裡才好。」

錦緞鋪的掌櫃？李源清眸子微微一瞇，跟杜小魚熟悉的好像也只有李錦了。

「是不是雲祥錦？」他又問。

丫鬟連連點頭。「是，奴婢記起來了，好像是叫這個名字。」

李源清拔腳就要走，結果走到大門的時候又回過身。「妳太太怎的不直接把杜姑娘領過來？」

「這、這……」丫鬟一愣，急中生智道：「太太就帶了奴婢跟湘雲兩個丫鬟，也扶不動杜姑娘。」

她可沒有那麼重……李源清似又想到什麼。「怎麼會請了杜姑娘來用飯？之前也沒聽妳太太提到過。」

丫鬟生怕露出破綻，忙搖頭。「奴婢也不知道，只聽太太的吩咐叫少爺去接杜姑娘，別的奴婢不清楚。」

林氏是個什麼人，李源清瞧得很分明，為人短視又自私自利，雖說是林家嫁出去的女兒，可一心一意就想著陳家，而且，她對杜小魚向來是極為不喜的，怎麼突然那麼好會單獨請她？可他到底還是擔心杜小魚出了事，腳步又快起來。

「少爺過來了。」湘雲遠遠瞧見，忙稟告林氏。

「那邊怎麼樣？」林氏問。

湘雲輕笑道：「都在太太妙算之中，那掌櫃一直在房裡沒有出來，現在去正正好，來個人贓並獲！」

林氏拍起手，嘲諷道：「真是一對狗男女，這點兒工夫都等不得！也好，若是不這樣，倒是要費一番口舌呢！」她衝身後幾個大夫一揮手，帶著就去李錦的錦緞鋪了，這些大夫只要診金出得足夠，既然是看病，沒有不願意來的。

「哎喲，源清，你來了就好，可把我急死了，生怕杜姑娘有什麼事呢！看我請了這麼些大夫來，也好叫人放心。」

聲勢浩大，李源清眉梢微微一挑。「煩勞小姨了，既然大夫已經請來，小姨還是回去好好休息。」

竟然叫她走？這樣的好戲她豈會不看？林氏笑起來。「不看到杜姑娘我不放心，好歹也是我請過來的，總不能就這麼走，實在不近人情。」她說著就直奔後面的院子而去，夥計竟也不阻攔，任由幾個大夫也跟了過去。

那廂房的門關得緊緊的，林氏呼吸不由急促起來，不等李源清過來，直接就叫丫鬟去敲門。

只丫鬟的手還沒碰到，那兩扇門就自動打開了，杜小魚俏生生的立在門口，目光在林氏跟那些大夫身上打了個轉兒。

她看起來充滿活力，沒有一絲不舒服的跡象，一雙眸子明亮有神，哪有半點亂了心智的樣子？

林氏瞪大了眼睛，忙不迭地衝到門口，把頭往裡面探。

杜小魚笑起來。「煩勞太太掛心，剛才只是有些頭暈，早就好了。」

怎麼會這樣？林氏一時摸不著頭腦，明明見她把那杯茶喝掉了，怎麼好好的一點事都沒有？而且之前分明像是要發作的，她愣了會兒又想到初衷，忙問道：「掌櫃呢？他不是說要照看妳的？」

「李掌櫃出門去了。」

「什麼？」林氏眼珠子都要掉下來，這下還怎麼人贓並獲？人都不在鋪子裡！她像根木頭一樣立在那裡，半天都反應不過來。

李源清聽她們一番對話，也料到一些，心裡不禁極為惱怒，看向林氏的目光像含了碎冰似的寒冷。

林氏被他一看，心裡咯噔一聲，但她又不甘心，還在往裡面看，可屋子裡真的沒有李錦，哪怕連藏著的可能也沒有。

她氣得狠狠瞪了下湘雲，還說盯著的，現在呢？人影都見不到一個。

李源清走到杜小魚身邊，都不知道該說什麼，自家親戚如此不堪，他能說什麼呢？幸好她聰明，不然還不知道如何收場。

杜小魚安撫的笑了笑，小聲道：「又不關你的事。」

「我早該把她趕出縣去的。」李源清也低聲道：「妳可有發現什麼？」

她點點頭，又詢問地看著他。

他亦微微點了下頭，杜小魚才向林氏說道：「既然太太請了大夫來，倒是正好。」她從袖子裡拿出一方手巾。「也不知道是不是今兒喝的茶水的緣故，這手巾上沾了些，幾位大夫能否替我看看，有沒有問題。」

林氏臉色大變，這茶水明明就喝進去的，怎的會在手巾上？她買香的時候就問過賣家，說吃下去發作起來後就看不出來了……不過，她還是早作安排的，若是真的發現其中的秘密，反正她那會兒跟杜小魚去了外面散步，別人要下藥哪兒關得了她的事？怎麼查也查不到她身上的。

她稍作鎮定，挑起眉毛道：「居然是茶水的問題，倒是奇怪了，我喝得好好的呢，別不是弄錯了吧？」

杜小魚認真道：「我喝著就覺得味道怪，後來頭就暈了，可能太太經常喝茶水習慣了吧，反正我喝了就不舒服起來。」

林氏咬了下嘴。「那可是我的錯了！要不是我硬要妳喝茶，怎麼會出這種事？唉，本是一番好心，叫了妳過來，誰料……」

倒也不是很笨，還知道順杆子往下說，杜小魚本就不想當場抓了林氏的錯，只笑道：「是不關太太的事，許是這茶水倒錯了也說不定，我們又不在那兒等著，只怕是夥計弄錯了，才會喝得不對。」

林氏微微驚訝，杜小魚竟然替自己開脫，把原本她早想好的理由說了出來，一時又怔住了。

到底是李源清的親戚，若是真讓林氏出醜，把她那些壞心思暴露於人前，那麼林家定然是要丟臉的，而她即將嫁給李源清，顯然也討不到絲毫的好處，她這樣做，主要是為提醒林氏，不要把事情做絕。

李源清這時吩咐大夫。「還等著幹什麼？」

他是縣主，一聲令下，幾位大夫哪敢怠慢，忙拿起手巾仔細研究起來，過了會兒，其中一個大夫道：「稟縣主，是……是迷魂香，喝了會迷亂心智，做出……不好的事情來。」

另外幾個大夫也點頭贊同。

林氏作賊心虛，都不敢看李源清，只把頭低著，繼而又揚起頭瞧著別的地方。

「咱們縣裡何處有賣？」李源清又問。

幾個大夫面面相覷，有個結巴道：「這種香乃是禍害人的，誰人敢賣？不過，縣外倒是有處地方，有個叫馬豹的……」

林氏心裡一陣亂跳，怎的不費絲毫力氣，就揪住了那個叫馬豹的？這要抓起來一問，自己未必就能逃得了。

她開始覺得驚慌了。

耳邊只聽李源清叫幾個大夫等會兒去縣衙，好似還要繼續細問的意思，林氏面色發白起來，強笑了下，對杜小魚道：「哪會這麼嚴重，我瞧妳也是好好的，又是這節骨眼上，你們倆都定親了，事情說出去也不好聽，什麼迷魂香……」

杜小魚自然明白她的意思，笑起來。「一會兒我會跟他說，只不過是好奇問問，興許大夫也是胡說的，要真是迷魂香，我早就被迷暈了不是？誰會跟我有這麼大的仇呢？」

林氏極為尷尬，對馬豹那是恨上了幾分，什麼狗屁香，完全就沒有作用，但是她有一事不解，又問道：「我走之前明明叫掌櫃的照看妳，怎的就出門去了？」

「正好有客人過來找他，我又沒有什麼事。」杜小魚輕描淡寫。

林氏訕訕一笑。「說的也是，我本來也是想叫源清過來接妳去府裡休息的，結果妳卻好了，真是大幸呢。」

聽說縣主在錦緞鋪，外面的人紛紛揣測，也不知道裡面發生了什麼事，林氏如今生怕事情鬧大，哪兒再敢叫人把這事哄鬧出來，只讓丫鬟出去，想法子遣了那些人。

幾個大夫得縣主的命令，也不敢胡亂說話，只道是白跑一趟，鋪子裡沒什麼人得病。

阮玉站在街對面，眼見事情發展成這樣，心知林氏必定是失敗了，臉色又難看起來，她站了會兒，看到李源清跟杜小魚雙雙走出來，又覺心臟被一根尖利的刺瞬間刺中，疼得都差點站不穩。

總是這樣，近在咫尺卻永遠只能這樣看著，她真的不甘心，原本以為李源清必定是要配那些京城的小姐，誰料到卻是杜小魚那樣的人。

若是別人，也便罷了，可憑什麼是她呢？

杜小魚走在街上，沒來由地覺得背上升起股寒意，回過頭，卻並不見一個相識的人，只有一個背影很是顯眼，披著件鶴毛大氅，匆匆地消失在了人群裡。

李源清注意到了，問道：「怎麼了？」

她側了下頭，又搖一下。「也沒什麼，總覺得……你說，你小姨怎麼會想到這樣陷害我？居然利用李錦。」

「妳跟李錦的事，難保不會有閒言閒語，被她知道也在所難免。」他語氣有些不太好。「都怪義父要急著嫁妳出去，後來又給他鋪子出資，只要想查，沒有查不到的。」

她輕輕一笑。「你這是不高興了？」

「我該高興嗎？」他眼眸微瞇了下，過來握住她的手。「我沒想到會讓妳遇到這種事，妳放心，她以後絕不會再動妳一下。」

「你要怎麼對付她？好歹要顧下你祖母的面子。」杜小魚不由勸說。

他笑起來，若不是在街上，定然會擁她入懷，聲音輕下幾分道：「妳將來一定是個賢妻良母，倒是我未曾想到的。」這樣為他跟他家人的關係著想，原本只想著以後要包容她的任性，原來卻不是如此。

杜小魚正色道：「你當我是個只懂一意孤行的人不成？婚姻不是兩個人的事，是兩個家庭的事，我很清楚這一點。」

兩個家庭……

沒錯，李源清手指慢慢收攏，承諾似地說道：「我不會委屈妳的，哪怕是兩個家庭之間的事，只要妳不願意，都可以跟我說，不要一個人忍著。今日這件事也就罷了，以後若再這樣，妳要讓我提前知道才好。」

僻靜的小道上靜悄悄的，才發現兩個人竟走到這裡，杜小魚聽了感動，踮起腳在他臉頰親了下，笑道：「好，我記住你說的了。」

他微微一怔，臉頰竟發紅起來。

大概是沒想到她會主動親他，杜小魚揶揄道：「咱們的縣主大人也會臉紅呀！」

他輕咳一聲。「我要去衙門了，這案子還得接著審，既然查到馬豹這個人，小姨她不是縣裡的人，性子又是這樣，不像是會主動去找人買迷魂香的。」也許是她先想到陷害杜小魚，但是方式卻是有些不大符合她慣常的習慣。

「那我自己回去了。」杜小魚點點頭。

李源清還不捨得放手，只見四下仍是無人，就把她攬過來，站在一堵高牆之後，重重吻了下去。

「扯平了。」他放開她，露出孩子般的笑，又道：「還是先跟我去衙門吧，我叫周昆送妳。」

知道他是不放心，杜小魚也就依了。

送走她，那幾個大夫也到了衙門，李源清仔細詢問過後，那個知道馬豹行蹤的大夫也沒有隱瞞，把知道的都說了。一來，這是件立功的事，沒理由不去討好縣主；二來，他跟馬豹其實有些私怨。

賣迷魂香本就不是正當的事情，一般人是不敢碰的，但馬豹敢如此張揚，其實背後也是有些勢力。

那大夫說道：「他舅舅聽說是在虎幫漕運任事的，其實迷魂香真正說起來，倒也不是完全就是禍害人，它是可以調香的，只要運用恰當。」

李源清便叫幾個大夫回去，稍稍思量了下，叫來捕頭，去探查下馬豹的情況。

林府大院子裡，劉管事正跟老太太彙報今日的事情，聽到林氏沒有陷害成杜小魚，而杜小魚也沒有指證林氏，老太太的眉毛不由挑起來。

「那是怎麼回事？」

「姑奶奶從那鋪子叫丫鬟出來，把本來準備好要起鬨的人都遣了，可見是沒有成事，那幾個大夫後來又去衙門，應是少爺發現了什麼。杜家姑娘什麼事情都沒有，小的後來去問過紫竹，她膽子小，也不敢隱瞞，說是杜二姑娘發現茶水有問題，叫大夫瞧了，是迷魂香，但杜姑娘只說是酒樓的夥計弄錯了，一點也沒有提姑奶奶。」紫竹是林氏隨身帶的丫鬟之一，比起湘雲，那是木訥得多了，要從她口裡問出當場的情景，那最容易不過。

老太太聽了不由得驚訝，看來這杜小魚還是有些明事理的，知道家醜不可外揚，沒有只顧著自己的利益，非要把陷害她的人揪出來，光這一點看，倒是頗為大度。

她想了想，眉心又擰起來。「那麼照理說，她是早就發現素玉的計策了？」不然豈會那麼巧，那手巾就沾到茶水，而她自個兒一點沒有不好的反應？

劉管事也是聰明的，點點頭。「小的瞧著也是這樣。」

也只有素玉這個傻孩子不知道，老太太伸手輕拍了一下桌子，沒有一點腦子也學別人去陷害人，倒把自己套起來了。

這個杜小魚倒是真的敏銳，居然還能提前猜到，可後面又表現得如此之好，到底是心機深還是果真良善、顧大局？

老太太想了想，又問：「你怎麼處理了？」

「少爺問到賣迷魂香的人了，小的已經派人去叫那馬豹離開此處，只要有銀子，他不會不答應。」

老太太頗為滿意，連連點頭，要真讓李源清把馬豹抓了來，指不定就會把林氏招出來，到時候可就不好收場，她那個女兒將來哪兒還有臉再來林家？雖然她也不喜歡林素玉這樣有外心，可到底是自己的女兒，她已經失去了一個，這個就算再怎麼不成才，也是不好捨棄的。

李源清晚上就來老太太這兒吃飯，林氏心慌不已，就怕李源清從大夫口裡問出什麼，繼而又把馬豹抓了，於是態度又殷勤幾分。

老太太瞧在眼裡，放下筷子，問道：「聽說妳請了杜姑娘用飯？」

林氏知道這事也瞞不過去，笑道：「是的，娘，既然源清要娶她，以後咱們就是親戚了，我之前多有得罪，總是不好的，就請了杜姑娘來……」她看向李源清。「杜姑娘後來有些不舒服，那些大夫怎麼說的？」

是在打探消息?!李源清面上極為冷淡。「她沒什麼事，不過那個叫馬豹的倒是不像話，我非得懲治不可，若是真有人從他那兒買了香禍害人，我一定不會饒他！」

林氏嘴角忍不住抽搐了下。「那馬豹指不定會胡亂指認人呢。」胡亂說話的話，到時候她還能否認。

李源清冷笑一聲。「他倒要有這個膽子！」

林氏聽了心更是往下沈去，是啊，到了衙門，哪個敢不說真話?要是用刑，誰能挺得過去?她嚇得手心都要出汗了，這時才後悔起來，不該貿然去買什麼迷魂香，如今惹出禍來，自家外甥看著就不是會偏幫的，誰知道會不會真的抓她去衙門?

老太太吃了幾口菜，像是漫不經心地說道：「素玉，妳也該回家去看看了，源清的事現在還不急，等到時候要成親了，也要妳過來幫把手，咱們是一家人，總是要互相扶持的。」

林氏聽了立刻道：「對，對，娘說得對，我是該回去了。」她還不借著梯子下去更待何時?如今飛仙縣對她來說是危險的，也許離開才是最好的辦法。

這句話也是在提醒李源清，林氏再怎麼不好也是他的家人，李源清聽了眉梢一挑，到底還是沒有說出反駁的話，因為老太太那句成親，說得很是溫和，看來她對杜小魚的態度是變了一些。

想到這裡，李源清也就暫時饒過林氏，沒有再說多餘的話了。

第一百零四章

捕頭回來彙報，才知道馬豹竟然前不久才離開，可見是早早有人通風報信，會是誰呢？難道馬豹在衙門裡也有眼線不成？

李源清坐在書案前，又把今日的事回想了一遍，站起來就往外走去。

天已經黑下來，林氏明日才會走，倘若馬豹那裡得不到消息，那或許存在的幕後之人也就會讓他逃脫。可這件事極為惡劣，若是林氏自個兒想到的也便罷了，到底是親戚，杜小魚都表明能容忍，他自然也會放過她這一回，可若是別人在後面推波助瀾，他卻是斷不會就此甘休的。

見到李源清突然到訪，林氏嚇得手裡的杯子都掉在地上，只當他是上門來問罪，又在後悔當時應該就離開飛仙縣的，還要整理那些東西做什麼？

湘雲也很是害怕，抖聲道：「莫不是少爺抓到了馬豹？」

「妳給我閉嘴！」林氏怒道：「什麼馬豹、馬豹的，咱們不認識這個人，一會兒妳給我少說話。」她踢了一腳地上的碎瓷。「還不快叫人打掃了。」

她稍稍整理了下衣衫，勉強露出笑，走到外面迎接李源清。

「怎麼這麼晚過來？」

「有些事想問問小姨。」李源清一本正經，完全是公事公辦的態度。

林氏心頭打起鼓來，訕訕一笑。「要問什麼？」

「問在酒樓的事。」李源清盯著她，一字一頓道：「小姨是怎麼知道這種香的？」

竟然這麼直接，林氏的臉一下子變得煞白，矢口否認。「什麼香？我不知道，源清你在說什麼呢？」

「到時候抓到馬豹自然知道是怎麼回事。」李源清看她驚慌的樣子，嘴角微微一揚。「我知道小姨不是那樣的人，所以才會問迷魂香的事情，若是有別人告知妳，必是藏著險惡用心。」

林氏再怎麼傻也聽得出來，李源清是要她說出背後的人，才不會追究她的錯，可這件事本就是她一個人做的，豈會有什麼指使之人？她眼珠子一陣亂轉，這時又聽他說：「小姨去沒去過外頭，叫來陳炳一問便知。」

她身子僵住了，那日差人去買迷魂香，就是叫陳炳去的，怎的李源清卻會知道？她一個激靈，他這是不願意善罷甘休了，除非有別的人來背黑鍋。

林氏只覺得身上被一塊巨大的石頭壓著，氣都要透不過來，猛然間忽地想起第一次認識到這種香，卻是阮玉提醒的。

是了，她是調香的，林氏只想著順了李源清的意，不抓她就行，哪還管得了是不是冤枉別人，忙說道：「這迷魂香是阮姑娘告訴我的，又說杜二姑娘跟李掌櫃是青梅竹馬……源清，我也是為你好啊！」

阮玉？李源清目光一閃，竟是她嗎？

他故意說到陳炳，也是來之前查到陳炳幾日前曾離開林府，他是林氏帶來的隨從，想必是聽了命令去買香的，林氏膽子小，驚嚇之下還有什麼敢不說出來？只沒想到卻跟阮玉有關。

他擰起了眉，林氏只當他不信，急道：「我可沒有騙你，我對天發誓要不是阮姑娘告訴我，我也不會……」她說著住了口，臉紅起來。「源清，小姨也是一時糊塗，你千萬不要往心裡去。」

李源清臉如寒冰。「這事到此為止，但以後絕不會有第二次機會。」

第二次饒恕的機會——林氏心裡一凜，再也不敢多話。

過了兩日，阮玉的胭脂鋪就被查封，李源清親自帶著衙役前來，裡裡外外圍了一群看熱鬧的人，都在紛紛揣測究竟出了什麼事。

胭脂鋪生意極為火紅，自從知道她是京城華娘子的親傳弟子之後，許多外縣的太太小姐們都差人來買，不知道讓多少人眼紅，如今出了這種事，幸災樂禍的也不在少數。

但也有很多喜歡阮玉的，她為人八面玲瓏，自然也結交了朋友，卻是都在為她叫屈。

阮玉的伯父阮孝常急得團團轉，跟周氏問阮玉道：「怎麼回事？好好的就來封咱們的鋪子，這林家老太太跟姑奶奶不是都挺喜歡妳的嗎？縣主大人怎麼也該給她們面子啊！怎麼會這樣，妳快去找縣主大人問問！」

看著外面的衙役，阮玉的面上也像結了霜似的。「你們急什麼？這鋪子是我的，就算開不下去，也關不了你們的事！」

兩人被她一陣嗆，都訕訕地閉了嘴。

李源清走進來，阮孝常夫婦剛要上前拜見，就被縣丞叫了出去，只留下阮玉一個人。

對面的人還是當年的模樣，只是身著官服，多了幾分威嚴，阮玉的眼睛漸漸蒙上霧氣，只覺心疼得好像被人鑽了個洞。

眼淚滴下來也沒有去擦，她怨恨地問道：「你憑什麼來封我的鋪子？」

「迷魂香對人的身體心智都有危害，並不適宜做胭脂，有人舉報妳的胭脂中含有此種香粉，故而封鋪徹查。」

阮玉聞言挑起了眉，那日杜小魚沒有上當，她一點也沒有驚慌，林氏這個人雖說蠢笨了點，但好歹是老太太唯一的女兒，李源清又能如何？還能大義滅親了不成？只會把這事遮掩過去。

接連兩天都沒有動靜，她愈加肯定，誰料到李源清就帶了人來封她的鋪子。

「迷魂香？」阮玉冷笑一聲。「此香只要運用得當，沒什麼不可以的，我師父也一樣用它，那又如何？在京城都沒有人管。」

李源清卻不說話，只命令衙役進來鋪子裡面搜查。

店面上擺了不少胭脂，少說也有上百盒，她做的胭脂每一盒都價值昂貴，加起來是筆不少的錢財，可那些衙役卻不懂得珍惜，翻箱倒櫃，踐踏掉的都不在少數。

阮玉心寒不已，他竟然為了杜小魚，連家人都下得去手，不然林氏要不是被審問，怎麼會把錯推到她的身上？真是她始料未及的，李源清如今專門來搜查迷魂香，還不是想借題發揮？

她鋪子裡豈會有迷魂香？也只有林氏才會相信，真真是個蠢貨！

李源清負手站著，見她面色又逐漸平靜下來，心裡不由一陣失望，原來自己從來就沒有認清過她。

「迷魂香要融於胭脂，非華娘子無法判斷用量，多一絲都會傷害於人，妳其實並不會。」

這句話恍若一把刀瞬間刺入阮玉的胸口，她臉色立即變得鐵青，驚詫地看著李源清，原來她弄錯了，李源清來此並不是為了找到迷魂香。

「妳既沒有迷魂香，又如何會跟我小姨提到此香？」他目光驟然變冷，像看穿她所有的心思一般。「阮姑娘，我看錯妳了。」

一切都是她設計的，雖然林氏早有預謀，可若不是阮玉在旁暗示，林氏豈會想到這麼一個惡毒的計劃？比起林氏，阮玉借刀殺人更加狠毒、更加陰險，杜小魚與她並無深仇大恨，只為情愛，未免太過荒唐！

阮玉身子晃了晃，那目光中透著失望、鄙夷、不屑、惋惜、遺憾……

此後，她在他心目中的形象一落千丈，要想再變回以前，只怕更不可能，她只覺眼前一陣漆黑，再也支撐不住，暈了過去。

李源清嘆息一聲，令衙役把阮孝常夫婦叫進來。

「哎喲，玉兒，這是怎麼回事？」周氏驚叫一聲，忙上去扶起阮玉。

阮孝常則向李源清行禮，小心翼翼道：「縣主大人，小的做生意一向規規矩矩，從沒有逾越的，不知這回……」

「等查清後自會給你一個公道。」李源清說罷便走了出去。

縣丞跟在身後，亦詢問道：「縣主，這家胭脂鋪在咱們縣裡一向口碑不錯，若是沒有什麼錯處的話，是不是……」

「先封兩日再說。」李源清不置可否。

縣丞也不好再說什麼，只按照吩咐叫人查驗搜上來的胭脂。

這件事很快就在縣裡傳開來，有惡意的就說阮玉在胭脂裡面摻雜了什麼不好的東西，會對身體有損傷。

實在是出人意料，杜小魚沒想到阮玉的鋪子被封，不過聽說是李源清親自帶人去的，便想起前兩日迷魂香的事，他說要查清楚，莫不是……

真要是跟阮玉有關，她未免也太過分了！

趙氏不明所以，她對阮玉還是很有好感的，到底幫過趙大慶呢！就想在李源清面前求情，結果都被李源清義正辭嚴地拒絕了。

杜小魚結婚在即，又說起拜訪林府的事情來，杜顯說找到一家會弄牛乳的，等買過來給點心師傅試試，做成了就能送給老太太。

杜小魚笑了笑，再過兩、三個月她就要嫁給李源清了，就是不知道到時候李家誰會過來？那位李夫人會不會露面？

聽到李源清封了阮玉的胭脂鋪，老太太也很驚訝，外面那些傳言則更加令人心驚，說什麼胭脂裡放了不好的東西。

真真是胡言亂語，老太太向來喜愛打扮，她用的穿的無一不是精緻，對胭脂調香自然也是懂一點的，這胭脂明明是極品，怎的卻被說成這樣？

當然，她主要還是覺得此事影響了原先的計劃，她原本是看上阮玉做自己的大兒媳，如今事情傳開，阮玉的聲譽肯定會受到損害，雖說她那些鋪子對於林家來說算不得什麼，可當初也是看重她的品行，這要現在娶回來卻不是一個好時機了。

「怎麼會去封鋪子？」老太太把劉管事叫過來詢問。

劉管事知道李源清的一些動向，便謹慎的說道：「是去查迷魂香的。」

老太太微微瞇著的眼睛猛地一睜，迷魂香這事是林氏做的，她很清楚，怎的卻又跟阮玉扯上了關係？

「可有搜到？」

劉管事搖搖頭。「剛才又把鋪子的封條撤了，只門口客人寥寥無幾，不過小的覺得少爺做事總有原因，姑奶奶之前也是見過阮姑娘一面，才……」

老太太明白了他話裡意思，難道女兒竟是受了阮玉的挑撥不成？倒真是看不出來，如此性格的姑娘為何會做出這種事，她跟杜小魚結仇了嗎？

正想著，就聽門外的丫鬟上來通報，說杜家來人了。

老太太微微一怔，沒想到杜家會自己上門來，但想到李源清的婚事已近，便揮手叫劉管事退下去。

天氣已冷，屋裡燃了好幾個炭盆，不比農家，只靠著熱炕頭過冬，杜顯跟趙氏走進來，態度都很是恭謹，也不敢到處亂看，只對老太太行了禮，杜小魚則面帶微笑，比他們二人顯得輕鬆得多。

「都快坐下，這天氣過來，怕是路上要凍到。」老太太很和善，叫丫鬟看茶，又是叫著添兩個火盆，見他們面上都有些發青發紫，恐是被外面的寒風吹的。

她態度跟以前完全不一樣，杜小魚心裡稍稍放心，其實她一直擔心來林府會受到什麼待遇，如今看來，老太太至少在面子上還是願意接受他們一家子的。

杜顯忙客氣幾句。「我們也該過來拜訪老太太您的。」

「還帶這麼多東西，真是太客氣了。」

「都是地裡的，也不值錢，老太太可不要嫌棄呢。」趙氏笑道。

「哪兒的話，你們親手種出來的，我怎麼會嫌棄，都是心意。」老太太叫外面的丫鬟找幾個小廝過來把東西收好。

杜小魚手裡提著個食盒，此時上前道：「我們還帶了些糕點來，想讓老太太嚐嚐，是才做好的。」

老太太眉毛一挑，瞧了杜小魚一眼，又笑起來。「你們真是太細心了，這時辰，我還真有點兒餓呢。」

杜小魚大方地走過去，把食盒的蓋子打開，取出一碟檸檬黃的點心來。

那點心是做成佛手模樣的，唯妙唯肖，老太太面露驚喜，她長年拜佛，對佛手自是喜歡的。彩玉見狀，忙叫人去廚房取了筷子碗碟，他們大戶人家，筷子等東西都是專用的，彩玉拿起筷子挾了一塊佛手糕點放在雪白的瓷碟上遞給老太太。

還沒有吃就聞到一股濃濃的香味，老太太驚訝道：「是用牛乳做的？」

杜小魚點頭。「知道老太太喜歡，專門找來請人做的。」

老太太吃了一口，笑意更深。「竟不知道飛仙縣也有這樣的師傅，做出來的味道真不錯，是哪家的？」

「五仁堂的。」

「哦？看來下回我也要去試試。」老太太又看了糕點一眼。「不過這樣子，是妳想出來的吧？」

杜小魚笑了笑。「也是突然想到的，結果做出來還挺好看。」

果真是個聰明的，即便是在討好，但做起來也是坦坦蕩蕩，極為自然，好像這種討好本來就是天經地義。也確實是的，假若她嫁過來，那麼也就是自己的外孫媳婦了，也是要叫她一聲祖母的。

老太太又看了看杜顯夫婦，那樣老實，跟她叫人打聽來的一模一樣。

「既然來了，就留下吃飯吧。」她吩咐丫鬟叫廚房準備。

從林府出來的時候，天已經黑了，杜顯滿臉笑容，對趙氏道：「看上去老太太好像也挺喜歡咱們小魚的，真是沒有白來呢！這樣就好了，小魚嫁過去至少不會受林家的氣。」

真是天真，杜小魚暗自心想，老太太是沒有辦法才接納他們，主要是因為李瑜的決定，如今和善也是面子上，倘若她以後行差踏錯一步，難保就不會被抓住把柄，到時候又是怎樣一副嘴臉誰會知道？

他們沒有想得那麼深遠，趙氏嘆一聲。「不知道李家……」李源清年紀輕輕已經是縣令，將來恐是要去京城的，杜小魚還不是要一起跟過去？那李家才是最重要的，若是那李夫人難相處的話，也是一件要命的事。

天越來越冷，眼瞅著就要進入冬季最嚴寒的時候，杜小魚擔心這些芸薹熬不過去，想起李源清提到的建議，這日天晴，就叫鄒巒夫婦倆往田裡多多灌水，又在地面鋪上稻草，直忙到天黑才回來。

卻見秦氏竟然在，她忙於鋪子，又村裡縣裡的兩邊跑，平日裡都抽不出什麼空來他們家的。

「嬸子今兒倒是有時間呀？」杜小魚笑著在門口拍了下衣裳，泥灰紛紛落下。

「瞧妳又是一身髒的，不是嬸子說妳，這都要當縣主夫人了，還成天的往地裡跑？」秦氏看看趙氏。「大姊也不說說她，哪有這樣的縣主夫人？到時候嫁過去不就得住在縣裡了，再回來種田得被別人笑話呢。」

趙氏嘆口氣。「她哪兒肯聽，說芸薹才種下的，不敢交給別人去管，非得要自己看著。」她何嘗沒有說過，早在很久前就已經這麼叮囑了，可女兒不聽又有什麼辦法？

去。

秦氏是一片好心，杜小魚也沒有反駁，只笑了笑道：「反正還沒嫁呢，我心裡有數。」

知道她是個有主見的，秦氏也不再多說，吃了些桌面上的點心，臨走時又把杜小魚叫過

她也不知道秦氏有什麼事要說，便跟著來到院門口。

秦氏從袖子裡摸出一個精美的盒子來，只巴掌般大小，但卻是紅木雕刻成的，打開來，裡面擺放著一對漂亮的珍珠耳墜。

那珍珠是淺黃色的，有著極為潤澤的光，個頭也不小，即便杜小魚對珍珠不識貨，也看得出來必是很值錢的，她不由皺起眉，猜測秦氏把這個送過來的理由。

「有次看到就買下了，我自己都沒有捨得戴，如今妳正好要出嫁，嬸子就把它送給妳。」秦氏把盒子往她手裡一塞，眼睛紅了。「眼瞅著妳長成一個大姑娘了，嬸子自己沒有女兒，是把妳當女兒看待的。」她拍拍杜小魚的手。「剛才也沒敢叫妳娘瞧見，依她的脾氣只怕是不肯要妳收的，不過嬸子這些年能過得那麼好，也有妳的功勞在裡面，這東西實在算不得什麼。」

杜小魚聽了不由得感動，秦氏跟她漸漸熟悉其實一開始是從利益開始的，她精明、愛算計，所以杜小魚以為她是有什麼請求才送了耳墜來，卻原來不是。

有些人相處久了，不管之前的目的是什麼，到最後還是會培養出真正的感情。

秦氏見她收了，笑起來，這才轉過身回家去。

杜小魚也沒有瞞趙氏，反正到時候戴上耳墜總會被發現，聽到是秦氏送的，趙氏不禁訝

然。「叫妳出去是送了這個？秦妹子也太客氣了，哪能要這麼貴重的東西。」

「我已經收了，秦嬸子也是誠心誠意送的，要是不收，她肯定會不高興。」杜小魚把耳墜給趙氏看。「真的很好看，我那天就戴這個好了……」

趙氏點點她腦袋。「也罷了，反正她孫子還小，咱們總有還禮的機會。」

就是這個意思，秦氏的孫子才七個月大，以後事兒可多呢，總要他們家幫襯的。

一眨眼，就要到新年了，私塾也給學子們放了假休息，家裡醃製了不少鹹肉燻肉，一排排的掛在屋簷下，滿是喜慶的味道。

杜文濤走過來道：「姊，妳能不能去找找阮姊姊呀？」

怎的會提到阮玉？她問道：「為何？」

「阮哥哥要走了。」

阮信要走？杜小魚一愣。「你親耳聽到的？」

杜文濤點點頭。「是的，阮哥哥過來跟我道別，說他們家又要搬去京城了。」說著表情很是落寞。

兩人的感情越來越好，可阮信說走就走，他一時不適應也是正常的。

只阮玉竟然會回京城，倒是讓人始料未及，不過細細一想，她的鋪子自從被封過一次之後，生意每況愈下，又常常有閒言閒語，做不下去是在情理之中，可她回京城真的只是因為這個原因嗎？

杜文濤這時小大人般的嘆了口氣。「阮哥哥都哭了，好像並不想搬走，姊，妳問問阮姊姊，可不可以不走？」

這又怎麼可能？杜小魚彎下腰撫著杜文濤的頭髮。「文濤，他們要走肯定是有自己的理由的，咱們可不能阻礙別人。你想，咱們大姊不也跟著姊夫去京城了嗎？爹跟娘都沒有留她，更何況阮信還不是咱們家的人呢！」

想到杜黃花，杜文濤清澈的眼睛裡流露出思念之意，他漸漸大了，腦海裡已經可以留下回憶，好一會兒，像是想明白了，才道：「那爹跟娘也是想大姊的是不是？可是又不能叫她不走。」

杜小魚柔聲道：「走了也有相會之日，你再大些就會明白了。」

杜文濤似懂非懂地點了點頭。

第一百零五章

杜顯這日帶著杜文濤、杜清秋去了縣裡一趟，買回來好幾張年畫、春聯、爆竹、點心，還有一些年貨自然也少不了，把車廂塞得滿滿的。

「買這麼多呀。」趙氏笑著瞧了瞧。「是不是清秋嘴饞，要這個要那個的？」她對這個女兒最清楚不過，就是個饞貓，這回纏著要去縣裡，鐵定是要大大滿足一回。

杜清秋嘟著嘴，眨巴著眼睛看著杜顯。

杜顯笑了。「難得嘛，給孩子們樂樂，咱們今年又是大豐收。」他說著把馬兒牽去後院餵草去了，回到堂屋的時候給趙氏說道：「一會兒我提些燻肉什麼的去鄒巒家裡，他們夫婦倆今年挺辛苦的，整天在地裡忙，我看他們也是節省的人，只怕過年都捨不得買什麼好的呢。」

「那當然好，你這些點心也包過去一些，他們家兩個孩子還小。」

杜顯就去準備了，前腳剛走，李源清就來了，也是大包小包的，叫著帶來的下人往院子裡搬。

杜小魚噗哧笑了。「你跟我爹倒是心有靈犀，他才買了一車子回來，你這又送來，咱們都能吃到明年了。」

「那還不好嗎？年年有餘，講究的就是這個。」李源清笑起來。

趙氏叫他過去坐，卻是問起明年二月份成親的事，看著好像還有兩個多月，但一轉眼也就過去的。

「我父親現在在濟南，照如今的形勢來看，只怕明年三月份都回不了京城。」濟南府工部多有貪墨，朝廷這次派李瑜前來調查，其中關係錯綜複雜，不是一時就可以理清楚的，短時間內肯定無法回去。

趙氏就放心了，既然李瑜留在濟南，那成親的事就有人主持了，不然當日他雙親不在的話，指不定就會傳出閒話，說杜小魚不受李家重視，到底是不好的。

李源清帶來的不只有吃食，還有幾樣小玩意兒，白瓷娃娃、木雕玩具……杜清秋拉著他要陪著玩耍，杜文濤又要問他學問。

等到天黑了才散開來。

杜小魚走到院子裡，看著滿天的星光，在這樣熱鬧而又快樂的日子裡，她偶爾也會想起前一世。

李源清上前與她並肩，柔聲道：「妳小時候就很喜歡看星星。」

當初她也曾有很多的夢想，只沒想到會重生在一個陌生的世界，這兒的星空特別漂亮，白天的時候，天空藍得很純粹，她伸手指著一個方向，聲音輕輕地問：「我是那顆星星上面下來的，你信不信？」

他嘴角彎起，伸手環住她的腰。「我信。」所以才會在七歲那年突然變得那麼不一樣嗎？

居然相信？杜小魚想笑，但莫名的又很安心。

李源清問：「以後願不願意跟我去京城？」

冷不丁的這樣問，杜小魚怔了怔，又微微笑。「我不願意，難道可以嗎？」

「可以，如果希望我……」

沒等他說完，杜小魚轉過身來，兩人面對面看著。「我不希望你為我放棄什麼，尤其是你的理想。」

李源清這樣的人又怎會甘於平淡？也許一時願意與她採菊東籬下，可時日久了終究會生出遺憾來，如同她自己一樣，她不甘心依附於任何人，或被別人操作自己的人生，所以，她希望兩人是並肩生長的樹，都有寄託自己希望的一片天空。

那雙眼眸清澈無比，她想得很清楚，李源清心裡不免震動，早就明白她的獨立，卻不曾想過竟是到達這樣一個境界，隱隱的，又覺得有些失落。

可是，不正是因為如此，他才那麼喜歡她嗎？就在於她與別人的不同。

「京城外也有良田，不是嗎？」她又笑著問。

那是願意跟他去京城了？李源清大喜，握住她的手道：「妳要什麼樣的田我都買給妳……」他頓一頓，盯著她的眼睛問。「妳是真心想跟我去？」

「真心。」她認真地回答，李源清既是懷有抱負的，那麼京城是最好的去處，但成親後她不想他們兩地分離，這種時候，總要有一個人妥協，而他已經為她放棄過留在翰林院的機會……

「大姊也在京城呢。」這是第二個考量，其實杜黃花在京城，她也是有些擔心的，去了那邊一家子也可以團聚。

看得出來這也是經過思考的，李源清便放心了，又看看天色。「我該走了，下次得年後才能來。」過年還是留在林府比較好，省得那邊又生出不滿，將來成親了，自是有大把的機會在一起。

杜小魚理解，笑著送他出去。

新年過得順順利利，比起這樣的喜慶，杜顯夫婦更盼望女兒嫁出去的那一天。

到了二月初，天氣漸漸暖了，田裡的芸薹安然度過寒冬，開出了金燦燦的花朵，成為北董村村民從未見過的一道風景。

「這真能煉出油來？」杜顯蹲在地裡，反覆看著芸薹花。

「要等結果了，那東西才能出油。」杜小魚笑起來。「其實跟胡麻一樣的，就是味道……」她說著頓住了，她可不能表現出自己曾經吃過，只撓撓頭。「書上說是差不多的，煉油的話，得問那些師傅了。」

趙氏摘了一朵油菜花別在杜清秋的頭上。「我看就算不能出油，看著也怪漂亮的，咱們村都有不少人來看過了。」

杜顯點點頭。「那倒是，可不是頭一回見嘛。」

正說著話，就見前頭油菜花一陣搖動，有人從裡面走出來，叫道：「叫我一陣好找，妳是杜二姑娘吧，咱們夫人要見妳呢。」

是個陌生的人，小廝打扮，長著一張圓臉，二十四、五歲年紀，杜小魚問道：「你們夫人？」他目光毫不避忌的看過來，她已經極為不喜。

「李府的夫人，你們縣主的嫡母。」小廝語氣極為張狂，頗為瞧不起人。

說的是李源清的嫡母李夫人嗎？杜顯跟趙氏都大為吃驚，沒想到李夫人竟然會從京城過來。

「小魚，快回去換身衣服。」趙氏忙道，未來的婆婆，自然不能穿著隨便就去見了。

杜小魚卻並沒有動，瞅了那小廝一眼問：「我怎麼知道你是不是胡說的？」

那小廝立時大怒。「我怎會胡說？咱們李府的人有必要騙妳？」

「這可說不定。」杜小魚挑起眉。「你倒是拿個憑證出來，李夫人在京城呢！怎麼會突然來縣裡了？」

小廝氣得牙癢癢，聽說三少爺找了個農家女，果然如此，請她去還裝什麼樣子，他氣咻咻地跑回去，不到一會兒領了一個人過來。「你跟她說，是不是咱們夫人要見她！」

是李欽。杜小魚瞇了下眼睛，既然一起來了，為何卻不一起過來？這李欽平常的態度雖然看著還算恭謹，可心裡未必是這樣。

李欽向她行了一禮。「杜二姑娘，確實是我們夫人要見妳，馬車都派來了。」

看來確實不假，杜小魚便回去換了身乾淨素雅的衣服，她心裡其實並不平靜，照理說，李夫人遠在京城，李源清不過是個庶子，其實完全是可以不來的，怎麼還要大費周章的跑一趟？

而那小廝顯然也不把他們放在眼裡，可見李夫人是如何看待他們了，心裡面必是鄙夷不屑的。

趙氏也有些擔憂，當年李源清的娘懷了孩子卻跑來南洞村養胎，可見這李夫人不是個好相與的人，但又偏只請了杜小魚一人前去。

「妳可要謹慎些，別說錯話。」

杜小魚拍拍她的手。「我知道的，娘，不過就見一見，沒什麼大不了的。」

從京城到這兒一個月的路程，可見李夫人剛過完年沒多久就趕過來，也不知是不是收到了這兒送出去的消息，知道李源清要成親才這麼著急？到底是想做什麼呢？

杜小魚上了馬車，猶自還在猜想。

這下可熱鬧了，李源清的父母全都來了，她這個未來的媳婦到底能不能過得了這一關？

老太太雖然心裡極為怨恨，可面子上依舊客氣，命下人好好招待初來飛仙縣，至林府拜訪的李夫人，謝氏。

她是沒想到謝氏會上這兒來，初開始真真是驚詫無比，可後來就想明白了，這個狠毒的女人無非是來看一樁笑話的。當年跟她爭風吃醋的姨娘，生下來的兒子娶了一個農家女，心裡豈會不解恨？

謝氏帶了不少禮物來，擺了滿滿一桌。

兩人沒說一會兒閒話，就有丫鬟前來通傳，說是杜二姑娘到了。

老太太不由擰起眉，謝氏笑道：「一到這兒，我就派人去接杜二姑娘了，老太太莫要嫌我太過叨擾，實在是很想見見未來的兒媳婦。」
表面上的一套全是假的，哪是真把她放在眼裡？老太太眼角溢出一絲寒意，淡淡道：「妳不遠千里過來，她也是有福氣，被妳這麼掛心。」
謝氏笑了。「源清在京城那幾年，我是把他當親兒子一樣看待的，就想挑個十全十美的，他自己眼光又高，我都不知道怎麼辦才好。誰料到來這裡竟就找到合適的了，我也為他高興呢。」
老太太差點氣得甩袖子走人，說來說去都是在諷刺李源清千挑萬選，結果就找了這麼一個門不當戶不對的，如今叫了杜小魚來，還不知要做什麼。
謝氏瞧在眼裡，心想也不能太過分，萬一惹得老太太惱怒，臨時改變主意那可不行，當下又笑道：「能被源清看上的，只怕也有過人之處，不似一般的姑娘，既然老太太跟大君都同意了，我也真的很想見一見。」
老太太腦海裡浮現出杜小魚的樣子，除去家世不說，實在是個聰明人，不然自家那個外孫豈會如此死心塌地？她這大半生識人無數，對李源清自是瞭解的，確實如謝氏所說，絕不會隨便看上哪個，跟二女兒一樣，這李瑜要非已經娶了正室，本該是挑不出任何一點瑕疵的人。
兩個各有想法，丫鬟很快就領著杜小魚進來了。
謝氏長得眉清目秀，像是溫婉的人，只眼角眉梢都帶了鋒芒，就有些氣勢逼人，杜小魚暗道，跟她猜想的一樣，怕骨子裡是個極為強勢的人。

她先後跟老太太、謝氏行了禮，表情平靜，看不出任何的情緒在裡面。

謝氏露出幾分驚訝，趁著杜小魚還沒落坐，她從自己手腕上褪下一個赤金手鐲來，這手鐲做工精巧，鏤空刻著梅花圖案，花蕊又都是各色寶石鑲嵌，端的華貴非常，一看就是出自名家之手。

那麼貴重的見面禮?!杜小魚眉梢微微一挑。

謝氏笑道：「拿著吧，我看妳戴肯定很合適，來得匆忙，也沒有時間去準備。」這本是應當的，長輩見晚輩給些禮物，更何況是未來的婆婆，杜小魚卻用詢問的目光看向了老太太。

她沒有立即去接，即便是如此漂亮的手鐲，謝氏的面皮忍不住有些僵硬。

老太太頓時笑起來。「既然是妳未來婆婆送妳的，還不謝謝她。」是個識時務的姑娘，謝氏再怎麼出自名門望族，將來又豈會真心願意幫助李源清？只有她這個外祖母，才是打斷骨頭都連著筋的人。

杜小魚這才伸手接了，向謝氏斂衽一禮。

謝氏眼眸微微瞇了下，已然清楚杜小魚是不會巴結她的，真看不出來倒有這樣的骨氣！以後李源清就不回京城了嗎？她可是她的婆婆，林家商賈之家算什麼？除了錢，還有什麼？這林嵩也早就不當官了，要回去也不是那麼容易的。

老太太心情稍許好了，對杜小魚也熱情起來，問長問短。

到了午時用飯的時候，李源清才匆匆過來，見過老太太跟謝氏後，就看向杜小魚，後者衝他點點頭，示意安然無恙，他才鬆了口氣。

那會兒得知謝氏來縣裡，他正在審一樁案子，便派了李欽去，沒想到竟然第一天謝氏就急著要見杜小魚。

用過飯，他隨她去了後院賞花，杜小魚掏出那璀璨的手鐲，嘖嘖兩聲。「我未來婆婆真大方，你看看，給這樣的大禮。」賣出去只怕得要幾百兩銀子呢，光上面的寶石都好幾種，閃閃發亮。

李源清冷笑一聲。「她又不缺這些，無非是想看看妳的態度。」

杜小魚把手鐲放回袖子裡，說道：「她看著像是真心實意來主持儀式的，跟老太太問籌辦的聘禮怎麼樣了，我看要不了幾天就會挑來我們家了。」

「那最好不過。」李源清挑眉道：「她是來促成這件事的，絕不會辦砸了。」

跟她想的一樣，看來謝氏真的把李源清看成了眼中釘。

二人說了會兒，李源清道：「我叫周昆送妳回去。」

看來他還要忙公務，杜小魚便去跟老太太還有謝氏告辭一聲回去了。

杜顯在門口左顧右盼，終於等到女兒回來，忙上前拉著她道：「總算到了，妳猜誰回來了？」

他喜上眉梢，還能有誰？杜小魚驚叫道：「是不是大姊？」不等杜顯回答，她一陣風似的奔向了堂屋。

果然是杜黃花，她比離開的時候稍稍胖了些，面色紅潤，看著是過得很好的。

杜小魚撲到她懷裡就撒起嬌來。「大姊，我好想妳啊，妳終於肯回來了！」

「這叫什麼話？」趙氏笑道：「黃花，妳看看，在妳面前她只當自己是孩子呢，都快要嫁出去的人了。」

「是啊，妳要嫁人，我怎麼能不回來？」杜黃花撫摸著她的頭髮，心裡也是起伏不定，雖然只有幾個月的時間，卻像分別了幾年似的，她在京城沒有一日不想念他們，也跟白與時提過想把父母接過來，如今杜小魚要嫁給李源清，將來只怕也是要去京城的，心裡更是激動萬分。

兩人抱了會兒，杜小魚才放開手。「念蓮沒有帶回來？」

「天氣冷，怕她著涼，公公正好染了風寒，婆婆要照顧他，夫君又沒有法子回來……」

古代當官不比現代，尤其是京官，哪是想來就能來的，假都沒法請，杜小魚表示理解，看來這次只有杜黃花一個人回來了。

「妳要多住幾日才行。」杜小魚忙道。

「還用妳說？妳爹早說了好幾遍了。」趙氏掩著嘴笑。

杜顯去廚房忙活了，今日的飯菜肯定極為豐富，其他三人就坐在一處說話。

「那嫁衣真好看，妳倒是做得及時。」趙氏說起嫁衣的事情，她哪兒知道杜黃花早就知道這件事。

杜黃花笑著看了一眼杜小魚。「我就感覺她很快會找到如意郎君，這才趕工做起來的。娘，萬太太怎麼樣？」她去京城始終覺得對不住萬太太，生怕紅袖坊會有什麼損失。

「放心，好得很，妳那徒弟如今在縣裡也是鼎鼎有名了，去她家裡提親的不知道有多少。」說的是毛玉竹，杜黃花的兩個徒弟之一，她學到了精髓，已經能在坊裡挑起重擔。

「這就好了。」杜黃花舒了一口氣。

「姊夫的官做得好不好？」杜小魚這時問道：「妳可有認識什麼官太太？」

杜黃花聽到這個不免洩氣，幾個月工夫，不知道多少人來相請，一會兒去這家，一會兒去那家，那些官太太都是八面玲瓏的，不比縣裡一般的太太，她這點功夫都不知道怎麼應付才好，偏又不好拒絕，只能硬著頭皮去。

杜小魚不由擔憂，果然如她所想，杜黃花並不適應那裡的氛圍，她到底還是單純了一些，哪兒比得上有些人，都是大家族裡從小耳濡目染，爭鬥長大的。

「要是妳來京城的話，那就好了。」杜黃花握住杜小魚的手。

趙氏看到姊妹倆相視而笑的樣子，也高興地笑起來。

過不了幾日，李家就來下聘，把新整理出來的兩間屋子擠得滿滿的，其中最引人注目的是一對美麗的白鹿。

白鹿自古被視為祥瑞，乍一看到，杜家的人都很驚訝，前來圍觀的村民也嘖嘖稱奇，後來才知道，是李源清數月前捕獵來的，已經養了一段時間，就是想給杜小魚一個驚喜。

這份心思不由讓人豔羨，個個都說杜小魚有福氣，才能當上縣主夫人。

自此後，來家裡賀喜的人絡繹不絕，雖然此前也有不少，但聘禮都下了，這門婚事自然不會輕易改變，本還有些猶豫的人也就沒了顧忌，懷著各種心思上門來，馮夫人就是其中一個。

她原本想著可以依靠老太太跟林氏，把自家女兒嫁給李源清，誰料人算不如天算，她雖然心裡嫉妒不已，可夫君能得到升遷，也是託了李家的關係，再怎麼樣都不能破壞兩家的來往。

見到馮夫人，趙氏都不知道怎麼招待，家裡頭可是頭一回來這樣的官太太。

馮夫人是個善於交際的，見杜顯夫婦有些拘謹，就只坐了會兒，讓人送上兩罈美酒就告辭走了。

這酒應是第一次去馮府，說起是麒麟山的白師傅釀製的，想想也來得不容易，可馮夫人親自上門，再怎麼說也不好推託掉，官場就是這樣，禮尚往來，要想清清靜靜獨守一方地只怕很難。

杜小魚仔細收拾那些禮物。

有些是要退回去的，有些可以收，有些根本就不清楚是誰送來的，趁著人亂就遞過來，回過神人影都不見一個了。

杜顯也幫著整理，打開一個錦盒的時候，忽地叫道：「這、這、這麼貴重的禮！」

杜小魚忙湊過來看，也是震驚萬分，錦盒中赫然擺著一串瑩光圓潤的珍珠項鏈，顆顆珍珠都如同大拇指頭般大小，拿起來細看，絲毫瑕疵也無。

應是上好的南珠，一顆完好的都難求，別說一串了！

「這誰送的？」她忙問道。

杜顯撓撓頭，很疑惑。「之前沒主意，也是才看到的。」他皺著眉想了一會兒，還是想不起來是誰把這錦盒送來的。

這幾天迎客送客，把頭都弄暈了，有個做官的親家和女婿，真真也不是件輕鬆的事情。

「裡面有張名帖。」杜顯找了出來遞給杜小魚。

寫的是一些恭賀的吉祥話，落款陳功，杜小魚不認識這個人，忙問其他幾人認不認識，結果都在搖頭。

奇了怪了，杜小魚皺起眉，這樣價值不菲的珍珠項鏈，總不會是送錯了，可是他們家沒有一人是與這個陳功認識的，究竟怎麼回事？

她越想越是驚疑，莫非是李家那邊的人？可若是這樣，該去李家賀喜才對呀！

杜小魚把珍珠放回錦盒，跟杜顯說道：「明兒爹去一趟縣裡，把東西交給二哥吧。」

「說的是，來歷不明的東西不能收。」杜顯連連點頭。「我起早就送去，好讓他查查到底怎麼回事，這陳功又是哪兒冒出來的。」又笑著說到杜小魚的嫁妝。「那邊家具也差不多都打好了，說明天就陸續送過來。」

「倒是及時。」趙氏笑起來。「我還真怕來不及呢。」

第一百零六章

杜顯第二日果然一大早就去縣裡了，李源清看到珍珠項鏈時也是吃了一驚，顯然並不認識叫陳功的人，不過還是叫杜顯不要擔心這件事，他會妥善處理。但後來也沒有提。因為婚事已近，兩人也避諱見面，所以杜小魚並不知道這件事是怎麼處理的。

二月二十日，趙大慶夫婦過來了，家裡又是一團熱鬧。

再過兩日她就要出嫁，杜小魚心裡也越來越緊張，雖然兩世為人，可到底是她第一次嫁人，總覺得未來還是有些模糊，因為沒有親自體驗過嫁作人婦的生活，更何況，還是在這樣一個時空。

她拿起一些乾草餵兩頭白鹿，心思早不知道飄到哪兒去了。

杜黃花在身後笑道：「看妳神不守舍的，放心，文淵一定會好好待妳。」

她臉微微一紅。「我又不是在想這些。」

「那在想什麼呢？」

杜小魚側頭認真地看著杜黃花。「姊成親後比在家中更幸福嗎？」

杜黃花一愣，轉而笑道：「怎麼會問這樣糊塗的問題？自然是一樣的，在家中，做爹娘的女兒很幸福，嫁給妳姊夫了也一樣好。」

「那是姊夫人好。」她撇撇嘴。「而且妳公公婆婆也不是很難纏的人。」

杜黃花笑起來。「妳在擔心李家、林家？」

杜小魚不置可否，看著那一雙白鹿睜著天真無邪的眼睛，嘴角一挑，也虧得他想出來送這個，倒確實令人喜歡。

「看，文淵多明白妳，以後就算有什麼難處，只要妳同他說，還不是手到擒來的？」

「妳就會幫著他說話，爹跟娘一樣，將來他若是欺負我，妳也站他那邊嗎？」杜小魚嘟起嘴。

杜黃花忍不住掩嘴笑了。「我看只有妳欺負他的分。」

兩人正說著，就聽到趙氏的聲音響起來。「你們都給我走！東西拿回去！」

又是來了什麼人？姊妹倆互看一眼，匆忙忙跑到前院。

竟是許久未見的杜翼跟他媳婦吳氏。

自從李源清的身世被揭曉，杜家又有縣主庇佑之後，祖母那邊就一直未有消息，也從來不曾往來過，誰想到這會兒竟會過來。

杜翼哭喪著臉看向杜顯。「大哥，你真不認我這個弟弟了？咱們也知道錯了，所以才想著……」

「知道錯就該走，杵在門口幹什麼？」趙氏不讓他們進門。

吳氏只是哭，又可憐兮兮的看著趙氏。

杜小魚走過去對趙氏道：「娘，您可千萬不要心軟，都是些不著調的，若是讓爹認了，以後指不定會惹來什麼麻煩。」

趙氏微點了下頭，杜顯心善，如今日子又好過了，早前也聽到李氏那邊境況不太好，田地賣出去了好幾十畝，又有個敗家的杜堂，他面色看起來都有幾分猶豫了。

她上前輕聲提醒道：「他爹，你別忘了當年杜堂做了什麼事，他可是要害小魚性命的！後來那邊求上門，咱們也沒有搭救，他這樣狠毒的人會不報復？你要是認了這個三弟，那二弟呢？你認不認？」

這些話如同巨鐘撞向杜顯的胸口，他身子一震，是啊，杜堂竟然連侄女都要加害，這種畜生怎麼能容忍？

他立時露出怒容。「你們再不要來這兒，不然我一樣打你們出去！」說罷轉身就往裡屋去了。

看起來真的再也難以挽回，杜翼倒退兩步，神色頹然，沒想到這個懦弱好欺的大哥，居然能過上如此好的生活，女兒嫁給縣令，親家是京城二品大官，多麼的風光！可惜這些風光，他們家一絲一毫都沾不到。

他們都看走眼了，假設可以預料到這一天，當初怎麼也不會這樣對杜顯，可如今後悔也來不及了。

見他們不甘心地慢慢走遠，趙氏鬆了口氣。

杜顯既然已經表明立場，在這當口，想必李氏也應該明白，他們兩家再沒有和好的可能。而什麼不孝的罪名他們也不敢胡亂去說，向來民不與官鬥，哪個有這樣大的膽子？

杜黃花微微嘆了口氣，想起那最初幾年的艱辛，眼睛不由發紅，幸好最後都熬過來了。

陸氏生怕這件事影響他們的心情，笑著上去拉杜小魚。「聽說黃花給妳做的嫁衣漂亮得不得了，快拿來給我看看，還有鞋子，也是她做的吧？」

杜小魚笑了，她才不會被那些人壞了心情呢。

「鞋底是娘納的，跟白嬸嬸專門學來的功夫呢，又輕又軟，鞋面是姊姊做的，繡了並蒂蓮花。」

「哎喲，真要好好看看，我也要跟妳娘學學，到時候給小梅做一雙。」陸氏笑咪咪道。

杜黃花也笑起來。「娘，咱們也一起去，我給小魚挑個合適的胭脂，聽說那個全福太太是很懂這些的，把首飾也都準備好。」

趙氏點點頭，兩人說笑著也進去了。

出嫁那日，有兩個全福太太陪在房裡，一個是吳大娘，還有一個是老太太請來的，姓柳，年紀比較輕，才二十五歲左右，聽說育有一兒一女。人長得珠圓玉潤，看著就是很有福氣的樣子。

她果然很會打扮，杜小魚平日裡幾乎是不上妝的，被她一番修飾，極為明豔照人，穿上那件嫁衣後，整個人更是像天邊的紅霞一般耀眼了。

「難怪老太太說妳是個聰明的，人道秀外慧中，果然不錯。」柳氏在她頭上兩側各插了一支石榴簪子。

老太太私底下還誇過她嗎？杜小魚微微一笑。

此時外面已經響起鑼鼓聲，迎親的隊伍已經到了。

吳大娘掀開門簾，叫趙氏進來。「都已經準備好了，妳們娘兒倆再說說話。」

要說的早已經叮囑過很多遍，趙氏如今只覺得滿腔的離愁，雖說嫁過去也是在縣裡，可終究是不在自己家裡住了，眼淚就一連串的落下來。

「今兒可是好日子。」吳大娘輕拍著她的背。「又是嫁去縣裡。」

趙氏抹著眼睛。「我是太高興了。」

杜小魚看著趙氏跟杜黃花，眼睛也是一紅，心裡起伏不定，時間過得那樣快，一眨眼竟過去了那麼久時間。

她來到這個時空原來已經快有九年了，中間的風風雨雨卻恍若只在昨天。

「小魚，妳要孝敬公婆……」趙氏也不知道該再說些什麼。

杜黃花笑起來。「娘，您昨兒個晚上都不知道說了幾次了，小魚哪會不明白？」

柳氏聽得直笑，把紅蓋頭給趙氏。「趙大姊，妳來給她親手蓋上。」

那紅蓋頭像一朵雲彩般覆蓋下來，杜小魚眼前立時一片漆黑，再也看不見東西，但外面熱鬧的聲音清晰的傳入耳朵，那鑼鼓聲、恭賀聲，連綿不絕。

盧德昌在門口道：「新郎官進門了。」

吳大娘忙拉著趙氏出去，笑道：「還不去受妳女婿的大禮。」

杜顯坐在椅子上，跟趙氏相視而笑，接受李源清的拜禮。那一聲岳父岳母，真是教二人心裡百轉千回、感慨萬分，這是從沒有預料到的結果，卻也是最好最完美的結果。

過了一會兒，門就被推開了，柳氏扶著杜小魚站起來。「小心些，慢慢走，這就要出去了。」

又是一陣鞭炮聲響，鑼鼓齊鳴，杜小魚坐在轎子裡，杜文濤幾個人拿著茶葉，米粒往轎子頂上拋撒，又送轎子走了好遠才返回家裡。

以後就是她一個人的路了，杜小魚的手微微握緊，但聽到前頭的馬蹄聲，像想李源清騎在馬上的樣子，心裡又放鬆下來。

雖然沒有親人陪在身邊，可從此以後，卻也多了一個人陪伴。

轎子沒有立即行往住處，而是繞著飛仙縣走了一圈，縣裡的人都知道今日是縣主的好子，萬人空巷，都跑出來湊熱鬧。一路喜錢也撒了不少，等來到府邸的時候，天都已經微微黑下來。

縣衙官邸處處張燈結綵，柳氏是跟著一起去的，此時又扶著杜小魚從轎子裡下來，引領她跨過一個紅漆的木製馬鞍，走上鋪在地上的紅毯子，前往喜堂進行拜堂儀式。

李瑜跟李夫人早就坐在那兒等候了，這次的成親儀式比起李家本應該的陣勢，那是簡單了很多，一來，這不是在京城，前來參加的客人少之又少；二來，杜小魚家又不是官宦人家，也不曾想要多隆重，只按照縣裡的規格來辦。

但跟尋常的人家比，已經很奢華。

杜小魚什麼也看不見，只聽著耳邊柳氏的指引把拜堂的儀式認認真真做完，然後握著紅綢的一端，跟著去了洞房內。

她坐在床上，周圍終於安靜下來，柳氏笑著把小巧的銀秤遞給李源清道：「大人該挑蓋頭了。」

她忽然又緊張起來，正待調整下表情，眼前卻是一亮，抬起頭，與李源清的目光對個正著。

臉頰紅得好似火一般，侷促不安的神色極為少見，李源清開懷地笑了，看來她同他一樣，並不是那麼放鬆的。

柳氏叫早就等候在門口的丫鬟，端進來一碗蓮子湯圓。

「大人跟夫人早生貴子。」她笑咪咪道。

杜小魚從袖子裡摸出一封紅包給她，兩人把吃食分了，柳氏就先領著丫鬟出去。

看著房門關起來，杜小魚緩緩吐了口氣，頓時覺得頭重得不得了，那些貴重的首飾插在頭上，又梳了一個高髻，身上都出汗了，實在是很不舒服。

見她這個樣子，李源清道：「妳先洗個澡，我還要出去一趟。」又頓一頓。「外面兩個丫鬟叫青竹、彩屏，是祖母叫來服侍妳的，先用著吧，妳對這兒也不熟悉。」

杜小魚點點頭，見他要出去，不由得叮囑道：「你少喝點。」印象裡，李源清酒量很差，跟杜顯是一樣的，一個不注意就能醉得不省人事。

他回過頭，挑起眉道：「這個時候我豈會喝醉？妳好好等著，別睡著了。」出去又跟丫鬟交代兩句，這才走了。

杜小魚把嫁衣脫下來，坐到梳妝檯前，正要自己卸下那些首飾時，丫鬟敲起門來。

見她自己在動手，彩屏忙迎上去。「夫人怎麼不喊奴婢們？」

杜小魚又不習慣有人伺候，當然不會喊了。彩屏手很靈巧，很快就幫她把那些首飾取下來，又把一頭烏黑的頭髮梳理得很順暢。

「水已經幫夫人備好了，剛才少爺吩咐的。」

淨洗房在臥房的西側，杜小魚跟著走過去，往裡面一瞧，倒是很簡單很清爽，除了一個桐木架放著洗臉盆，還有四側小屏風之外，就只有一個原色的大木澡盆。

因為天氣冷，屋裡燃著炭，而澡盆裡早已經放滿水，水面上竟然還漂浮著好些或淡黃或粉紅的梅花花瓣，香氣四溢。

「這打哪兒來的？」杜小魚奇道。

彩屏笑起來。「後院就種著幾棵梅樹呢，想著太太應該會喜歡，奴婢就去摘了來，都洗乾淨的。」

是個很會做人的丫鬟，杜小魚細細打量她兩眼，長得極為漂亮，即便是在老太太那一干亮麗的丫鬟之中，相比起來，都稱得上是很好的，而且一雙眼睛少見的清澈透亮。

旁邊青竹見杜小魚只看彩屏，嘴角不由撇了兩下，上前道：「奴婢伺候太太寬衣吧。」

杜小魚忙擺手。「我自己來，妳們都出去。」

她不是官宦人家長大的，農家的女兒做什麼事不是自己動手？如今雖說嫁到李家來，別的還能適應，只這洗澡，她一時還真難以接受。

兩個丫鬟互相看一眼，杜小魚坦白道：「我真不習慣，不是嫌妳們服侍不好。」

彩屏這才笑起來，拉一拉青竹。「那奴婢們就告退了，若是夫人再要熱水，吩咐一聲就好了，奴婢們就在外頭。」

杜小魚點點頭。「好。」

水溫稍許有些燙，但在這個時節正合適，杜小魚泡在熱水裡，好一會兒才慢吞吞出來，換了身衣裳，仍是正紅色的，只比起嫁衣來，裁剪繡花都簡單得多。

青竹拿著一塊乾手巾給她抹頭髮。

比起彩屏的容貌，青竹顯然普通許多，但看起來還算乖巧。

「夫人要不要吃些東西？」彩屏過來體貼地問，剛才只喝了一碗蓮子湯圓，想來也不會飽的。

杜小魚這才覺得果然有些餓，笑著點點頭。

「廚房準備了，這就給夫人端上來。」

幾個精緻的小菜，一大碗公的人參雞湯，因為時候已經不早了，杜小魚也不想積食，便稍稍用了些。

正漱口的時候，李源清回來了，身上一股濃重酒味，但眼睛很亮，看上去沒有喝醉。

「打水來。」李源清剛坐定，就吩咐兩個丫鬟。

彩屏應一聲出去了，青竹待在屋裡頭，像是猶豫會兒，才上來說道：「少爺要不要吃些東西？夫人才用過的，廚房也還有剩餘。」

「不用了。」李源清淡淡道。

杜小魚笑著看看他。「你如今也會喝酒了不成？還是偷偷服了什麼醒酒的東西？」那酒味聞起來，也像是喝了不少。

李源清看了青竹一眼，後者忙躬身退下去，他這才上來抱起她坐到床頭。「妳猜對了，我事先服了醒酒丸。」他慢慢撫上她臉頰，除去了妝容，那張臉仍然很吸引人，怎麼看也看不夠。

那目光那樣專注，杜小魚的臉紅起來，想起這是洞房之夜，心裡不由一陣躁動。

兩人的呼吸都變得沈重，李源清聽到外面有聲響，知道是送水過來，才忍耐住衝動，直起身道：「我去洗澡。」

夜還長，也不差這一會兒工夫。

杜小魚雙頰早就緋紅，正要解了外衣躺進被子裡去，卻聽到西側間青竹的聲音，請示李源清要不要她伺候。

她的眉毛挑起來，興許真是大戶人家的規矩，哪怕主子是男人，居然也有丫鬟服侍。

幸好李源清從小在農家長大，就算在京城待了幾年也沒有染上這種習慣，要不是老太太派了丫鬟來，他身邊是從不帶婢女的。

果然他拒絕了，杜小魚躺在被窩裡，只看到滿眼的紅色，紅色的床幔、紅色的被子、紅色的枕頭花……

李源清把門關上，看到她已經躺在被窩裡，不由笑起來，坐到床頭調侃道：「妳就這麼急？」

杜小魚哼了一聲。「你不急，那你在外頭坐著，別進來啊。」

他聽了嘴角一揚，伸手就把被子掀開來。寒意頓時湧進來，杜小魚剛想搶被子，卻被他一把抱了起來，放在腿上，沒等她說話，唇就被堵上了。

深深淺淺的舔舐吸吮，讓她心頭一陣激盪，只覺得渾身都開始發熱。

他懷抱裡的身子漸漸變得柔軟，像灘水一般，他抬起頭來，又認認真真看她一遍。

這當口卻忽然停止了，杜小魚揚起眉也看著他。

他伸手撫摸了一下她的唇，低低笑道：「我發現我真的很喜歡妳。」即便如今已算得到了她，娶她為妻，可是心裡那種珍視一絲一毫都沒有減少。

她聽了，心裡蕩漾起綿綿的暖意，摟住他脖子軟聲道：「那你可要好好保持，若是哪一日這話不作數了，我就……」

「沒有這一天。」他眼裡情意濃重，說得既堅定又決然。

她嘴角彎起，撫摸著他的臉，見過多少情到濃時情轉淡的例子，不說永遠，就算是十年也未必可以堅持，不然又豈會有七年之癢這一說？可是，看著他的眼睛，她的心是歡愉的，那精緻的五官也總是看不夠。

以後的事又何必去想？這一刻，她寧願自己是個單純至極的人，寧願自己全心全意的去相信他說的話。

洞房花燭夜，是人生新的轉捩點。

第一百零七章

杜小魚是被他吻醒的，睜開眼的時候，只覺得渾身都隱隱發痛。

昨晚上到底是什麼時候睡的？她已經記不得了。

李源清怕弄疼她，也不知道做了多久的前戲，他進入的時候，好像還聽到外面的雞鳴聲？杜小魚抿著嘴笑起來。

他真的疼惜她，這一點讓她很滿足。

「還疼不疼？」他關切地問。「要不是第一天……」

她笑道：「沒那麼疼的，時候不早了吧？總不能叫公公婆婆等。」李瑜跟謝氏都還在府裡呢，新婚頭一天，禮數肯定要做足。可一等坐起來，就覺得哪兒不對，才發現自己赤裸著身子，立時臉就紅了，忙找被子。

李源清笑著看她。「還遮掩什麼，昨兒早看夠了。」

這是下意識的動作好不，杜小魚白他一眼。「你幫我把衣服拿過來。」

「哪一件？」李源清打開木櫃門，裡面全是新做好的衣服，各種顏色都有，看得他眼睛都花了。

男人不像女人，也就寥寥幾種顏色，他自然是不懂的。

杜小魚看他這個樣子，噗哧笑起來，也不顧光著，自己跑過來挑了兩件，迅速地穿好，這才叫兩個丫鬟打水進來用以洗漱。

「夫人，您今兒想梳什麼髮髻？」彩屏見她坐在梳妝檯前，好似在猶豫的樣子，便走上前去。

如今已經是婦人，不若少女，又是要去拜見公婆，倒不好隨隨便便梳頭，她問道：「妳會梳髮髻嗎？」

「會，老太太專門叫我跟著王媽媽學的。」

也不知道王媽媽是誰，大概是在梳頭方面有本事的人，杜小魚點點頭。「那妳給我梳吧，合適的就行。」她也不清楚這些髮髻，只知道很麻煩，要她自己動手，就只會紮個馬尾或者弄個雙髻。

彩屏倒是手巧，只一會兒工夫就梳了個朝雲近香髻出來，又詢問杜小魚，給她插了一對金華簪，耳飾是一對赤金蝴蝶。

臉上薄薄施了一層粉，比起往日，整個人顯得多了幾分端莊。

李源清撇過來一眼，眉頭微微一擰，他還是喜歡她平日裡的樣子，簡單又清爽，不過要去給爹娘請安，倒是必要的。

李瑜跟謝氏也剛到堂屋，李源清拉著杜小魚，跪下給二人敬茶。

李瑜這是第一次看到杜小魚，倒是跟他想像的不一樣，這般打扮下來，也頗有大家風範，想起李源清拿來的那串南珠項鏈，他表情便親切了一些。

看來杜家的人品也還是不錯，若是平常人，只怕看見這樣貴重的禮物早就起了貪心，豈還會願意拿出來？

這可是別人的賄賂品，當初他沒有收，那人就把那串南珠當賀禮送去給了杜家，幸好杜家的人沒有拿，及時送過來，他才能還給那人，保住了清名。

小魚此刻也看清楚了李瑜的容貌，果真跟李源清很是相像，即便年紀大了，可依然是丰神俊朗，魅力不減。

謝氏笑咪咪的叫下人取了見面禮給杜小魚。「老爺，我越看這媳婦越喜歡呢，源清眼光真不錯。」

杜小魚接了錦盒，道了聲謝也不再多話。

李瑜笑了笑。「你們也別拘謹，都坐下吧。」

兩人便坐下來，李瑜問了杜小魚一些家裡的情況，那邊席面都已經擺好，四人便又一起用了早飯。

「一會兒去看看你外祖母。」李瑜說道。

這是應當的，李源清應一聲。

謝氏這時說道：「我這回來得匆忙，家裡有些事情都還擺著沒處理，只怕明兒就要趕回去了。」如今李源清娶了杜小魚，她心裡自是放心了，又留在這兒幹什麼？

李瑜心知肚明，卻笑著道：「夫人辛苦了。」

謝氏看他一眼，問道：「那老爺何時回京城？」

「尚不知。」李瑜嘆口氣。「我明日也要去濟寧縣一趟。」

李源清聽了挑一下眉頭，看來這次貪墨的事情牽扯甚廣，居然要去濟寧縣？他並不作聲，跟杜小魚用完飯，兩人就告辭去了老太太那裡。

坐在轎子裡，杜小魚笑起來。「看來我這個媳婦當得還是挺輕鬆的。」過了這日，公公婆婆都走了，她可不是樂得逍遙？

李源清捏一下她的臉。「妳就等著這個呢，是不是？」

她嘻嘻笑。

「那我哪日真要去京城，妳可不是又要煩惱了？」

這倒是，杜小魚果然擰起眉，不過那是兩年以後的事情了，誰知道那時候的心情又是如何？她笑道：「咱們明兒去哪兒玩玩？」成親當然要度蜜月了，過了幾日就是三月，陽光明媚，正是踏春的好時節。

李源清露出幾分歉意來。「有幾件案子壓著一直沒有審，不能再拖了。」

成親居然連個假期都沒有？杜小魚哀嘆一聲。

他把她摟入懷裡。「妳急什麼，以後每逢休沐，我都帶妳去玩，行不行？」

她這才又笑了，點點他額頭。「還是公務為重。」

來到林府門口，兩人下了馬車，守門的小廝領著進去，到了內院，彩玉笑著迎上來。「老太太今兒很早就起來了，就等著你們來呢。」

進去又是一番跪拜，杜小魚也隨著李源清叫老太太祖母，林嵩也在，便叫他舅父。

「你娘打算留在這兒幾日？」老太太寒暄幾句就問起這個來。

「明兒就要走了。」李源清答。

老太太不由得冷笑一聲。「倒是匆匆忙忙。」又看一眼杜小魚。「我那兩個丫頭伺候得如何？若是不好，妳儘管跟我說。」

「都很好。」杜小魚笑了笑。

「現在不比往日，妳也是縣主夫人了，身邊總要有人伺候，不然還跟以前一樣，別人只當咱們家連個下人都用不起。」老太太又頓一頓。「以前源清在那裡住著，都用長隨小廝，可如今添了女主人，總是不方便的，都要換了才好。」

男女授受不親，杜小魚如今也住在官邸，那些小廝再出入內院確實是不妥的，李源清笑道：「還是祖母想得周到，是應該換一些人。」

老太太滿意地點點頭。「我這兒還有幾個丫頭，都是乖巧聽話的，妳看著安排吧。」這話是衝著杜小魚說的。

要她安排？

捫心自問，她一點兒也不喜歡周圍被丫鬟圍著，可眼下的身分卻是必須要適應起來的，當下也只得應一聲。

老太太朝身後看一眼，立時有四個丫頭齊齊走上來。

李源清這時卻道：「都是祖母喜歡的人，還是留在祖母身邊吧，要換人也不急，可以找牙婆挑些合適的再買。」

還是他反應快，杜小魚嘴角微不可察地翹了下。

老太太略有些不悅，林嵩見狀說道：「源清說得也有道理，這些丫鬟都跟著娘多年了，也清楚娘的喜好，已經送給他們兩個了，其他的，娘還是留著自個兒用吧。」

「也罷了。」老太太揮揮手。

有兩個丫鬟就露出失落的神色，杜小魚來自農家，根本就沒有帶什麼陪房丫鬟，她們若是去了，自然是有機會做通房的，倒是真的便宜彩屏跟青竹了。

又陪著老太太說了會兒話，兩人才告辭回去。

杜小魚看著老太太送的一對碧玉手鐲，問李源清。「真的要去買丫鬟？」

「當然。」李源清道：「像以前的廚房都是用的男僕，如今自然要換丫鬟了。」又看看她的臉色。「妳自己去挑選合適的，不用來問我。」

杜小魚想了想，點點頭，現在還不清楚彩屏跟青竹的人品如何，倒是臥房確實要人服侍，比如要用水什麼的，叫個男僕肯定不行，既然一定要用丫鬟，那肯定要挑個自己看順眼、品行又好的。

還是抽個時間去牙行看看。

杜黃花住了幾日，看她安好就放心地回京城去了，杜小魚沒有公公婆婆管束，除了隔幾日去林家老太太那裡請安一回外，過得算是極為愜意。

這日，杜顯駕著馬車來縣裡，杜小魚跑出來迎接，看到院子裡堆滿了東西，不由得嗔道：「爹也不嫌麻煩，這兒哪樣買不到，還要專程送過來。」

「妳娘說了，妳是不當家不知柴米貴，以後跟女婿兩個人過日子，家裡的事情都是妳要操心的。」他笑著看下人把東西搬進倉房。「再說，都是自家田裡種的，何必要去買，不是浪費錢財嗎？妳走了，家裡幾個人也吃不光。」

杜小魚就笑起來，又問家裡的境況，她不在，那些看管的事情就落在杜顯的身上，什麼兔舍啊、草藥田啊、芸薹啊，都得他親自去照看。

「妳放心，好得很，他們都有經驗了，也累不到我。妳娘說了，叫妳不要掛心家裡，若是有事，咱們自然會告訴妳的。」

杜小魚點點頭，又留杜顯用了頓午飯，見過女婿一面之後，他便又回去了。

「要不妳去那邊住幾天？」李源清翻著書，忽地抬起頭說了一句。

她微微一愣。

「我看妳心神不定的，可是想家了？」他目光柔和。「難道還有什麼不能跟我說的？」

確實是第一次離開家那麼久，杜小魚笑了笑。「我回去的話你怎麼辦？」最近這些天，都是她在處理家裡的瑣碎事，大到添置各房物件，小到每日裡的菜式，都是仔細想過的。

李源清放下書，攤一下手道：「妳看我像沒了妳不能活的樣子嗎？」沒娶她之前，還不是這樣過來的。

她噗哧笑起來，繼而又瞪起眼。「那我走了，你一個人是不是覺得很快活？」

「這又是什麼話？」李源清揚了下眉，伸手去點她的額頭。

不過是說來玩玩。杜小魚笑了一陣，說道：「那我明兒回去一趟，主要還想看看芸薹呢，若是順利的話兩個月就能收下來。其實我還是挺擔心的，要是中間生了什麼怪病出來……但也能積累經驗，一帆風順也不是好現象。」

李源清唔了一聲，兩隻手環住她的腰。「也不用太在意，不成的話明年再種就是，多學到經驗才是對的。要不我給妳找兩個懂農事的來看看？」他是縣令，一縣之長，除了審案，平日裡還要考察當地民情，地理、物產、農政自然也是要管的。

「你認識會種芸薹的嗎？」杜小魚驚喜道。

「認識的話，我今年就會勸農民試著種植了，豈會等到現在？」

倒也是，杜小魚聳聳肩。

「三里村妳知道的，那邊有兩個在村裡很有影響力的人，對農事極為瞭解，村民要種什麼都會去詢問，功勞也是有目共睹。三里村每年賣出去的糧食在整個縣裡是最高的，可見其豐收情況。」

「那自然好，你可要記得。」杜小魚高興的笑起來，如果是經驗十分豐富的，就算遇到突然的情況，應該也能想出應對的法子。

兩人正說著話，外面青竹敲了下門，說是牙婆來了。

杜小魚前幾日找牙婆說了想找幾個丫鬟的事，牙婆沒想到縣主夫人會親自登門，當時就說沒有合適的，耽擱了一陣，現在竟然天黑了找上門來。

「帶了好幾個丫頭，在門口等呢。」青竹頗為抱怨。「我讓她明兒再來，偏不肯，說已經遲了好些天，怕耽誤了夫人用人，奴婢沒法子這才來問問的。」

彩屏立在旁邊，卻是沒有說話，只瞥了青竹一眼。

「那妳帶她去堂屋等著。」杜小魚站起來，見彩屏要收拾桌上的茶盞，便叫一聲道：「先放著，妳也來。」

青竹立時怔了怔，咬了下唇轉身出去了。

這段時間，杜小魚都看著，彩屏雖然長得出眾，可一點也沒有仗著這個優勢做出任何出格的事情，服侍也極為周到，會看人眼色，比如從來不曾提過要值夜，倒是青竹提過幾次，說要是晚上有需要，叫她們的話會比較方便。

不過她還是採用了青竹的意見，現在那二人輪流睡在耳房裡，彩屏給人的總體感覺，就是不卑不亢。

看得出來，她好像並無意做什麼通房丫鬟，當然，也可能是她掩飾得好。

杜小魚剛坐下，牙婆就帶著一排丫頭進來了，先是給她磕頭，又叫著那些丫頭也磕頭，才笑咪咪說道：「因為是服侍夫人的，所以都精心挑選來，花費了不少功夫，只願夫人能看得入眼，也就是她們的造化了。」

那牙婆四十歲左右的年紀，青色串花褙子、褐色長裙，打扮算是得體，長得也是慈眉善目，倒是不令人討厭。

「都抬起頭叫夫人看看。」

有兩個丫頭身子立時一抖，抬起頭來，其他的也都慢慢抬頭，但都不敢直視杜小魚，眼睛看著地面。

「窮苦人家出來的孩子，沒見過世面。」牙婆忙解釋兩句。「以後跟了夫人好好調教都是好的，奴家敢保證那全都是身家清白的。」

杜小魚笑笑，走近兩步，仔細瞧了瞧幾個丫頭，全是十三、四歲左右的年紀，五官都長得不錯，就是有兩個面黃肌瘦，看著就像是沒有吃飽過飯的樣子，立時心裡就有些不好受。

許是家裡養不起了才把女兒賣給牙婆，給有錢人做丫鬟。

若是她不買，也不知道落到哪戶人家去，她站在一個丫頭面前，問道：「妳叫什麼？住在哪兒的？」

「回、回夫人，奴婢、奴婢……」抖得話都說不出來。

牙婆皺了下眉，沒想到杜小魚第一個居然看中她，便說道：「回夫人，這丫頭叫何菊，是三里村的。」

三里村？剛才還提到過呢！杜小魚又看了一眼怯生生的何菊。「妳家裡還有什麼人？」

「她爹好賭，欠了一身的債，還不起才賣了她的。」牙婆見杜小魚老是看著何菊，便又道：「夫人上回不是說打算添置四個丫鬟的？」

杜小魚點點頭，把人看完了，叫那牙婆把所有丫頭的名字拿來，然後叫著在外面等。

她隨後就寫下四個名字遞給彩屏，又抽出張銀票來。「妳去跟牙婆說，叫她不必見我了。」

那四個丫頭分別叫張曉紅、董翠芬、何菊、楊秀珠，她安排了一下，張曉紅跟楊秀珠身體看上去比較壯實些，就去了廚房做粗使丫鬟，何菊跟董翠芬則專門負責清洗衣物，打掃院落。

第二日，杜小魚一大早便回家了。

見到她來，杜顯驚訝得很，昨兒個才去送東西的，沒想到這就過來了。

「我是來看看那些芸薹的，這春天容易生蟲呢。」有這麼一個理由，趙氏總不會說她，不然又得講些什麼大道理出來。

「我都灑了除蟲的水了，沒事兒，再說，鄒巒夫婦倆天天都會看著，要是有一隻蟲子，都得除了。」杜顯笑道：「兔舍也好好的，今兒才拿出去六隻，對了，百繡房的管事讓人帶話，說有個客人在她那裡訂製了衣服，要用到藍兔皮，說想買五張，我正要去準備。」

藍兔子數量一直不多，長期處於供不應求的狀態，所以價格也昂貴，杜小魚想了想道：「等這筆生意做完暫時不賣了，之前不是有好些人想買這種兔子嗎？等多生些出來，咱們就只賣種兔。」

「為什麼？」杜顯吃驚道：「那以後藍兔皮豈不是慢慢就不值錢了？」

杜小魚一笑。「吃兔肉的人也越來越多，以後絕不會成為咱們獨斷的生意，還不如順其自然，以後就培養種兔賣賣。我又經常不在家裡，那些一般的兔子就別養了，你們也輕鬆點。」

她也不差這一門生意，靠著養兔已經積攢了不少財富，也許該是轉投別的市場的時候了。

杜顯也就點點頭。「妳反正主意多，那不賣就不賣了吧，一會兒妳去看看，哪些要好好培養的，都給我說一下。」

趙氏聽了一會兒，說道：「妳現在是縣主夫人了，是該收收心，咱們家裡也不好總來的，老太太知道了只怕會不高興。這回過來，可有跟老太太請示過了？」

她也太小心了點，杜小魚咧了下嘴。「來得匆忙，也沒去說，其實老太太也不是那麼講究的人，我即便在縣裡，也不是天天去請安的。」

「妳這孩子……」趙氏也不過是想她多些禮貌，這樣在兩家也好立足，不會生出新的矛盾來。

杜顯看女兒又要被嘮叨了，忙笑道：「有女婿在呢，怕什麼？」

「就你們寵著她。」趙氏搖搖頭。

父女倆只是笑。

杜小魚回到府邸的時候正是午時，見到夫人回來，彩屏忙叫廚房再去多炒兩個菜，又倒了茶上來。

「衙門還沒散班？」

「嗯，少爺最近幾日都有些晚，好似衙門事情多。」

杜小魚點點頭，剛才也走得累了，便說道：「我一會兒再吃，想去歇息會兒，等他回來了再來叫我。」說完自顧自的去臥房，脫了外面的衣服閉起眼睛。

也不知自己睡著沒有，只迷迷糊糊中覺得臉頰有些癢，潛意識裡以為應是什麼昆蟲之類，結果拿手揮了幾次也沒有用，終於惱怒地睜開眼睛來。

誰料面前是一張笑得欠抽的臉，手裡還拿著一瓣雪白的芍藥花瓣。

敢情剛才是他用花瓣在撓她的臉？

杜小魚哭笑不得。「你可是縣主大人。」

「縣主就不能逗自己的夫人玩了？」李源清上前把她抱在懷裡道：「妳知不知道，這些天我有多想妳！」

跟撓癢癢有關係嗎？杜小魚一時轉不過彎來。

「妳倒好，回來就睡覺。」他一副氣得牙癢癢的樣子。

杜小魚噗哧笑了。「那你想怎樣？我的清夢也被你擾了，可算兩清？」

「兩清？那還要看妳表現如何……」他漸漸低下頭來，炙熱的吻瞬間包圍住了她。

要不是下午還要去衙門，只怕他是不肯就此罷休的。

彩屏跟青竹看見二人在屋裡待了那麼久才來用飯，臉上都不由微微一紅。

青竹盯了杜小魚一眼，也不見有多少動人之處，可偏偏少爺就那麼喜歡，即便她不在家裡，少爺的目光也從不在別的女人身上停留一刻，哪怕是容貌如此出色的彩屏。

如此下去，她不過是在荒廢時間罷了。

這縣衙又不像林家，林家那麼大的家業在，即便不能做通房，可留在老太太身邊總有好處的，光是打賞都極為可觀。

可在這裡，能得到什麼呢？她越想越是後悔當初的決定，怎麼也不該強出風頭，讓老夫人注意到她，進而送過來服侍夫人。

李源清用完飯，坐在椅子上稍稍休息下，一會兒就又去衙門了。

誰料他前腳剛走，林氏後腳就來了。

第一百零八章

林氏如今也是她的小姨，就算再不喜歡，也斷不可能閉門不見的，杜小魚整了下衣衫，便去堂屋了。

自那件事後，林氏回去陳家，就連李源清成親都沒有來，只她相公單獨前來賀喜，如今過了段時間，她又出現了。

杜小魚上前行了禮，叫聲小姨。

林氏一改往日態度，親切地拉著她的手。「妳嫁過來這些日子，我正好不舒服，所以到現在才來看妳，妳該不會怪我吧？」

「小姨原來病了？」杜小魚驚訝道：「這怎麼能怪您呢，早知道，我該去探望才對。」

林氏臉色有些尷尬，她哪兒是生病，只是做了這樣的事不敢過來，如今事情過去了，她就算再不喜歡杜小魚，也要接受她成為自己外甥媳婦的事實。

「這些料子是我精心挑的，妳看看，喜不喜歡？」她帶了幾樣布來。

杜小魚笑著謝了。

兩人說了會兒閒話，林氏終於把話題扯到了今日的來意上。「我這次回來看大哥都忙不過來，娘年紀又是大了，便給娘說，給妳幾個鋪子練練手。妳如今也是咱們家的人了，又是懂生意的，再好不過。」

她臉上有幾分邀功的樣子，杜小魚微微一愣，沒料到林氏竟會這樣做，到底是有何意圖？

「源清還沒告訴妳吧？」林氏猜到了，笑了笑道：「前日才說的，妳正好回了娘家，源清倒是知曉的，只說到時候問問妳。」

原來李源清說晚上有話要跟她講，是要商量這件事？

杜小魚露出驚訝的表情，推卻道：「這怎麼行？我對生意是一竅不通的，家裡那點掙錢的跟林家相比，不過是小孩兒的玩意兒，我是管不來的。」

這麼好的機會，她居然不要？林氏擰起眉。「妳這孩子，什麼都要慢慢學的，哪兒一來就會呢？再說，妳不懂的自然可以向別人請教，問我也是可以的。」

杜小魚目光一凝，這是關鍵點嗎？林氏在暗示以後可以請教她，她微微笑了。「不知祖母的意思是……」

「娘當然同意了，不然我豈會來說？可不是打自己的臉？」

老太太竟然會同意?!林氏也就罷了，她不過是為得到些好處，可老太太應該看得出來林氏的想法，怎麼還會答應？

「我要想想。」

林氏氣急，話都說到這分上了，杜小魚愣是沒有作出決定，臉上也沒見什麼欣喜之色，真是不明白她在想什麼。

林家不管哪個鋪子，只要接手管了，隨便做些手腳都不知道能有多少的進帳，她真的就不動心嗎？養兔子、種草藥不就為了錢嗎？現在可是如此輕易就到手的機會。

可也不好太過催促，幸好她來之前也想過一個說法，便道：「娘對妳一片心意，願意讓妳管，要是推了，她難免不高興。不然這樣，我最近也有空，幫妳搭把手，妳每日過來慢慢學，總有一日能接手的。」

倒是想得很全面，但杜小魚還是沒有鬆口。

林氏什麼話都說了，無奈之下，也只得告辭離去。

青竹在旁邊端茶倒水也聽得七七八八，見杜小魚剛才一直不答應，心裡也是著急得很。這可是個肥差，林家那些旁系遠親不知道有多少人想謀來，可惜老太太不容易相信人，那些管鋪子的人用的都是她的心腹，就連自家女兒都不給沾手的。

她大著膽子上前道：「夫人，其實姑奶奶說的也有道理。」

杜小魚挑起眉，饒有興趣地問：「那妳倒是說來聽聽。」

見她居然這麼說，青竹的膽子又再大了一些。「老太太一早就想把家業給少爺的，如今讓夫人先學著管理，也是自然而然的事情，夫人倒是不必多慮呢。」

「還有舅父在，哪有我們管的道理？」她低頭看著桌上的花插，彩屏早上折了幾支新鮮的粉紅芍藥來，嬌豔欲滴。「再說，小姨經常過來，陳家也是有幾分家業的，讓她管也可行，我們小輩要學的東西多呢。」

讓林氏管，只怕是老鼠掉進了米缸，青竹在老太太身邊也待了好幾年，哪有不明白的，因而有些不屑地笑道：「姑奶奶能管，還能等到今日？夫人您是不曉得……」她說著頓了頓，看杜小魚一眼。

杜小魚道：「妳但說無妨。」

「我也是前幾日在路上遇到彩玉，她說與我聽的，陳家好像出了什麼事，但是姑奶奶這回來竟是一句都沒有給老太太提呢。」青竹小心翼翼，又添了一句。「彩玉也是無意間聽到才告訴我，這件事旁的人都不知，奴婢也只跟夫人說。」

這樣就出賣了彩玉，雖說是表忠心——杜小魚目光柔和了幾分。「陳家出事，想必老太太也很快就會知道，我自然用不著去說。」只怕是已經知道了，才會同意林氏的提議。

青竹見她理解，心裡又放鬆了些，加緊勸道：「所以奴婢才覺得夫人應該接手，姑奶奶平日裡可不會做這樣的好事，若是錯過了，以後就不曉得了。」

杜小魚笑了笑。「我再想想，妳先出去吧。」

說了半天，看她表情溫和，還以為被自己說動了，結果卻仍然是這一句話，青竹不由沮喪。

杜小魚坐到書案前，翻起手邊的書看起來。

香爐裡焚了淡淡的香，從窗口望出去，是乾淨的院子，天空的藍倒映在一方水池裡，有些如臨夢中的感覺。

愜意，舒適，假如沒有那麼複雜的親戚關係令人頭疼，那麼一切都是完美的。

李源清剛回來，杜小魚就說林氏來過，他便猜想應是知道那件事了。

杜小魚伸手給他脫下官服，一邊道：「祖母怎麼會同意？這是我最不明白的地方。」難道是要借她的手去抓林氏的錯不成？

天氣漸暖，坐了一天的衙門，李源清略微有了汗氣。

杜小魚便叫彩屏去廚房叫人打水來，兩人則坐著喝上幾口茶。

「必是祖母想看看妳的本事。」李源清道：「小姨一提鋪子的事，她就答應了。」他想起老太太有幾分賭氣的樣子，不由得搖了搖頭。「妳要不想做，自然可以拒絕，不過……舅父好似希望妳去，他說祖母年紀大了，很多事心有餘而力不足，不能事事躬親，最近就有些人蠢蠢欲動，他一個人防得了這個未必防得了別的。」

聽到林嵩的名字，杜小魚立時換了副表情，她是很喜歡這個舅父的，對他也很感激。

李源清伸手按在她手背上。「再說，妳不是喜歡這些嗎？林家在縣裡新置辦的兩家鋪子也很是合適，妳不用管小姨的目的，自己能學到東西才是真的。」

杜小魚終於有些心動。「可這樣一來，我在家待的時間更少了。」言下之意，到時候不要怪她陪伴的時間少。

他手指慢慢收緊，把她整雙手握在掌心裡。「只要妳喜歡就好。」

溫熱的感覺像是湧向了全身，她看著他，露出燦爛的笑顏來。

事情既然已經決定，等到李源清的休沐日，兩人便去了老太太那裡請安。

林家在飛仙縣置辦的那兩家鋪子，一家是藥鋪，一家是珠寶鋪，都是競爭比較激烈的，他們初來乍到，要在縣裡早前就有群眾基礎的鋪子中脫穎而出，並不容易。

聽到杜小魚肯，老太太笑咪咪道：「好，好，嵩兒他有旁的事情要處理，忙得腳不沾地，妳肯分擔那最好了。」

杜小魚謙虛兩句後道：「可是我經驗尚淺，若是做不好，祖母可不要怪我。」

林氏一聽她這麼說，忙道：「這要緊什麼？都說了是給妳練練手的，馬有失蹄人有失手，誰也不敢保證就一定行，是不是啊，娘？您總要給小魚一個說法，不然她也不敢的，到時候縮手縮腳，反而不好了。」

老太太目光微沈，拿起茶喝了一口才道：「聽源清說，妳也是個有志向的，那就放手去做。」

意思是失敗了也不會怪她嗎？杜小魚不會那麼天真，但想到林嵩的話，面上笑道：「謝謝祖母給我這個機會。」

林氏高興起來。「這就好了，小魚妳有不懂的，要好好問問那些管事。」

林嵩在旁也沒有怎麼說話，只等用完飯了，才跟他二人出了府。

林嵩愧疚道：「小魚，拖妳下水是舅父我的不對。」

「舅父哪兒的話，我反正也閒著。」杜小魚忙道。

林嵩嘆口氣。「最近林家幾個管事都有些不對勁，其中一個就是管著這兩家鋪子的，可咱們家的鋪子多在外面，我也不好長留在這裡，所以才給源清說叫妳接手。」

「舅父為何不告訴祖母呢？」杜小魚好奇。

林嵩搖搖頭。「也沒拿到證據，又是祖母一直信任的人。」自家老娘什麼性子他很清楚，不見棺材不掉淚，胡亂懷疑那些管事，只會被她痛罵一頓。

那這兩個鋪子可不是燙手山芋了？杜小魚生出了幾分憂心。

「我留了幾個人到時候供妳差遣，日後生意上有什麼問題，儘管來找我。」林嵩笑笑。「絕不白叫妳出力。」

杜小魚笑起來。「那我先謝謝舅父了。」

林嵩又交代了一些事這才走了。

「祖母說過幾日介紹鋪子的管事跟夥計給我認識，不知他們背地裡會做些什麼呢。」杜小魚想起林氏，不由得一笑。「也不知道小姨這次又要待多久？」

「不達目的怕是不會走的。」李源清道：「不過她被我警告過，想必也不敢亂來。」

兩人走進院子，迎面周昆正拉著匹馬往西邊的跨院而去。

那匹馬長得不太高，全身雪白，杜小魚看呆了，愣愣地指著道：「這馬……」

李源清笑起來，喊道：「周昆。」

周昆聽到了，忙轉過身，恭恭敬敬的向他們行了一禮。「大人、夫人。」又見杜小魚的表情，便道：「不知道大人跟夫人這時回來，馬兒才買到的，夫人可還中意？」

中意？杜小魚側了一下頭，看向李源清。

「是我叫他去挑的，這馬不錯，正合適妳。」李源清走過去，抬手撫摸著馬兒長長的鬃毛。「性子像也是溫和的。」

「是的，小的就是照著大人的吩咐挑的，絕對不會把夫人摔下來。」周昆連連保證。

杜小魚聽明白了，原來是專門買來給她騎的，她噗哧笑起來。「你是想開個動物園呢？

又是白鹿又是白馬的，下回可是要送我白老虎了？」

「動物園？」李源清稍加一想就明白了她的意思，笑道：「若是妳要白色的老虎，我也可以為妳尋來的。」

周昆聽二人說話，微微低了頭，嘴角卻是揚著在笑。

杜小魚反而有些不好意思了，上去拍了下馬兒的頭。「這馬真好看，也是在三里村買的嗎？」

「回夫人，是的。」

李源清接過韁繩，周昆就退下去了，他把杜小魚扶上馬背，問道：「上回教妳的可還記得？」

「自然，也不看看我是誰。」杜小魚揚起下頷，手一伸，問他要韁繩。

他卻不給，在前頭牽著在院子裡散步，又嫌地方不夠大，一直牽到大街上，直出了大門才停下來，引得路上的人紛紛看。

杜小魚紅了臉，他倒並不在意，走了一段路才把韁繩給她。「這馬兒性子確實不錯，妳先慢慢騎，等熟悉了再跑快些。」

杜小魚興奮起來，一抖韁繩，馬兒就往前走了。

兩人過了好一會兒才回來，馬術算是掌握了不少，可人也累到不行，用完飯杜小魚便去休息了，李源清在外頭看書。

等她醒轉的時候，卻不見李源清，一問又去衙門了。

好像最近是有些什麼事，前兩日晚上都看公文到深夜，不知道是牽扯到什麼案子？可飛仙縣不過是一個小地方，向來風平浪靜的。

晚上，李源清回來，吃完飯換洗了身衣裳，就去了書房。

這一看又是到很晚，杜小魚等不到他來，便起身端了茶過去，見他正聚精會神的在思考什麼，手裡並沒有拿著書。

「你這幾日都睡得很晚，早上又要早起，不累嗎？」

他抬起頭，臉上有些疲倦之色，卻向她微微一伸手。

杜小魚便偎入他懷抱裡。

「我總覺得你好像有什麼煩惱，不能跟我說嗎？」她繞著他的頭髮，那髮絲不軟不硬正好，不像自己的那樣硬直。

他把臉貼近她。「也沒什麼，只是有些事……我也不知道現在怎麼說。」

看來像是沒有整理清楚，杜小魚點點頭。「那我就不打攪你了，你不要忙得太晚。」

眼見她要從身上下來，李源清卻笑了。「難得妳這次這麼主動，我怎麼還能晚睡？」說罷抱著她往臥房而去。

大紅的帳幔放下來，遮掩住氤氳的春光。

管理那兩個鋪子的管事姓姚，這日帶了十數個夥計上林家來，老太太便介紹給杜小魚認識。

姚管事今年四十二歲，身材微微發福，面色紅潤，臉上的鷹勾鼻令人印象深刻。

「以後都有少奶奶來管。」老太太交代了幾句話，對杜小魚道：「這些帳本妳拿回去瞧瞧，有不懂的就問姚管事。」

姚管事早就提前知道這件事了，自然也不驚訝，認真地解釋道：「少奶奶，這帳本記錄了所有的明細，若是有哪裡不對，儘管來問小的。」

表現得很是恭敬，杜小魚點點頭。

等管事走後，林氏笑道：「娘，小魚要管鋪子可是要花費不少力氣呢。」

老太太瞄她一眼。「妳倒是會心疼人了，我老太婆像是會白白使喚人的？真要這樣，源清都不同意呢。」說罷朝彩玉看去，彩玉立時捧出一個錦盒來。

林氏搶著打開錦盒，只見裡面擺著一副暗紅色的珊瑚手釧。

「這可是好東西！」她真心讚道，紅珊瑚存於深海，實不多見，她知道老太太手裡是有這麼一副的，卻沒想到今日竟拿了出來，要送給杜小魚，臉上不由露出豔羨之色。「妳還不過來謝過娘呀？」

杜小魚萬福道：「謝過祖母，不過這手釧我不能拿。」

兩人都是一愣，林氏忙衝她使眼色，心裡暗道，這手釧就算自己不喜歡，拿出去換錢都不知道能換多少呢，怎麼就那麼傻？

「如今還沒做出什麼功勞來，實在受之有愧。」

她態度認真，老太太目光一閃，知道她是不會拿的了，當下就笑起來，點點頭。「也罷，那我暫時收著，倒要看看妳的本事呢。」

見她真的不要，林氏擰起了眉頭，送杜小魚出來，便不滿地說道：「妳這孩子，娘這點好意怎麼就拒絕了？咱們林家還拿不起一副手釧嗎？等妳把鋪子管好了，自然還有別的好東西，以後可不能這樣傻了，老太太只當妳不領情呢。」

那樣嗔怪，好似是真的在為她考慮一樣，杜小魚嘴角翹了翹，並不接話。

林氏怕惹惱她，擺擺手。「也罷了，說出去的話潑出去的水，妳好好管著鋪子就是。」又看看彩屏手裡捧著的帳本。「這些先回去看著，不要怪小姨多話，藥材珠寶的名堂可多著呢，不像開家小館子那麼容易的。」

「謝謝小姨提點。」杜小魚笑了笑。

林氏這便轉頭走了。

青竹從鼻子裡哼出一聲。「夫人，您可不要聽姑奶奶的，老太太都不讓她沾手的，能懂什麼呢？」

看來青竹很不喜歡林氏，上次陳家的事情就是她告訴的。杜小魚回到家，就把帳本拿來一本本仔細看了。

比起一般小館子來確實複雜得多，無論是藥材還是珠寶，它們的品種都五花八門，光這些都足夠讓人頭疼的，幸好她是懂藥材的，這部分也算輕鬆了許多，只又要看採辦，還要看以前的買賣記錄，工作量還是挺大的。

彩屏看她有疲倦之色，上來道：「要不我給夫人揉揉頭？」

杜小魚驚訝地看著她。

「以前學過一些，可以解乏的。」彩屏目光很真誠。

「嗯，那我試試。」杜小魚閉起眼。

彩屏的手就按在她的頭上，力道恰到好處，穴位也摸得很準，讓人極為舒服，慢慢地頭就好像變輕了似的。

青竹在旁邊嫉妒地看著，以前彩屏就是靠這一手讓老太太喜歡的，現在看來，夫人也挺享受。彩屏果然很聰明，知道討夫人的好呢。

第一百零九章

金燦燦的油菜花謝了，結出長長的嫩莢來。

李源清從三里村請來的兩位有經驗的農人此刻正站在這片油菜花田裡，他們神情專注，既好奇又嚴肅地審視著這些於他們來說極為新鮮的農作物。

王良摸著那嫩莢，嘆道：「只在書上見過這東西，沒料到還有這樣的用處。」

另外一個農人徐茂林就沒那麼樂觀了。「縣主夫人剛才都說了，未必能行，咱們既然來了，就一定得保住這片田。王老哥，我看過了，這芸薹葉嫩最能吸引蟲子，還是得做好防蟲的準備啊，不然那莢子不一定能結得出籽兒來呢。」

現在莢子還癟癟的，要能煉油非得長飽滿了不可，王良摸著滿臉的絡腮鬍子，點點頭。「茂林老弟說得對，那咱們這就動手吧。」說罷兩人就轉身往回走了。

杜小魚不知道他們要幹什麼，忙忙地跟上去。

王良擺著手道：「縣主夫人還是離遠一點的好，咱們這藥水臭不可聞，夫人肯定不習慣的。」

杜小魚驚訝道：「你們知道用什麼藥水嗎？」只看了一下就要去下手，不會太草率？

徐茂林拍著胸脯道：「夫人放心，我們這藥水不知道在別的作物上試過幾回了，保管不會有問題，再說……」他頓一頓，嘿嘿笑起來。「縣主說讓咱們儘管做，就是弄死了也不會責怪，不然咱們也不敢來，到底是沒有試過的。」

杜小魚頓時黑了臉，李源清竟給過這樣的保證。

王良見杜小魚的神色，忙補了一句。「夫人可別誤會，咱們剛才很認真地看過了，如沒有意外一定不會有事的。最近的天氣濕熱，很容易招蟲子，要是不下決定，到時候規模大了就不好處置了，有些蟲子還能讓葉子生病，長斑點出來，很難治好。」

他們說的應該是一些蟲子帶來的病症，看樣子確實是有能耐，還能預判到這些，杜小魚稍稍想了想，疑人不用，用人不疑，便同意了。

那兩人配製藥水灑農田，她就回了家。

「兩個大能人呢？」杜顯往她身後瞅瞅。「都看好了？」

「在弄藥水呢，說要防治蟲害，恐怕要好一會兒，爹炒幾個好菜慰勞慰勞他們。」從別村過來，總要好好招待的。

「還用妳說？才宰了兩隻肥雞呢。」杜顯笑道：「這芸薹妳花費了那麼多心思，真要有收成就好了，對了，以後煉油怎麼說？送去哪個煉油工坊？」

「還沒想好呢，等回去我跟他商量商量。」既然是關係到整個縣的經濟狀況，自然由李源清來安排最合適。

杜顯便去廚房忙著準備飯菜，杜小魚就往前院去了，此時天氣大好，趙氏跟杜清秋都在外面坐著，看到杜清秋居然在做針線活，她不由得大為驚訝，湊過去一看，只見針腳歪歪扭扭，忍不住就噗哧笑起來。

杜清秋癟著嘴，顯然很不情願，伸出手指撒嬌道：「姊，妳看我手指都破了。」

「別指望妳姊給妳說好話，好好繡。」趙氏厲聲道。

趙氏嚴肅起來，杜小魚都是有點怕的，更何況是才六歲的杜清秋，立刻頭低下來，不作聲了。

比起以前的調皮，算是好不少了，杜小魚坐到趙氏身邊。「清秋又做錯事了？」

「她成天的能做什麼好事？」趙氏哼一聲。「昨兒個秦妹子帶著媳婦跟孫子過來坐坐，結果她嫌那娃兒吵，居然就要伸手打人，那怎麼得了？才一歲多的娃，幸好被我瞧見，不然別人不知道多心疼呢，妳說要不要罰她？」

杜小魚聽了瞥一眼杜清秋，這丫頭就是蠻橫。「繡花也好，讓她修修性子。」

「就是，妳跟黃花是吃苦長大的，哪兒像她？沒嘗過苦日子，越發的不聽話。」趙氏看向杜清秋。「妳給我好好繡完，別指著妳爹來救妳。」說罷拉著杜小魚去堂屋了。

兩人剛坐下，趙氏就道：「有件事正好要跟妳商量，張老夫子年事高了，有次教書暈倒在地上，家裡人便不想再讓他出來，本來文濤正好要換到他那邊去的，妳看看，結果卻這樣。方夫子雖說也不錯，但畢竟比不上張老夫子。」

像是要給杜文濤換夫子。杜小魚問道：「那有沒有找到合適的？」

「村子裡沒有更好的了，吳大娘說，還不如去縣裡學，他們家土旺的夫子就很不錯，所以……」

看她還不好意思提，杜小魚嗔怪的挽起趙氏的胳膊道：「娘，您是不是不把我當女兒呢？文濤是我弟弟，他要來縣裡唸書，我怎麼可能會不支持？再說，家裡空的房間多得是，您還怕他沒地方住？」

「妳跟女婿才……」

「他怎會不願意？」杜小魚一口打斷趙氏，李源清知道這個消息只怕高興還來不及呢，他也是很喜歡杜文濤的，這個弟弟聰明又懂事，沒有誰會討厭他。

趙氏便鬆了口氣。「我還不是怕他影響你們，女婿要忙著公務，妳又是兩邊跑的。」

「家裡好幾個丫鬟呢，就算我們不在家裡，他也不會凍著餓著。」

趙氏就笑了，拍拍杜小魚的手。

「那你們跟方夫子說一聲，我這次回去就安排一下。」娘是不想生疏了他們姊弟倆的感情，這才想著要杜文濤跟她一起住，杜小魚微微笑起來。

王良跟徐茂林到了傍晚才忙完，兩人滿頭滿身的汗水，杜顯迎上去拱手道：「辛苦，辛苦，兩位辛苦了，先去洗個澡再來用飯。」

王良抹了把臉。「這點汗算什麼，咱們莊稼人早就習慣了，倒是肚子餓得慌，咕咕直叫哩。」

他是個爽直的人，杜顯大笑起來。「那好，那好，先吃飯也一樣的。」

杜小魚席間問起芸薹的事，這藥水是灑好了，可誰知道最後到底什麼結果？最主要的是，藥水不是她配製的，不清楚要注意什麼問題。

徐茂林道：「夫人放心，咱們打算這段時間就住這兒了，等到芸薹收割了再回去。縣主大人那麼相信咱們，咱們也不能叫縣主大人寒心的。」

竟然做了這樣的打算，倒也好，她這段時間著實有些忙不過來，倘若芸薹交給這兩位看管，倒確實令人放心。

「咱們家房間有的是，二位就住這裡吧，好酒好菜肯定管夠。」杜顯忙收攏人心，只要他們把芸薹種好，什麼要求都應該盡力滿足。

幾人說說笑笑用完了飯。

過了幾日，杜文濤就從方夫子的私塾退了，來了縣裡。

青竹拿著一大團青色的薄紗過來。「夫人，奴婢在庫房找到的，這給文濤少爺做蚊帳行不行？」

最近天氣熱了，已經有蚊蟲，杜文濤早上起來的時候說老是有蚊子在耳邊嗡嗡的叫，都沒睡好，杜小魚點點頭。「妳叫她們洗洗乾淨，今兒天好，晚上就給掛上去吧。」

青竹便出去了，她又把幾本帳簿拿出來看。

因為對珠寶不熟悉，所以還是只專門針對藥材看，只要找到一絲痕跡，也許就能順藤摸瓜。

只翻了數頁，林氏就來了，她忍耐了這麼多天，可杜小魚一直沒有任何反應，既沒有去兩家鋪子，也沒有來詢問求教，不知道在想什麼。

「原來在看帳本，還真是辛苦了。」林氏微微搖動著手裡的紈扇，額頭上有汗水滲出。

「我怕妳一個人忙不過來，娘也是擔心，所以叫我來看看。」

「帳本寫得很詳細，我要都看懂了才行。」

林氏坐下來，喝了幾口丫鬟送上來的涼茶。「唉，天越來越熱了，渾身不舒服。」她休息會兒，湊上來道：「可有哪兒不懂的？」

杜小魚不答反問：「咱們的炮製師傅是新請來的，還是從別的藥鋪調過來的？」

「怎麼會問這個？」林氏驚訝道。

「我聽說很多藥材都是需要炮製好才能拿去賣的，這樣一來，炮製師傅就很重要了，所以想起來才問問。」

林氏搖搖頭。「這我倒是不清楚，沒想到妳還會知道這些。」

儘管是多看了一眼，可林氏並沒有驚慌的樣子。聽青竹說老太太是從不給林氏沾手任何生意的，那麼她應該與姚管事不會有勾結，杜小魚想了想，表情輕鬆下來。

「姚管事看起來好像真的很厲害，我都挑不出錯呢，這次祖母答應讓我管理，看來是多餘的。」

林氏頓時急了。「怎麼能這麼說？娘是年紀大了，才放手讓幾個管事處理，大事情還得她點頭才行。這是咱們林家的生意，給外人全權握著成何體統？妳管著才是對的，姚管事我看著也不像好人，指不定藏著什麼壞心思呢，娘被蒙在鼓裡也不是沒有可能。」

立刻就把矛頭對準了姚管事，杜小魚詫異道：「姚管事這樣對自己也沒什麼好處，再說，祖母那麼信任他……」

「沒好處？」林氏嗤笑一聲。「這兩家鋪子隨便動些手腳就是大把的銀子，信任？哼，信任才好呢！」她說著又覺得太過明顯，輕輕咳了一聲。「我也只是懷疑，姚管事的女兒我碰見過幾次了，妳是不知道，穿金戴銀，比我打扮得都好，他不過一個管事，每個月就那麼點進帳，哪來的錢？」

姚管事的女兒？杜小魚露出迷惑的神色。

「他沒有兒子，找了個倒插門的女婿，這次來飛仙縣，一家子也是跟了來的，現在住在青石街那邊。」

對於幾個管事，林氏都是羨慕嫉妒恨，明明自己才是跟老太太有血緣關係的人，結果偏偏要把生意交給那些下人管，她能不氣得吐血嗎？

杜小魚有所了悟，笑了笑。「那也得有證據，祖母才會相信。」

林氏又哼了一聲，她都沾手不得，又哪兒找得到證據？光說姚管事女兒打扮好，不足以令人信服，到底姚管事也是當差了十幾年的，存下些家財也很正常。

「對了，那炮製師傅就是姚管事請來的。」她腦筋飛轉，忽地想起杜小魚剛才問的問題，忙道：「我記得，那人是他老鄉，聽說手藝不錯，老太太試過了這才准的。」

難道真是炮製上面有什麼貓膩？

杜小魚皺起眉頭，雖然對藥材還算了解，可炮製她是一竅不通的。

林氏被她問來問去，發現都忘了自個兒上門來的意圖，笑道：「光說那些藥材了，妳就沒看珠寶那鋪子的明細呀？」

珠寶更是不懂了，杜小魚實話實說。「光是類別都看得頭疼。」

林氏笑起來。「我倒是懂一些的，夫家那邊就有珠寶鋪子，平日裡閒著也會去看看。」便說起珍珠來，產地、品級等，倒真說得有模有樣。

看起來她是要打這方面的主意，杜小魚只不動聲色，在她還沒有掌控鋪子之前，林氏一定不會說出真正的意圖。

傍晚時分，李源清跟杜文濤差不多是同時間走進院子。

「那蔣夫子教得怎麼樣？」李源清問。

「比方夫子有趣。」杜文濤像是回味無窮。「說了好幾個故事呢，把大家逗得哈哈直笑。」

看樣子，蔣夫子確實不錯，李源清笑起來，又捏捏他胳膊。「你這樣可不行，太瘦了，晚上隨我練會兒劍。」

杜文濤從善如流。「好的，姊夫。」

兩人說笑著走進房裡，洗手過來，桌上已經擺好飯菜。

多了一個杜文濤，家裡明顯更熱鬧了，一大一小像是有說不完的話，整頓飯就沒有安靜過。

晚上，李源清還真的去帶杜文濤練劍，無奈杜文濤從沒有鍛鍊過什麼身體，年紀又小，哪兒拿得動長劍？後來就教他紮了會兒馬步。

「明兒得給他做一把木劍。」李源清洗完澡還在念著這件事。

杜小魚笑了。「你倒是對他很上心。」

「他也是我弟弟，怎麼會不上心？」李源清伸手把她抱過來，撫摸著那一頭長髮。「我覺得他挺像我的，會唸書又聰明。」

杜小魚撲地一聲。「你就是想誇自己吧？」

他的呼吸在耳邊熱熱的傳來。「真不知道咱們的孩子會是什麼樣。」

她的臉嗖地紅了。

其實生兒育女是再自然不過的事情，只是這樣說起來，仍是覺得有些突然。

算起來，兩人成親後不過才一個多月的時間，杜小魚嗔道：「你就那麼急？」她兩人世界的日子都還沒有過夠呢，可也只得順其自然，總不好採取什麼措施的。

「到時候真有孩子了，我就不管你了。」她嘟起嘴。

「妳敢！」他的眉立時揚起來。

「我怎麼不敢？孩子當然要我自己好好照顧了。」

「不會找奶娘嗎，就算有孩子了，第一重要的仍然是我，知道不？」

杜小魚暗自腹誹，看他對杜文濤的樣子，指不定生下孩子了，他比她還要寶貝呢，到時候吃醋的會不會是她？

第一百一十章

最近鋪頭衙役在府邸出出入入，好幾次夜都深了，李源清都要出去聽他們彙報情況，杜小魚終於有些忍不下去了。

明明是有什麼大事，他偏是隻字不提。

看杜小魚的臉色日漸陰沈，李源清這日拿了封信出來。「是姊夫寫來的，妳也看看。」

白與時的信？杜小魚詫異地接過來。

「我知道妳心裡有疑問，看完這封信，我就告訴妳答案。」他很瞭解她，雖然不告訴她是本著好意，可對方顯然不想領這個情。

白與時的信很簡單，沒有涉及到任何的家長裡短，明顯就是單單寫給李源清一個人的，看來他也知道發生了什麼事，而且這事是與朝廷的政局變動有關。

杜小魚放下信，不由得心驚肉跳。

「是公公的差事？」李源清不過是個縣令，自然還接觸不到這等大事。

「是。」

關係到皇家的事情，一旦做錯的話，也許會引來滅頂之災，她面色更為凝重，想一想道：「可公公遠在濟南，你又能幫得上什麼忙？」

「我只能把一些重要的資訊蒐集下，最後下決定的仍是父親。」他伸手握住她雙肩，安撫道：「其實也沒有妳想的那麼嚴重，雖說聖上廢了太子，但也未必就會急著立哪個王爺，只要父親妥善處理即可。」

說得輕鬆，可做起來實則艱難，俗話說伴君如伴虎，果然不假。

「父親當官多年，其實沒什麼好擔心的，我也只是防範於未然罷了。」李源清儘量輕鬆地說道，又傾下身子抱起她。「我最近太忙了，沒有顧到妳，妳惱不惱我？」

「惱啊！」杜小魚哼了聲。「本來都不想跟你說話的，不過坦白從寬，你既然跟我說清楚了，我還惱你幹什麼？」

「嗯，真是識大體，我沒有娶錯妳。」他點點她鼻子打趣。

聲音仍是有些澀意，不似往日裡那麼灑脫，她摟上他脖子，認真道：「我覺得一定不會有事的，你下了那麼多功夫，相信公公一定會看重，也會作出正確的選擇……再說，能做的你都做了，再擔憂也是杞人憂天呀。」

他嘆一聲，無奈道：「妳說得沒錯，遠水解不了近渴，我也只能做到如此。」

不想氣氛再壓抑下去，杜小魚道：「芸薹馬上就要收割了，那兩位大叔果真是能人呢，什麼蟲害都沒有發生，長得別提多好了，到時候你準備放哪家去試著煉油呢？」

「找了幾家來，都願意試，我應了白家。」

煉油工坊在縣裡統共也沒幾家，他既然選了白家，應是口碑不錯的，杜小魚點點頭。

李源清稍許空閒了一些，休沐日就帶著她去郊外打獵，縣裡附近也有不少深山老林，回來的時候倒是收穫頗豐。

野兔子、麅子、鹿，他們哪兒吃得完，就請杜顯夫婦一家子過來。杜顯的廚藝如今更好了，竟然都不肯吃閒飯，在裡面忙活起來。過不了一會兒野味就端上來，倒是有模有樣，眾人吃了都紛紛稱讚，杜顯就更高興了。氣氛十分高漲，喝酒說笑一直到夜深才散了。

這幾天，杜小魚正忙著芸薹的事，前幾日芸薹成功收割，油菜籽都取下來送去了白家。白家果然是個煉油世家，短短幾天就把菜籽油煉出來了，眾人一嚐，果然不錯，比起麻油的香，又別有一番滋味，最主要的是，這油便宜，因為杜小魚已經介紹過芸薹的種植方法，只要預防蟲害成功，那豐收的可能性是非常大的。

一時之間，眾人都紛紛表示，希望由他們家來種植芸薹。

李源清本就想好要在飛仙縣慢慢推廣的，結果他們全都極為主動，反倒不知道選哪幾家好了，也頗為頭疼。

油菜籽保存了一些，大概能種百來畝，一戶兩畝的話，就是五十家。

「現在都搶著要種，要是種壞了，指不定又要抱怨。」杜小魚哼了聲道：「醜話要說在前頭，省得咱們以後被人在後面指著罵呢。」

李源清笑著看她。「這事就交給妳了，主要先在北董村試試，那些人什麼底細妳比我清楚，對了，分二十畝去三里村。」

是給那兩個大能人的，他們經驗豐富，由他們從頭再種一遍的話，就會更清楚芸薹的習性，將來也就更好種植了。

杜小魚答應了，帶著油菜籽就回了村裡。

她已經想好計劃，光是讓他們種不足以激發積極性，得有個獎勵的規則，比如哪家種得好，而且把經驗分享出來，就有五兩銀子的補貼，至於種得不好的，也給一些補償，到底都是靠著土地過活的人，可要想得到絕對的利益，那是不可能的。

誰也猜不到老天的想法，要是明年風不調雨不順，又能怎麼樣呢？

秦氏也來湊熱鬧。「要不也給我兩畝種種？新鮮呢。」

杜小魚白她一眼。「您人都不在家的，誰來看？好好抱孫子去吧！」

吳大娘笑起來，推一推秦氏。「就是，光幾家店鋪就夠人煩的了，還養豬，我看妳那些豬都賣掉才好，一心一意帶孫子。」又對杜小魚說。「人都在外面呢，我都看過了，是村子裡老實本分的人，那些刁滑的，自然不能給他們，不過也有幾個地主，妳看……」說著拿出一張紙給她，上面已經寫了名字。

吳大娘辦事果然牢靠，杜小魚笑道：「地主倒也無妨，咱們一視同仁，只要不是找麻煩的，都行。」地主之中也不乏積極向上的人，她還不至於就要區別開來。

院子外面已經圍了裡裡外外幾層人，杜顯正跟他們說話，說一會兒就分種子。

杜小魚拿幾十個紙包把種子包好，這才走了出來。

「先說好了，我的話你們要仔細聽，不然一開始就種壞了，可沒有後悔藥吃。」杜小魚一來就說了這番話，又拿出那張紙來，按著名字叫人上來領種子。

下面立刻就安靜了，她說了出苗的方法，又把之前學到的防蟲藥水告訴他們，尤其叮囑一定要多花時間觀察，因為是新近種植的作物，還有好多不知道的病症，一旦發現了，自己又治不好，就要及時反應過來。

底下的村民都連連點頭，好一會兒才散開。

杜小魚抹了把臉，這天是越來越熱了，在外面站著就流了那麼多汗下來。

趙氏早已擰了濕手巾給她，暗自嘆了口氣，這女兒真是個停不下來的，哪怕做了縣主夫人，也還是喜歡親力親為。

「要是明年風調雨順就好了，這些芸薹種下去，來年油就出來了，再過幾年，咱們就不用麻油了。」杜顯喜孜孜道。

是啊，倘若一切順利的話，是該當如此，以後整個縣都種了芸薹，將來就會帶動附近的縣城，乃至於全國。

最後，整個國家在那個季節，田野裡都是金燦燦的一片，那是多麼漂亮又壯觀的景象啊！

她不由笑起來，心裡是滿滿的成就感，這種成就感是任何東西都無可替代的。

林嵩留了三個人給杜小魚，其中一人對藥材頗為瞭解，她這日找了來詢問情況。

丁奉年沒想到她是問炮製的事情，想了想道：「不知少奶奶是想知道哪個方面的？」炮製一門博大精深，要說起來那是幾天都說不完。

「我具體也搞不清楚，只想知道炮製上面是不是有很多名堂？比如，以次充好？」姚管事記的帳本幾乎是天衣無縫，她曾去核對過，無論是原材料的來源，賣出去的價格都沒有任何問題，要說裡面有她不瞭解的，也只有炮製過的藥材了。

竟是在這上面出了問題嗎？丁奉年露出疑惑之色，隨即便點點頭。「少奶奶說得沒錯，光炮製的方法就有百來種，要做些手腳是不難的，但是也要冒很大的風險，若是病人用了不適，查出來可就麻煩了。」

賣假藥是要被人告上衙門的，姚管事膽子應該不會那麼大吧？

丁奉年是林嵩身邊的人，也知道留下他的目的，就是輔助少奶奶查出姚管事的錯處，因此說話也格外誠懇。

他說得很有道理，杜小魚再次思量，又問道：「依你的經驗，能不能分辨出其中的好壞？」

丁奉年搖搖頭。「小的只是略微精通，稱不上行家，而且，大爺帶小的去視察過，實在沒有看出什麼問題來。」

難道是自己猜錯了？她不由得擰起眉。

林家那麼多鋪子，但聽說藥材鋪不過才三家，如此說來，關於藥材方面的人才估計也不多，因此不重視也是正常的。

丁奉年走後，她就去了老太太那裡。

林氏見到她來，眼睛一亮，忙叫丫鬟端上幾盤寒瓜，招呼道：「看妳都出汗了，快來吃了消消暑。」

老太太則說起芸薹種子的事。「這倒是樁好事，源清昨兒個叫人把芸薹籽兒油送來了，確實不錯，等以後種出來了，咱們家就都換這種油。」又仔細看看杜小魚，臉兒都像是變尖了，她之前對這個外孫媳婦還多有不滿，見她成日的兩邊跑，可沒想到卻真煉出了新油，她是生意場上打滾的人，豈會不知道其中的價值。

就是對李源清的政途，都是多有好處的，也難怪他一力支持。

杜小魚只笑了笑，拿了寒瓜往嘴裡送。

「小魚是真的能幹，娘這回總知道了吧？」林氏不忘戴高帽子。「所以這鋪子給她管肯定不會錯。」

老太太笑咪咪的看著杜小魚。「聽說也去過鋪子了，怎麼樣？」

「就是為這個來的。」她拿手巾擦了下嘴。「姚管事的帳目記得很清楚，看下來倒也大體都明白了，我這次來是想問問祖母，咱們家其他幾家藥材鋪的帳簿能不能也給我看看？」

老太太一愣。「怎麼會想到看那些？」

「是這樣的，聽說咱們這個藥鋪在飛仙縣的生意比不過別的同行藥鋪，我想學學另外幾家的經驗，當然，姚管事可能也學過，只我重新看一下，也許能發現其他的問題，將來改善一下就更好了。」

藥鋪統共才三家，就算給她看看也無妨，又不是把林家的家業都現出來，老太太叫來劉管事。「你馬上去辦這件事，也不要耽擱時間，派人拿了就送過來。」

這是突然間下的命令，另外兩家自然是毫不知情，那麼帳本定然是真實的，如此再跟姚管事的對比，一定能看出什麼端倪來。

林氏的眼睛轉來轉去，尋著好機會，見杜小魚竟然全不提另外一家店鋪，一時就有些著急起來。「那珠寶鋪子怎麼樣？妳沒有要問問娘的？」

杜小魚露出不好意思的樣子。「還沒有時間好好想呢，等以後再來請教祖母了。」

老太太笑笑。「不急，不急，我看妳最近也很忙，雖說叫妳管一下鋪子，可家裡事情還是應該擺在首位的。」

「知道了，祖母。」

林氏頓時沒有話說了，氣得把手裡的寒瓜扔在桌上，又咬了咬牙，憋出笑來，叫丫鬟取了一雙鞋。「昨兒妙容叫人送來的，說天氣熱，怕娘的鞋子悶氣，專門想了個樣子出來，娘看看喜不喜歡？」

一雙十分精巧的鞋，鞋面薄如蟬翼，很是透氣，夏日裡穿肯定舒服，老太太看了眼，慢慢道：「這孩子心地是好……婚事有沒有定下了？」

陳妙容本來指望著林氏可以幫忙，讓她嫁去劉家，結果李源清娶了杜小魚，就等於把馮夫人那邊的路給切斷了，也只得眼淚汪汪的回了陳家。

林氏嘆口氣，拿起絛手巾抹抹眼睛。「我這個侄女命苦啊，她爹也不知道怎麼想的，唉，真真是糟蹋人了。」

陳妙容的性子是無可挑剔的，溫柔又體貼，要不是商人家出身，要不是來自於陳家，老太太未必不肯讓她做外孫媳婦，現在聽到這樣的話，知道定下的人家定是不好。她瞭解陳家的處境，這女兒就是送出去交易的籌碼。

手裡的鞋子好似變重了些，老太太道：「前日裡淑娟倒是來過一趟，說起她兒子的事情，想問問我意見。」

老太太跟林家其他親戚往常也不太來往，那叫淑娟的是林家老太爺堂弟的大女兒，算是比較親近的一支了。

那淑娟的兒子黃振今年十七歲，長得也算周正，就是性子軟得很，不過總比嫁給一個糟老頭子好，想起陳妙容拉著她哭泣的淒慘景象，林氏忙道：「妙容那邊，我會去跟他們商量，總不好辜負娘一片心意的。」

那陳家現在的問題又怎麼解決？杜小魚想起之前聽到的資訊，陳家是遇到了什麼過不去的坎了，本來陳妙容是要嫁出去換得一些利益的，結果老太太一時心軟就想給她找個好些的歸宿。

沒想到林氏對陳妙容還真的不錯，她若有所思地看了一眼林氏。

帳本是傍晚時候到手的，老太太派了下人送過來。

杜小魚細細翻閱，這兩個帳本比起姚管事做的那是粗糙了許多，字跡也潦草，帳面也不乾淨，塗塗改改的地方很多，但是很真實。

像價格改了的，旁邊就有注解，比如說本來談好一家是定了什麼價格，結果別人臨時反悔，雙方周旋之下又協調了一個新的價格，這就多了個塗改的地方，還有根據藥草每年的供求做調整等等。

姚管事的帳本就全不是那麼回事，像是一早就計劃好似的，樣樣都很完美。

然而，杜小魚也不好就此指出錯來，難道人家乾淨整潔也有錯不成？

她花了整整兩天時間，從早上到晚上，一刻不停地對比所有的帳目，還是沒有發現任何錯誤，不禁頭痛萬分。

肯定是遺漏了什麼，這日她坐不住了，帶著彩屏、青竹人兩個去了藥鋪。

姚管事正坐著喝茶，見到她來，忙上前笑著迎接道：「哎喲，這麼熱的天，少奶奶您還親自過來啊。」

「反正也閒著。」她在鋪裡走了一圈，這兒瞧瞧，那兒看看。

正是午時剛過，店裡也沒有幾個人，夥計們見少奶奶過來，都站得筆直筆直，平日裡這時候在打盹的，也都打起了十二分精神。

見一個夥計在包藥材，杜小魚上前看了幾眼。

夥計解釋道：「是王老爺家裡要的解暑藥，包好了就要送過去，他們家隔幾天就來買一回。」

杜小魚點點頭，回頭看姚管事輕鬆自如，絲毫沒有心虛，心裡又犯嘀咕了，到底是哪兒藏了問題？林嵩總不會無緣無故懷疑起他的。

這當兒，姚管事的女兒姚玉蘭來了，手裡提著飯盒，因為姚管事這些年的功勞，老太太給他家裡人早就除了奴籍，姚玉蘭這回跟著過來，也在縣裡買了院子。

正如林氏說的，果然是穿金戴銀，就連臉上用的胭脂也不是普通的。

「爹，您還沒有吃飯吧？我跟相公剛才在望月樓……」

姚管事忙打斷她。「還不去見過少奶奶？我早說了，餓了我自會回去用飯，妳老送過來幹什麼？」又陪笑道：「少奶奶，她人粗鄙，少奶奶不要見怪。」

姚玉蘭這才看到杜小魚，便上去行了福禮，眉宇間頗有些傲氣，許是家裡父母寵慣了，又有個倒插門的相公……

剛才好像還說去望月樓用飯？杜小魚笑道：「姚管事不用拘禮，你女兒孝順的，還是不要辜負了，進去裡面用飯吧，我自己四處看看。」

姚管事沒法，只得瞪一眼姚玉蘭，進裡間去了。

鋪子裡藥材五花八門，青竹是絲毫不懂的，就站得有些百無聊賴，東張西望，而彩屏仍是恭謹地跟在她身後。

走了會兒，杜小魚突然停住了腳步，眼前的木格子前面寫著「紫靈芝」二字，可是裡面卻沒有靈芝，這倒是奇怪了，難道賣光了不成？

她正要開口詢問，一個夥計眼明手快忙從下面翻出靈芝來，訕訕笑道：「剛才被人買走了幾支，忘了拿出來了。」

他臉上有些驚慌的表情，杜小魚看看他，一張長臉，眼睛細長，便記下了樣子，又低頭端詳才取出來的紫靈芝。

若是沒有記錯的話，帳本上記載，上個月才從霍山一帶進了百來支紫靈芝，這紫靈芝在靈芝中的藥效是最好的，所以價格也比較昂貴，其中又分好幾個檔次，她雖然不精通，但也知道百來支的價格，正如帳本裡所寫的，總共要五千兩銀子左右。
這兩支紫靈芝好似不差，杜小魚看了看又往前走了。
那夥計輕輕吁出一口氣。

晚上，李源清跟杜小魚躺在床上談天。
初夏的天已經微微的熱，但房間裡還是很涼爽。
杜小魚說道：「我發現藥材鋪確實有問題，你手下幾個衙役要是有空的話，給我盯緊下姚管事。他行事小心，我怕別的人跟不住。」
李瑜那件事情已經告一段落，所以衙門暫時也沒有那麼多事，李源清應一聲，手緊了緊，她的頭便枕在他肩膀上了。
「父親明日回京。」
杜小魚心裡一跳。「都查證好了？」
那位王爺確實犯了貪墨之罪，證據確鑿，但李瑜並沒有上報朝廷，若是直接抓捕的話，一來自己成了另一位王爺的棋子，二來，皇室面子受損，他只得權衡輕重，勸說那位王爺去跟皇上主動交代。
幸好那王爺也不是頑固的主，若是負隅頑抗，死不承認，那麼李瑜就危險了。
杜小魚聽完鬆了口氣。
「不過父親怕是不能留在京城了。」李源清挑了挑眉。

如今太子之位空懸，各個勢力都要尋找一條將來能夠飛黃騰達的道路，免不得就要站好位置，所以，離開京城未必不是好事，即便是被貶官。

見她笑起來，他伸手撫摸她臉頰。「妳倒是想得通透。」

「咱們不要大富大貴，保住命比什麼都強。」一命要是沒了，那就什麼都沒有了。

他也笑了，那段時間也想過最壞的結果，才發現，沒有什麼比失去現在的安穩更令人難以承受。

生意場上，再大的風雨也不過是傾家蕩產，可政途就不一樣了，若估量錯誤，家破人亡在所難免，他不得不再次反思，自己這一生，到底所求的是什麼？

是為國為民，實現自己遠大的抱負？還是執子之手，與子偕老？

看著懷抱裡漸漸沈睡的人，他卻心緒煩亂，若無牽掛也便罷了，可是真要投身於那場風暴中，自己又有多大的把握可以抓住機遇？

杜小魚昨晚上卻睡得很香，早上起來的時候，李源清自是去衙門了，她用過早飯，閒著無事，便拿針線納起鞋底來。

上回趙氏還叮囑她不能偷懶，李源清的衣物都該做娘子的親力親為，她也記下了。

這一做就到了傍晚，有人帶話來，說杜顯叫他們明兒有空回去，家裡來了客人。

正好又是李源清的休沐日，二人一大早就坐了馬車去北董村。

原來是小姨一家來了，黃曉英生個了女兒，還帶過來玩兒呢。

杜小魚就進去看她。

「真漂亮，瞧這眼睛大大的，好像妳呢！」她滿臉喜愛的看著小小的嬰兒。

「這麼喜歡，自己也快生一個。」黃曉英打趣。

杜小魚臉色微微一紅。「我這才成親多久呀？」

「這事還分久不久？妳娘不知道多想抱孫子呢，黃花又不在這裡，也只好指望妳了。」

趙冬芝也進來了，嘻嘻笑道：「要我說，最好學妳娘，一生兩個，兒女都有了。」

越說越離譜，她肚子都沒有動靜，就在討論男女的問題，杜小魚恭喜幾句，忙轉移開話題。

杜顯準備了好多好菜，眾人圍坐一起吃喝說笑，又說起南洞村大舅家裡的事情，歡聲笑語不斷。

離開的時候天都已經黑了，兩個人走在街道上，影子被月光拉得長長的。

「其實一直住在這裡也不錯。」李源清握著她的手，微帶醉意，因為高興，難免與他們多喝了幾杯。

住在這裡？

「不去京城了嗎？」她訝然。

他停下腳步看著她。「如果不去，妳高興嗎？」

那雙眼眸在夜色裡看起來捉摸不定，她笑了笑。「如果你是打心眼裡願意的話，我便高興。」

他發出一聲低笑，伸手揉揉她頭髮，說起話來總是那麼滴水不漏。

剛才那句話絕不會是無緣無故說出來的，杜小魚心裡起了疑惑，莫非他真的改變了心思不成？她也不知道是驚是喜，只握著他的手更緊了些。

不管如何，只要兩個人協調好，無論是什麼決定都一樣可以好好的生活下去。

——未完，待續，請看文創風138《年年有魚》5（完）

種田重生／豪門恩怨／婚姻經營

痛快逆襲、深情不悔／不要掃雪

難為侯門妻

全套五冊

她，人們戲稱為京城裡的一朵奇葩，
仗著父親是大將軍王，任性妄為、胡攪蠻纏，
不顧一切嫁給癡戀的男人，
卻因此付出最慘痛的代價……
沒想到死後重生，回到一切悲劇上演之前，
這一世，她真能改變自己去糾正前世的錯誤，
阻止不幸的命運再次發生嗎？

文創風 129 1

她已下定決心不再去招惹那些虛有其表的世家公子，
一心想拜師學醫，成為真才實學的女大夫，
才有能力改變自己與父親的不幸，挽救夏家的崩毀，
但是天下第一的神醫早已放話不收徒弟，連要見上一面都很難了，
這重生後跨出的第一步還真有點傷腦筋～～

文創風 130 2

沒想到世事難料，一切似乎完全反了過來，
尤其小侯爺李其仁的出現，意外打亂了玉華的全盤計畫，
他外向、開朗，真心誠意對待她，對夏家更有莫大的恩情，
她不知道怎樣才能表達心中的感激，同時也越發的不安起來，
人情債、感情債似乎越欠越多，多得根本沒有辦法還清……

文創風 131 3

無論哪一世、無論什麼事，為了女兒，父親都可以付出一切，
這一世，就換她來付出，並討回原本屬於父親的東西吧！
哪知父親才歷劫歸來，唯一的弟弟又遭人下毒，命在旦夕，
這夏家真是屋漏偏逢連夜雨，倒楣事一齣又一齣，
但只要父女同心，其利斷金，便沒有過不了的難關……

文創風 132 4

莫家是天下首富，身為接班人的莫陽個性內斂而清冷，
給人一種不怎麼好親近的感覺，卻總在下令玉華急難時伸出援手；
一個曾經親手為母親煮麵，如今也願意為她煮麵的男子，
這樣的他便足以讓玉華動容，永遠記在心中……

文創風 133 5 完

眼看婚姻中出現了大麻煩，即便錯不在自己，畢竟事情因她而起，
解鈴還需繫鈴人，玉華決定親上火線，化解婚姻危機，
她從不信什麼改命之說，自己的命只有自己能夠改變。
兩世為人，她真真正正懂得要珍惜這愛她及她所愛的人，
斷不會再讓自己留下更多的遺憾……

文創風
137

年年有魚 4

國家圖書館出版品預行編目資料

年年有魚 / 玖藍著. --
初版. -- 臺北市 : 狗屋, 民102.11-民102.12
冊 ; 公分. --（文創風）
ISBN 978-986-328-182-5（第4冊 : 平裝）. --

857.7　　102021314

著作者　玖藍
編輯　王佳薇
校對　黃亭蓁　林若馨
發行所　狗屋出版社有限公司
地址　台北市104中山區龍江路71巷15號1樓
電話　02-2776-5889～0
發行字號　局版台業字845號
法律顧問　蕭雄淋律師
總經銷　知遠文化事業有限公司
電話　02-2664-8800
初版　102年11月
國際書碼　ISBN-13　978-986-328-182-5
原著書名　《鱼跃农门》，由起點女生網〈www.qdmm.com〉授權出版

定價250元
狗屋劃撥帳號：19001626
網址：love.doghouse.com.tw　E-mail：love@doghouse.com.tw